모든 일은
결국 벌어진다

(하)

STEPHEN KING

EVERYTHING'S
EVENTUAL

모든 일은
결국 벌어진다

스티븐 킹 단편집 〔하〕

조영학 옮김

황금가지

EVERYTHING'S EVENTUAL
: 14 Dark Tales
by Stephen King

L.T.의 애완동물 이론   7

로드 바이러스, 북쪽으로 가다   41

고담 카페에서의 점심식사   81

데자뷰   133

1408   163

총알 차 타기   221

행운의 동전   287

역자 후기   308

L.T.의 애완동물 이론

이 단편집에서 제일 좋아하는 이야기를 꼽으라면, 난 이 「L.T.의 애완동물 이론」을 꼽을 것이다. 내 기억에 이야기의 기원은 「디어 애비 칼럼」이다. 언젠가 애비는 애완동물이야 말로 최악의 선물이라는 요지의 글을 쓴 적이 있었다. 예를 들어, 그 선물은 애완동물과 수혜자가 죽이 잘 맞을 거라는 사실을 전제로 한다. 하루에 두 번 짐승을 먹이고 놈의 오물을 치우는 일이(실내이든 실외이든), 정말로 하고 싶은 일이어야 한다는 뜻이다. 내 기억에 그녀는 애완동물 선물을 '오만의 발로'라고 불렀다. 다소 지나친 표현 같기는 하다. 내 40번째 생일에 아내가 개를 한 마리 선물했는데 그 이후로 말로는(눈이 하나밖에 없는 14세 코기견) 우리 가족의 충실한 일원으로 자랐다. 그 사이에드 우린 다소 다혈질인 샴 고양이 펄을 입양했다. 어느 날 말로와 펄이 서로 장난을 치고 있는 걸 지켜보다가(둘은 아주 사이 좋게 지낸다.) 문득 아완동물이 주인 부부를 편애할 수도 있겠다는 생각이 들었다. 동물이 두 사람에 대한 호불호를 노골적으로 드러내는 것이다. 이 이야기를 쓰는데 엄청난 노력을 들였다. 그리고 이제는 단편소설의 낭독을 주문 받을 때마다, 늘 이 글을 선택하게 된다. 15분 정도의 낭독 시간이 적당하겠다는 고려를 염두에 둔 결정이기도 하지만, 이야기는 사람들을 웃게 만들었고 그 점이 맘에 들었다. 무엇보다 맘에 드는 건 어조의 급작스런 변화에 있다. 이야기의 분위기는 유머에서 비극으로, 그리고 마지막 부분에서는 공포로 변한다. 공포가 시작될 즈음엔 독자의 항변이 잦아들고, 그 대신 정서적 클라이맥스가 빠른 속도로 고양되기 시작한다. 내가 좋아하는 게 바로 그 정서적 클라이맥스다. 이야기를 읽는 독자들을 웃거나 울게 만드는 것…… 아니 동시에 웃고 울게 만드는 것. 요컨대 난 여러분의 심장을 얻고 싶은 것이다. 책에서 뭔가를 배우고 싶다면 차라리 학교로 가는 게 났다.

··

내 친구 LT는 자기 아내가 어떻게 사라졌고, 이러저런 이유로 죽었을지도 모르며, 어쩌면 '도끼맨'의 희생자가 되었을 수도 있다는 얘기 따위는 일체 하지 않는다. 대신 그가 즐겨 하는 이야기는 어떻게 그녀가 그를 버렸는지에 대한 것들인데 그때마다 그는 눈을 데구루루 굴린다. 마치 "아내가 날 엿 먹였어. 이 착하고 잘 나빠진 남편을 말이야!"라고 말하는 듯이 말이다. 그는 가끔 공장 뒤 적하장에서 손수 만든 점심을 먹으며(그를 위해 식사준비를 해 줄 우렁각시 따위가 있을 리 없다.), 한 무리의 남자들에게 그 이야기를 들려주곤 했다. 남자들은 그의 이야기를 듣고 킬킬대며 웃었는데 이야기의 끝은 늘 LT의 애완동물 이론으로 끝을 맺었다. 그렇다, 물론 나도 웃었다. 웃기는 이야기니까 당연하다. 결말이 어떻게 끝나는 줄 알아도 웃기는 건 웃기는 거다. 사실, 결말을 아는 사람은 없다. 적어도 정확히 아는 이는 아무도 없다.

"난 평소처럼 4시에 카드를 찍고 곧바로 데브 주점으로 직행했어. 늘 그렇듯 맥주 한두 잔하고 핀볼 좀 때린 다음에 곧바로 집으로 향했고. 상황이 꼬이기 시작한 건 그때부터였지. 아침에 일어나 밤에 다시 침대에 머리를 누일 때까지는 사람의 인생이 어떻게 될지 모른다더니 내가 그 꼴이 된 거라고. '그대는 하루, 한 시도 알지 못할 지니.'라고 성경에도 씌어 있잖아? 아, 그 구절이 죽음을 가리키는 거라고 생각은 하지만 그래도 어쨌든 다 맞아떨어진다고. 세상만사가 다 그러니까 말이야. 인생 꼬이는 거야말로 새옹지마라니까.

진입로로 꺾어 들어가는데 차고 문이 열려 있고, 아내가 결혼할 때 가져온 스바루 차가 안 보이더라고. 아니, 그땐 별로 이상하게 생각하지 않았어. 그 여잔 벼룩시장 같은 데 갈 때면 언제나 빌어먹을 차고 문을 열어두니까. 얘기야 해봤지. '룰루, 그렇게 열어두다가는 언젠가는 크게 당하고 말 거야. 아무나 들어와서 갈퀴나 초탄 자루를 들고 나갈 수도 있고, 어쩌면 잔디 기계를 가져갈 수도 있잖아. 혹시 모르지. 막 대학을 졸업하고 선교 순례라도 다니는 제7일 안식교회 총각이 유혹에 못 이겨 훔쳐갈지도. 그런 사람을 유혹에 빠뜨리는 건 죄악이야. 그렇잖아도, 매일 그것만 생각하고 사는 사람들이잖아.' 그러면 그 여자는 이렇게 내뱉곤 했어. '조심할게, LT. 나도 노력은 한단 말°야. 그건 알아줘.' 그러곤 곧잘 말을 듣기도 해. 다시 상습범으로 돌아가는 게 문제라서 그렇지.

난 차고 옆에 차를 세웠어. 아내가 돌아와 차고를 쓰게 해 줄 양으로 말이야. 아, 물론 차고 문은 닫았지. 그리고 부엌을 통해 들어가 우편함을 확인했는데 비어 있더군. 우편물은 카운터에 있고. 그러니까 아내는 11시 이후에 나간 거야. 그 남자는 그 이전엔 절대 안 오거든. 아, 아니, 우체부 말이야.

루시는 바로 문 옆에 있었지. 진짜 샴고양이처럼 울고 있더라고. 난 그런 울음소리가 좋아. 귀엽잖아? 아니, 룰루는 늘 싫어했어. 아기 울음소리 같다는 게 이유였는데 그 여잔 애들하고 관계된 건 다 지긋지긋해 했거든. '그따위 봉제원숭이 사서 뭐 하게?' 늘 이런 식이었지.

루시가 문에 있는 것도 평소하고 다를 게 없었어. 고양이는 내 엉덩이를 좋아했어. 지금도 그렇고. 이제 두 살 된 놈인데 결혼 초에 얻은 거야. 룰루가 사라진 지 벌써 1년이 지났다는 사실이 믿기지 않는군. 함께 지낸 게 고작 3개월뿐이지만 아내는 깊은 인상을 남기는 그런 스타일이야. 이른바 스타 기질이 있었지. 그녀를 보면 누가 떠오르는지 아나? 여배우 루실 볼. 그렇게 생각하니까 고양이한테 루시라는 이름을 붙인 이유가 되는군그래. 아니, 당시에는 그런 생각해 보지 않았어. 소위 잠재의식 같은 거겠지. 아내는 침실에 들어오면 늘 담뱃불을 붙였다네. 그런 사람이 사라지면 사실 믿기도 어렵고 또 당장이라도 돌아올 거란 기대를 떨치기도 힘들지.

아, 고양이 얘기를 했었지? 그 애 이름은 처음부터 루시였어. 하지만 룰루는 그 애가 빨빨거리고 돌아다닌다고 '개차반 루시'라고 불렀다네. 미치고 환장할 노릇이었지. 루시는 개차반이 아니라 사랑에 굶주렸을 뿐이었어. 지금껏 적지 않은 동물을 키웠지만 그 애만큼 사랑을 갈구하는 놈은 하나도 없었다네.

아무튼, 난 집으로 들어가 고양이를 집어 들고 잠시 쓰다듬어 주었네. 놈도 내 어깨에 올라가 앉아서는 특유의 샴어로 수다를 떨어댔어. 그러고는 카운터의 우편물을 점검하고 청구서는 골라 바구니에 담았지. 냉장고에 가서 루시에게 먹을 것도 챙겨주고. 고양이 먹이는 내 담당이라 냉장고엔 늘 놈의 식사가 있었네. 식사를 남기면 은박지로 덮어두는데, 그 애는 은박지 소리만 들어도 흥분해서 내 어깨를 마구 할퀴어댄다네. 고양이는 영리해. 그래, 개들보다야 훨씬 똑똑하지. 많이 다르기도 하고. 나는 말이야, 세상을 반씩 차지한 인간이 남자와 여자가 아니라, 고양이를 좋아하는 사람과 싫어하는 사람일지도 모른다고 생각한다네. 이봐, 자네들은 그런 생각해 본 적 없나?

뚜껑 딴 고양이먹이를 냉장고에 넣으면 룰루는 아예 질색을 했어. 은박지로 꼭 싸맸는데도 말이야. 냉장고에 온통 썩은 참치 냄새가 난다나 뭐라나? 하지만 난 포기하지 않았네. 다른 일이라면 거의 다 양보하지만 고양이의 식사는 내가 권리로 지키고 싶은, 몇 안 되는 일 중 하나거든. 게다가 그건 고양이먹이 문제가 아니었다네. 문제는 고양이 자체였지. 아내는 루시를 싫어했어. 그뿐이라고. 자기 고양이면서도 그렇게나 싫어한 거야. 어쨌든 나는 냉장고로 갔고 그곳에서 메모를 봤어. 야채 모양의 자석에 붙어 있었지. 룰루가 쓴 것인데 대충 이렇게 적혀 있었다네.

'사랑하는 LT, 이제 당신을 떠나기로 했어. 일찍 돌아오지 않았다면 이 노트를 읽을 때쯤엔 아마 난 멀리 가 있을 거야. 아, 당연히 오늘도 늦었을 거라고 믿어. 결혼 한 후로 한 번도 일찍 귀가한 적이 없잖아? 그래도 집에 오자마자 이 메모를 보기는 하겠지? 집에 돌아오면 제일 처음 하는 일이 *자기, 안녕? 나 왔어.* 하고 인사하는 게 아니라, 곧바로 냉장고로 달려가 고양이먹이 찌꺼기를 뒤져 개차반한테 주는 것이었으니까. 그러니까 자기가 위층에 먼저 올라왔다가, 『엘비스의 최후의 만찬』(이태리 화가 비니 드 레오의 『최후의 만찬』 패러디 —옮긴이)이 없어지고, 벽장의 반이 비어 있는 것을 보고는, *이런, 우리 집에 여자 옷만 훔쳐가는 도둑이 (그 옷 속에 들어있던 사람에게 아무 관심 없었던 누구와는 달리)든 모양이다,* 라고 놀랄 일은 없을 거야, 안 그래?

가끔 자기를 이해할 수 없긴 했지만 그래도 착하고 친절하고 좋은 사람이었다고 생각할게. 우리가 서로 어떤 길을 가든 자기는 영원히 내 콩깍지로 남을 거야. 그냥 지금은, 더 이상 스팸 포장업자의 와이프로 살아갈 수 없다는 생각뿐이야. 다른 뜻 없어. 말 그대로니까. 지난주에는 심리상담 전화까지 걸어서 이런 식의 결말을 막아보려 애도 써봤어. 매일 밤 불면증으로 시달리고, 당신 코고는 소리를 들으며(기분 나쁘게 하자는 건 아니지만 당신도 자기 코고는 소리를 들어봐야 해!) 결국 내가 얻은 메시지는 이랬어. **스푼도 망가지면 포크가 된다.** 처음에는 그 말을 이해 못했지만 난 집요하게 그 말을 물고 늘어졌어. 다른 사람들처럼 똑똑하지는 못해도(사람들이 똑똑한 척 하면서 사는 건지는 모르겠지만) 그래도 고집 하나는 있다고. 엄마는 늘, 제일 좋은 대장간이, 일은 느려도 최고의 쟁기를 뽑아낸다고 말씀하셨지. 나도 우리 문제를 시골 대장장이처럼 이리저리 두들겨 보았어. 낮에는 물론이고,

당신이 코를 골면서 스팸 통조림 안어 돼지고기를 얼마나 썰어 넣을 수 있는지 꿈꾸고 있는 동안에도 말이야. 그러다 문득 스푼도 망가지면 포크가 된다는 비유가 아무래도 신경이 쓰이더라고. 왜냐하면 포크에도 살은 있고 또 갈래갈래 찢어져 있잖아? 당신과 난 이제 헤어져야 하지만 그래도 포크처럼 줄기는 하나야. 우린 모두 인간이잖아, LT. 서로를 사랑하고 존중하는 존재들. 프랭크와 개차반 때문에 싸우기도 많이 싸웠지만 우린 그래도 대체로 잘 지낸 편이야. 중요한 건 이제 당신의 궤도에서 벗어나 내 길을 찾아야 할 때가 된 거야. 그래, 자기 어머니도 보고 싶을 거야."

(LT가 냉장고에서 찾아낸 쪽지에 이 모든 내용이 정말로 적혀 있었는지는 나도 잘 모르지만 솔직히 그럴 것 같지는 않다. 하지만 그의 이야기를 듣는 남자들은 이때쯤 복도나 적하장 위를 구르곤 했다. 게다가 그것 하나만은 분명했다. 정말로 룰루답다는 것.)

"LT, 날 찾을 생각은 마. 엄마 집에 있을 테니까. 자기도 전화번호를 알고는 있겠지만 당분간 전화하지 말고 내 전화를 기다려줬으면 해. 조만간 전화할게. 하지만 그동안은 생각할 게 너무 많아. 지금까지도 생각을 안 한 건 아니지만 그렇다고 안개가 완전히 걷힌 건 아니니까. 아마 조만간 이혼을 요구하게 될 거야. 자기한테도 그게 공평할 것 같으니까. 누구한테도 허튼 기대를 품게 하고 싶지는 않아. 솔직히 털어놓고 떡이든 똥이든 군말 말고 받아먹자는 주의잖아? 내가 어떻게 하든 그건 반감이나 증오가 아니라 사랑에서 비롯된 것임을 잊지 말아줘. 그리고 내가 어떤 말을 듣고 또 지금 당신한테 어떤 말을 하는지도 기억해 줘. 스푼이 망가지면 그건 포크가 될 수 있어. 사랑해, 룰러빌 심스.'"

LT는 이쯤해서 잠시 말을 멈추곤, L. T. 드위트 특유의 눈빛을 사방으로 쏘아 보냈다. 그녀가 다시 결혼 전 성을 쓰기 시작했다는 사실을 관객들이 깨달을 시간을 주기 위해서이다. 이제 그가 쪽지에 덧붙인 추신을 읽을 차례이다.

"프랭크는 데려가지만 개차반은 자기를 위해 두고 갈게. 자기도 이렇게 되기를 바랐을 거야. 사랑해, 룰루.'"

드위트 부부가 포크라면 개차반과 프랭크는 그 위에서 갈라진 또 다른 두 개의 살이다. 포크가 아니라 해도(솔직히 말해서 나는 언제나 결혼이 칼이라고 생각했다. 날카로운 두 날이 달린 위험한 칼.) 개차반과 프랭크는 여전히 LT와 룰루의 어긋난 결혼생활의 종합적 원인이라고 할 수 있으리라. 왜냐하면, 한번 생각해 보라. 룰루가 LT를 위해 프랭크를 사왔고(결혼 1주년 기념일) 또 LT가 (곧 개차반으로 불리게 될) 루시를 룰루에게 사다주었다 해도 (결혼 2주년 기념일), 룰루가 결혼생활을 등지고 떠났을 때 두 사람은 서로 남의 선물을 차지한 셈이 아닌가?

"아내가 개를 사온 이유는 내가 「프레이지어」에 나오는 개를 좋아해서야. 테리어의 일종인데 정확하게 무슨 종인지는 잊어버렸어. 잭 뭐라던데? 잭 스프랫? 잭 로빈슨? 잭 거시기? 그런 이름들이 늘 혀끝에서 가물가물한 건 자네들도 잘 알잖아?"

누군가 「프레이지어」의 개가 잭 러셀 테리어라고 말해주고 LT도 힘 있게 고개를 끄덕여줄 것이다.

"바로 그거야! 맞아! 정확해! 프랭크가 그거였지, 그래. 잭 러셀 테리어. 하지만 신기한 얘기 하나 해줄까? 지금부터 한 시간만 지나면 난 또 잊어버리고 말 거야. 분명히 머릿속에는 있는데 그 앞에 바위 하나가 가로막고 있는 느낌이거든. 한 시간쯤 있으면 또 이렇게 중얼거리고 있을 거라고. '그 친구가 프랭크를 무슨 종이라고 했더라? 잭 핸들 테리어? 잭 래빗 테리어? 이게 비슷한 것 같긴 한데…… 그래 맞아, 비슷해.' 늘 그러니까 말이야. 왜냐고? 뻔하지. 그 빌어먹을 개새끼를 증오하거든. 너무나. 더러운 털북숭이 개새끼. 그놈을 처음 보는 순간부터 싫어했어. 맞아. 이제 그 놈이 떠나 좋아 죽을 지경이라고. 자네들도 그건 모를 걸세. 놈도 나한테 똑같은 감정이었던 것. 놈도 처음부터 날 증오했다네.

개한테 슬리퍼 가져오게 하는 훈련은 누구나 시키는 과정 아냐? 그런데 놈은 슬리퍼를 가져오는 게 아니라 그 위에 똥을 싸버렸지. 놈이 처음 그 짓을 했을 땐 난 아무것도 모르고 슬리퍼를 신고 말았어. 어떤 기분인지 알겠나? 덩어리가 덜 으깨진 뜨뜻미지근한 타피오카 음료에 발을 담그는 기분이었지. 직접 보지는 못했지만 놈은 분명 침실 밖에서 기다리고 있다가, 아니 짱박혀 있다가 몰래 들어와 오른쪽 슬리퍼에 똥칠을 한 게 분명해. 그러고는 침대 밑에 숨어서 키득거리고 있었겠지! 빌어먹을, 그때까지도 오물이 뜨뜻했다니까. 개새끼! 인간의 절친한 친구? 엿 먹으라 그래! 헛간으로 데려가서 죽을 때까지 채찍질이라도 해주고 싶었지만 룰루가 못마땅한 눈빛을 던지는 바람에 그러지도 못했어. 그래, 언젠가 아내가 부엌으로 들어오는 바람에 놈한테 트래핑을 먹이는 장면을 들킨 적이 있었거든.

'당신은 언젠가 나도 헛간으로 끌고 갈 인간이야. 그 애만 보면 그 생각하잖아? 날 볼 때도 그렇고. 당장 우리 둘 다 없애고 싶어 죽겠지? 그래, 그러고 싶어 한다는 거 나도 알아.' 아내가 징징거리며 몰아붙이더군. 오, 세상에, 내 팔자야, 그러면서 말이야.

'그놈이 슬리퍼에 똥을 싸놨어.' 내가 투덜댔어.

'개가 똥 쌌다고 목을 매달 생각을 해? 오, 여보, 그냥 웃고 넘길 수도 있잖아.' 그녀의 말이었지.

'이봐, 당신도 개똥 범벅의 슬리퍼에 맨발 한 번 담가봐, 기분이 어떤가.' 뭐, 그땐 꼭지가 돌아있을 때였으니까. 뻔한 거 아냐?

하지만 룰루에게 화내봐야 뭐하겠나? 언제나 그랬듯, 내가 킹패를 내놓으면 그녀는 에이스를 내놓았어. 내가 에이스를 갖고 있으면 그 여자 패는 조커였고. 그뿐인 줄 아나? 여자란 한 술 더 뜨는 존재들이라고. 기분 나쁜 일이 생겨서 심통을 부리면 그쪽에선 짜증을 내고, 내가 짜증을 내면 화를 내지. 그러다 정작 내가 화를 낼라치면, 여자는 데프콘 적색경보를 터뜨리고 닥치는 대로 미사일을 쏴대는 거야. 완전히 상대를 초토화시키는 거라고. 나도 그럴 만한 가치가 있다고는 생각지 않지만, 문제는 싸움만 시작했다 하면 그 사실을 까먹고 만다네.

그녀가 계속 공세를 취하고 있었네. '오 여보. 우리 똥강아지는 자기가 토한 오물에 앞발을 담근 적도 있다고요.' 난 당장 반박을 하려고 했지. 그건 다르다고 하고 싶었네. 토는 기껏해야 침 흘린 것에 지나지 않고, 또 토에는 덩어리도 없다고 말이야. 하지만 그녀는 말할 기회조차 주려하지 않았어. 그때쯤 이미 만반의 준비를 갖추고 훈계를 위한 아우토반에 들어서 있었으니까 말이야.

'아냐, 나도 한 마디 해야겠어. 자기 슬리퍼에 오물 좀 묻은 게 어때서 그래? 남자들이란, 정말로! 그래서? 자긴 한 번이라도 여자 심정을 헤아려본 적도 없잖아? 더 이상 자기하고 별 볼 일도,

재미 볼 일도 없어진 여자 마음을 알기나 해? 한밤중에 일어나 화장실에 가면 남자가 변기 덮개를 올리지도 않은 채 사방에다 갈겨댄 걸 지켜봐야 하는 여자 마음이 어떤지 아냐고? 이제 내 엉덩이에라도 오줌발 자랑하자는 거야? 게다가 화장실 물은 왜 안 내리는데? 그러고는 새벽 2시에 오줌의 요정이 내려와 당신 오줌을 핥아간 거라고 생각하겠지? 당신 모습을 좀 봐. 평생 오줌발 하나 주체 못하고 살다가 이제 와서 갑자기 발에 개오줌 조금 묻었다고 방방 뜨는 거야? 왜? 자기도 평생 오줌발 휘두르면서 잘 살아왔잖아? 아무리 거시기에 눈이 달려 있지 않다고 해도 그렇지. 그런 식으로 남발하면 곤란하다는 생각은 안 해? 술에 취했든 아니든, 볼일 본 후에 변기 주변부터 청소해야겠다는 생각은 안 들었냐고. 난 평생을 그러면서 살아왔어. 아버지, 오빠와 남동생 넷, 전남편, 그리고 이제 당신한테 꺼릴 필요도 없게 된 룸메이트 몇 놈. 그런데 슬리퍼에 딱 한 번 실수 좀 했기로서니, 저 불쌍한 프랭크를 골로 보내시겠다?'

'그건 호피무늬 슬리퍼야!' 나는 항변했지만 그건 밟힌 지렁이가 내는 찍 소리보다도 힘이 없었어. 룰루와 살면서 느낀 점 하나. 내가 질 경우엔 정말 이러지도 저러지도 못하게 된다니까. 좋아, 패배를 인정하지. 하지만 그녀에게 말하고 싶지 않은 얘기가 하나 있는데, 그건 그 놈이 일부러 슬리퍼에 개지랄을 해놓았다는 거야. 속옷을 바구니에 넣는 걸 깜빡 잊고 출근하면 놈은 가차 없이 거기에다 오줌을 질렀지. 아내는 브래지어와 바지를 온 세상에 흩뿌려놓아도 상관없지만 말이야. 아니, 정말이라니까, 그러네. 방 구석에 운동양말을 두기라도 해봐. 일하고 돌아오면, 여지없이 그 빌어먹을 잭 지랄 테리어가 암모니아 세례를 해놓았다고. 그 여자한테 그걸 말하라고? 하, 그럼 날 정신병원에 보내려 했을 걸? 아무리 사실이라 해도 그 여잔 안 믿었을 거야. 왜냐고? 인정할 수 없으니까. 인정하고 싶지 않으니까. 그녀는 프랭크를 사랑했네. 프랭크도 그녀를 사랑했지. 둘은 로미오와 줄리엣이고 로키와 아드리안이라네.

　TV를 볼 때면 프랭크는 아내의 의자 밑에 쪼그리고 앉아 구두에 코를 박고 있었지. 밤새도록 그렇게 누워서 너무나도 애절한 눈으로 아내를 올려다보는 거라고. 하, 엉덩이는 내 쪽으로 들이밀고 있었는데, 놈이 가스라도 날리고 싶어 했다면 난 꼼짝없이 당하고 말았을 거야. 놈은 아내를 사랑했고 아내도 놈을 사랑했어. 이유? 젠장, 그걸 내가 어떻게 알아? 사랑의 미스터리야. 시인이 아니면 누가 제대로 알겠나? 우리 같은 놈들은 그 인간들이 무슨 개소리를 지껄이고 있는지조차 모를 텐데. 아니, 그치들도 모를걸? 아침에 깨어나 커피냄새를 맡는 게 어떤 의미인지 누가 알겠냐고?

　까놓고 말하면, 룰루는 처음부터 그 개를 독차지해 버렸어. 그러니까 선물은 아예 없었던 거지. 왜? 그런 사람 많잖아? 자기가 마이애미에 가고 싶으니까, 그 핑계로 아내한테 여행권을 선물하고, 남편이 꼴 보기 싫으면 오히려 남편한테 북유럽 여행을 주선해 주는 작자들. 하지만 이건 그런 종류의 야바위는 아니야. 우리도 처음엔 서로 죽고 못 산 적이 있었다고. 나도 그녀를 사랑했고 아내도 마찬가지였다는데 목이라도 걸겠네. 그래, 그녀가 개를 사다 준 것도, 결국은 내가 「프레이지어」에 나오는 개를 보고 죽어라 웃어댔기 때문이었으니까. 아내는 날 행복하게 해줄 생각이었어. 그뿐이라고. 프랭크가 그녀에게 빛이 되고 또 그녀가 놈에게 빛이 될 줄은 꿈에도 생각지 못했었지. 그 개새끼가 나를 미워해서 슬리퍼에 똥칠을 하고 속옷을 씹어 먹는 게 일생일대의 소원이 될 줄도 몰랐고 말이야."

LT는 남자들의 미소 띤 얼굴을 둘러보면서도 정작 저 자신은 웃지 않았다. 마치 오랜 시련의 터널을 지나온 도인의 표정이라 남자들은 기대감으로 다시 웃음을 터뜨리고 말았다. 그 바람에 도끼맨에 대해 알고 있던 나도 얼떨결에 웃어야 했다.

"그 전에는 날 미워한 사람이 하나도 없었어. 동물은 물론이고. 어쩌면 그 바람에 더 그랬을 거야. 정말 미치고 환장하겠더라고. 사실, 프랭크와 친해지려고 노력하기도 했다네. 나를 위해서, 그리고 개를 선물한 그녀를 위해서. 하지만 소용없었어. 어쩌면 놈도 나와 친하게 지내려고 했을지도 몰라. 하지만 개잖아? 그 속을 누가 알겠나? 그랬다 해도 소용없기는 마찬가지였을 거라고. 그 기사를 읽은 건 그때였네. 아마 「디어 애비」칼럼이었던 것 같은데, 애완동물이 최악의 선물이 될 수도 있다고 쓰여 있더군. 맞는 말이야. 자네가 동물을 좋아하고 동물이 자네를 좋아한다 해도, 한번 그 선물이 어떤 종류인가 생각해 보란 말이야. '안녕? 자기한테 줄 선물이 있어. 이 선물은 한편으로는 먹고 다른 편으로는 싸는 기계야. 수명은 15년쯤 되니까 계속 갖고 있든지 남 주든지 마음대로 해도 돼. 아무튼 메리 크리스마스.' 하지만 그런 생각 따위는 아무도 하지 않잖아, 안 그래? 내 말이 무슨 뜻인지 알겠나?

그래, 우린 서로 최선을 다했을 거야. 프랭크와 나. 결국 서로를 죽이고 싶도록 증오하기는 했지만 그래도 둘 다 룰루를 사랑했네. 내가 그녀 옆에 앉아 「머피 브라운」이나 다른 영화 따위를 보고 있을 때, 프랭크가 으르렁거리면서도 물어뜯지 못한 건 바로 그 때문이었네. 아무튼 그 바람에 정말 미치는 줄 알았어. 정말로 미치고 환장할 노릇 아냐? 생각해 보라고, 눈 달린 털북숭이가 자네를 노려보며 으르렁거리는 거라니까.

'들어 봐. 놈이 나한테 으르렁거리고 있어.' 내가 아내한테 말해 보았네.

그녀는 놈의 머리를 쓰다듬으면서(나도 그런 식의 애무는 받아본 적이 없었지.) 고양이가 가르릉거리는 거하고 차이가 뭐냐고 되묻더군. 함께 편안한 저녁시간을 지내는 게 기분 좋아서 그러는 것뿐이라는 거야. 솔직하게 말해서, 나는 놈을 쓰다듬어 준 적 없어. 가끔 먹을 걸 준 적은 있어도, 걷어차거나(몇 번 유혹을 받기는 했지만) 쓰다듬어준 적은 없었네. 그래, 놈이 물까봐 겁이 났지. 그렇게 되는 날엔 우린 정말 끝장을 보게 될 것이 분명했거든. 거의 예쁜 아가씨와 함께 사는 두 남정네가 된 기분이었다고. 그런데, 그런 것도 삼각관계라고 불러야 하나? 우린 둘 다 그녀를 사랑하고 그녀도 우리를 사랑했지만, 시간이 흐를수록, 저울은 조금씩 개 쪽으로 기울고 있었어. 그녀가 나보다 프랭크를 더 많이 사랑하게 된 거야. 프랭크는 말대꾸도 하지 않고, 그녀의 슬리퍼에다 똥칠을 하지도 않으니까 당연할지도 모르지. 게다가 빌어먹을 변기 문제도 없잖아. 놈은 나가서 싸거든. 아냐, 내가 깜빡 잊고 팬티를 구석이나 침대 밑에 처박아둘 때는 빼고."

이쯤 되면 LT는 보온병의 냉커피를 다 마시고 손가락 관절을 꺾고 있었다. 그건 1막이 끝나고 2막이 시작될 거라는 신호다.

"그러던 어느 토요일이었어. 룰루와 나는 상가에 가서 다른 사람들처럼 돌아다니고 있었지. 그러다가 J.C. 페니 옆의 애완나라를 지나는데 진열장 앞에 사람들이 잔뜩 모여 있더라고. '오, 우리도 구경하자.' 룰루 말에 우리도 그 앞으로 파고 들어갔어.

그곳에는 인조잔디(애스트로 터프)에 헐벗은 인조 나무가 자라고 있었고 그 아래 샴고양이들이 살고 있었네. 여섯 마리 정도가 옹기종기 모여서 나무에 오르거나 서로의 귀를 물어뜯으며 놀고 있더군.

'오, 저 귀여운 애들 좀 봐. 너무 예쁘다. 자기야, 저 조그만 애들 노는 거 봐. 귀엽지, 응? 정말 귀엽지 않아?' 룰루가 감탄사를 연발했어.

'보고 있어.' 내가 말했어. 그때 내 머릿속엔 결혼기념일에 줄 선물을 찾았다는 것이었네. 마음이 놓였지. 그녀에게 특별한 선물을 하고 싶었으니까 말이야. 그녀를 뿅 가게 할 그런 선물. 왜냐하면 지난 해, 우리 사이가 예전 같지 않다는 생각이 들었거든. 프랭크 생각을 하기는 했지만 별 일이야 있겠거니 했지. 견묘지간은 만화영화에나 나오는 얘기 아냐? 실제로는 대개 잘 지내잖아. 경험해 봐서 아는데 놈들은 사람들보다도 더 사이가 좋다고. 날씨가 추워지면 더 잘 지내고.

아무튼 나는 그 중 하나를 골라 그녀에게 결혼기념 선물로 갖다 바쳤네. 벨벳 색이었는데 물론 그 밑에 작은 카드도 끼워 넣었지. '안녕, 전 루시예요. LT가 보낸 사랑의 게시지죠. 두 번째 결혼기념일을 축하드려요!'

이제 내가 무슨 얘기 하려는 건지 알겠나, 응? 그래, 그건 완전히 테리어 프랭크의 재판이 되고 만 거야. 그것도 완전히 반대로. 처음엔 내가 프랭크와 죽어 못살았는데, 이번엔 룰루가 루시에게 푹 빠지고 말더라고. 그것도 첫눈에 말이야. 아내는 고양이를 내려다보며 아기를 어르듯 했지. '오, 요 귀여운 놈. 세상에, 어떻게 이렇게 앙증맞을 수가 있담? 너 때문에 미치겠다, 얘!' 등……. 그런데 루시가 날카로운 목소리로 울더니 발톱을 잔뜩 세워 룰루의 코끝을 할퀴고 달아난 거야. 그리고 식탁 테이블 밑에 숨어버렸어. 룰루는 웃고 말았어. 평생 그렇게 웃긴 일은 처음이라는 듯이 말이야. 물론 어린 고양이의 재롱이라고 웃어넘기려 했겠지. 하지만 그녀가 열에 받쳤다는 건 누가 보아도 알 수 있을 정도였다네.

바로 그때 프랭크가 들어왔지. 우리 방에서(그녀의 침대 발치에서) 자고 있었는데 고양이한테 당한 룰루의 비명소리를 듣고 내려온 거야.

놈은 즉시 식탁 밑에 있는 루시를 발견하고는, 리놀륨 장판에 코를 대고 킁킁거리며 그쪽으로 다가가기 시작했어.

'저 애들 좀 말려, LT. 저러다 싸움 나겠어. 프랭크가 저 애를 죽이고 말 거라고.' 룰루가 말했어.

'잠시만 두고 보지, 뭐. 어떤 일이 일어나는지.' 내가 말했어.

루시는 고양이답게 등을 잔뜩 세우곤 개가 다가오는 걸 지켜보았어. 그런데 룰루가 내 말을 무시하고(남의 말은 개똥만큼도 생각하지 않는 여자라니까.) 두 놈을 말리겠다고 달려가려는 거야. 난 그녀의 팔목을 잡고 말렸지. 가능하다면 둘의 싸움은 둘이 해결하는 게 최선 아니야? 그건 지고의 진리라고. 더 빠른 방법이기도 하고.

그래, 프랭크는 코를 박은 채로 테이블 가장자리까지 다가가 낮은 소리로 으르렁거리기 시작했어. '이거 봐, LT. 저 애를 구해야 해. 프랭크가 으르렁거리잖아.'

'아니, 아냐. 저건 으르렁이 아니라 그르릉이라고 하는 거야. 내가 늘 듣던 소리라 잘 안단 말이야.'

그녀는 철판이라도 녹일 눈빛으로 노려보았지만 말은 하지 않았네. 결혼생활 3년 동안 그 여자가 내 얘기를 한 적은 거의 없었을 거야. 늘 프랭크와 개차반에 대한 얘기뿐이었지. 이상하지만 사실이야. 나에 대한 얘기들은 어떻게든 빙 둘러가면서도, 애완동물 얘기만 나오면 마치 새로 태어난 것 같았어. 완전히 막가파였으니까.

"프랭크는 테이블 밑으로 조금 더 고개를 들이밀었는데 그때 루시가 룰루에게 했듯이 개의 코를 할퀴었어. 아니, 프랭크를 때릴 땐 발톱을 세우지는 않더군. 프랭크가 당장 덤벼들 거라고 생각했는데 안 그러더라고. 콧김을 한 번 내뱉더니 그냥 돌아서는 거야. 겁난 게 아니라, '오, 좋아, 별 거 아니로군그래.'라고 생각한 걸 거야. 놈은 다시 거실로 돌아가 TV 앞에 누워버렸어.

둘 사이의 대면은 그게 전부였네. 마지막 해에 룰루와 사이가 틀어지고 서로의 영역을 나누면서, 놈들의 영역도 자연스럽게 정해져 버린 셈이지. 침실은 프랭크와 룰루가 차지하고 부엌은 나와 루시의 차지가 된 거야. 그리고 크리스마스쯤 룰루가 루시를 개차반이라고 부르기 시작했지. 거실은 중립 지역이었네. 작년엔 우리 넷 모두 그곳에서 저녁시간을 지냈지. 내 무릎엔 항상 개차반이 앉고 프랭크는 룰루의 신에 코를 처박고 말이야. 우리 인간들은 소파에 앉아 있었는데, 룰루는 책을 읽고 나는 「행운의 수레바퀴」나 「부자와 여배우가 사는 법」(아내는 늘 '부자와 창녀가 사는 법'이라고 불렀다네.) 따위를 보곤 했네.

고양이는 아내를 거들떠보지도 않았네. 첫날부터 그랬지. 프랭크는 그래도 이따금 나와 화해를 시도하려는 듯 보였네. 결국 자신의 본성에 굴복하고 스니커즈를 씹어버리거나 속옷에 오줌을 갈기곤 했지만 그래도 가끔은 노력을 하는 기미가 보이기는 했어. 그러니까 내 손을 툭 건드리거나 씩 웃어 보이는 식이었지. 아, 그래, 당연히 내 손에 먹고 싶은 게 들려 있을 때였다네.

고양이는 달라. 그렇게 하면 얻을 게 많은 데도 죽어도 아양을 떨지 않거든. 위선자가 될 수 없는 종족들이지. 성직자들이 고양이들만 같다면 이 나라는 다시 종교국가가 될 수도 있을 걸세. 그 때문에 고양이가 자네를 좋아하면 금방 알 수 있어. 싫어하면? 그것도 금방 알 수 있지. 개차반은 룰루를 눈곱만큼도 좋아하지 않았고 처음부터 그 사실을 분명히 했네. 내가 먹이를 준비해 그릇에 담으면 루시는 내내 내 다리를 문지르며 가르릉거렸지만, 룰루가 먹이려 하면 부엌 끝의 냉장고 앞에 앉아서 지켜보다가, 룰루가 자리를 떠나고 나서야 그릇 가까이 다가왔네. 그 때문에 룰루도 꼭지가 돈 거야. '저 고양이는 자기가 무슨 시바의 여왕인줄 아나봐.' 그녀도 기가 찬 모양이더군. 아무튼 고양이를 어르는 건 옛이야기고 집어 드는 것조차 포기한 지 오래였네. 그랬다가는 루시가 팔목을 긋기가 일쑤이니 어쩌겠나.

처음엔 나도 프랭크를 좋아하는 척 했어. 룰루도 루시를 좋아하는 척 했지만 나보다 훨씬 전에 포기해 버렸지. 내 생각엔 두 여자 모두, 위선자 역할을 못 참아 했던 모양이더라고. 룰루가 떠난 게 루시 때문만은 아닐 거야. 그건 분명히 아니야. 하지만 루시의 최종결심에 한몫을 담당한 건 맞는 말일세. 알겠지만 애완동물들은 오래 산다네. 두 번째 생일선물로 사준 선물이 결국 낙타의 등을 부러뜨린 지푸라기가 된 거라고. 「디어 애비」 칼럼에 투고하면 좋아할 거야.

룰루에 관한 한, 고양이 얘기는 최악의 주제였어. 무조건 짜증부터 냈으니까. 어느 날은 이렇게 말하더군. '고양이가 저런 식으로 계속 징징대면 어쩜 백과사전으로 두들겨 팰지도 몰라, LT.'

'저건 징징대는 게 아냐. 속닥이는 거라고.'

'아무튼, 그놈의 속닥이는 짓도 그만 두는 게 좋을 거야.' 그녀의 말이었네.

그런데 바로 그때 루시가 무릎으로 뛰어올라 온 거야. 입을 다물고 있었는데, 그럴 때면 늘 목구멍 깊은 곳에서 가르릉거리는 소리가 들려왔지. 하지만 엄밀히 말해서 그건 단순한 가르릉거림이 아니었어. 나는 고양이 귀 사이를 긁어주면서 룰루의 눈치를 살폈어. 그녀는 다시 고개를 숙여 책을 읽기 시작했지만, 바로 그 전에 내가 본 것은 진짜 증오심이었다네. 내가 아니라 개차반을 향한 것이지만 말이야. 백과사전을 집어던지겠다고? 정말로 고양이를 백과사전 사이에 끼우고 고양이 시체 샌드위치를 만들 것처럼 보이더군.

가끔 룰루는 부엌에 들어와, 고양이틀 테이블 위에 올려놓고 손으로 때려 떨어뜨리곤 했어. 한 번은 언제 내가 그런 식으로 프랭크를 걷어찬 적이 있냐고 따져보기도 했네. 알다시피 그놈은 매일 침대에 뛰어올라 아내의 옆자리를 차지했거든. 그러면 침대에 온통 역겨운 털이 엉겨 붙었고. 그 말에 룰루는 그냥 씩 웃어 보이기만 했어. 어쨌든 그건 이런 뜻이었다네. '어디 해보시지? 그랬다가는 손가락 한두 개쯤 없어질 테니까.' 아니, 그 말은 정말로 하기도 했군그래.

이따금 루시는 정말로 개차반이 되었네. 고양이들은 음흉해. 가끔은 광기를 보이기도 하지. 고양이를 키워본 사람들은 다 그렇게 말할 거야. 눈도 크고 반짝거리는데다가 꼬리까지 털로 뒤덮여 있는 걸 보란 말이야. 집 주변을 귀신처럼 돌아다니다가 이따금 뒷발로 서서 허공을 할퀴어대는데, 마치 우리 인간들의 눈에 보이지 않는 적을 상대하는 것 같다니까. 루시는 한 살쯤 되던 해부터 그런 행동을 보이더군. 밤이었는데 룰루가 떠난 날에서 3주쯤 전이었을 거야.

어쨌든 루시가 갑자기 부엌에서 달려 나왔어. 마룻바닥을 미끄러지듯 달려 나와 프랭크를 뛰어넘더니 곧바로 거실 휘장으로 달려가 주먹질을 해대더라고. 결국 커튼에 커다란 구멍들을 뚫어 누더기로 만들고 말았지. 그러고는 차창에 홰를 치고 앉아서는, 크고 파란 눈을 휘둥그레 뜨고 꼬리 끝을 채찍처럼 탁탁 내리치며 방을 둘러보는 거야.

프랭크는 잠깐 놀란 척 하다가 곧바로 룰루의 신발에 코를 처박았지만, 룰루는 정말로 놀란 모양이었어. 마침 그때 책에 푹 빠져 있었거든. 그녀가 다시 고개를 드는데, 세상에, 그 두 눈에 이

글거리는 증오심이라니.

'좋아. 그만. 이제 저 푸른 눈의 미친년이 살 집을 찾아보겠어. 재수가 없어서 못 찾아내면 동물보호센터에라도 보내버릴 거야. 더는 못 참겠으니까.'

'그게 무슨 소리지?' 내가 물었어.

'자긴 눈도 없어? 커튼을 보라고. 완전히 걸레가 되었잖아.' 그녀가 되물었어.

'구멍 난 커튼 정도 갖고 뭘 그래? 위층에 올라가 내 쪽 침대를 보지 그래? 저놈이 물어뜯은 덕분에 넝마가 따로 없으니까 말이야.'

'그건 달라. 몰라서 그래?' 그녀가 눈을 부릅뜨고 대들더군.

그래, 거짓말 하고 싶은 생각은 없었네. 좋은 게 좋은 거라고 대충 넘길 생각도 없었고. '당신이 다르다고 생각하는 이유는, 나한테 준 저 개를 당신이 좋아하고 내가 선물한 고양이를 싫어하기 때문이겠지? 좋아, 한 마디만 말해주겠어, 드위트 부인. 만일 거실 휘장을 찢었다는 이유로 고양이를 동물보호센터에 넘기면, 그 다음 날, 침실 커튼을 씹어놓은 저 개새끼도 보호소로 보내겠어, 알겠지?'

그녀가 나를 보더니 울기 시작했어. 그러다가 나한테 책을 던지며 개자식이라고 부르더군. 비열한 개자식. 나는 그녀를 붙잡으려고 했어. 그녀를 끌어안고 어떻게든 진정시키고 위로하고 싶었는데(그렇다고 말을 취소할 생각까지는 없었어. 그건 다른 문제였지.) 그녀는 기어이 내 손을 뿌리치고는 방을 나가버렸네. 프랭크가 그녀를 따라 갔어. 그리고 잠시 후 위층으로 침실 문이 쾅 하고 닫히는 소리가 들렸지.

나는 30분 정도 그녀가 진정할 때까지 기다렸다가 위층으로 올라갔네. 문은 잠겨 있었어. 그래서 있는 힘껏 밀어봤는데 우습게도 프랭크가 막아서고 있더라고. 놈의 힘 정도야 이길 수 있었지. 하지만 놈이 버티는 바람에 시간도 지체되고 또 괜한 소란까지 부리고 만 거야. 쪽 팔린 노릇이었지. 게다가 놈이 으르렁거렸어. 정말로 으르렁거리더라고. 절대로 가르릉이 아니었단 말일세. 내가 안으로 들어가려 했다면 놈은 아마 내 불알을 물어뜯어버렸을 거야. 그날 밤 난 소파에서 잠을 잤네. 그때가 처음이었어.

그리고 한 달쯤 후 그녀가 떠났지."

LT가 이야기의 시간을 정확히 측정했다면(대개는 그랬다. 늘 하던 얘기였으니까.) 그때쯤 아이오와 에임스의 W. S. 헤퍼튼 육류가공공장의 작업재개 종이 울릴 시간이었다. 그건 신참들에게 LT와 룰루가 화해를 했는지, 아니면 그녀가 지금 어디 있는지, 이도 저도 아니면(이건 거의 6만 4000달러짜리 질문이다.) 그녀와 프랭크가 아직 같이 살고 있는지에 대해 질문할 기회를 차단하기 위한 의도적인 안배였다(고참들은 알고 있었다. 질문해 봐야 소용없다는 사실을⋯⋯.). 가장 난감한 질문들을 피하는 데 작업 종만큼 좋은 건 없다.

"에, 결국 나는 소위 LT의 애완동물 이론을 창안해 내기에 이르렀다네."

LT가 보온병을 정리하고 일어나 기지개를 켜며 입을 열었다.

남자들은 호기심어린 눈으로 그를 바라보았다. 처음에 그 장황한 제목을 들었을 때는 나도 그랬는데, 아마 그들도 결국엔 실망으로 끝나고 말 것이다. 그의 이론엔 뭔가 2%가 부족했는데도 절대로 바꾸려들지를 않았다.

"혹시나 개와 고양이가 자네들과 와이프보다 사이좋게 지낸다면, 퇴근해서 집에 돌아가 먼저 친애하는 누구누구로 시작되는 쪽지가 있는지 냉장고부터 찾아보라고."

그가 말했다.

앞서 말한 것처럼 그는 이 이야기를 하고 또 했다. 어느 날 우리 집에서 저녁식사를 한 적이 있는데, 그때에도 아내와 집에 놀러온 처제한테 해주었다. 처제 홀리는 2년쯤 전 이혼했는데 아이들도 없어 홀가분하게 살아가고 있었다. 내 생각엔 문제 생길 것도 없었다. 그렇게 믿은 건, 아내 로즐린이 LT. 드위트를 싫어했기 때문이다. 다른 사람들은 그를 좋아한다. 다들 따뜻한 물에 손을 담그듯 그에게 호감을 가졌으나 로즐린은 예외에 속했다. 그녀는 냉장고 쪽지와 애완동물 얘기도 싫어했다. 물론 필요할 때마다 억지로 키득거려주긴 했지만, 난 그녀가 그 얘기를 맘에 들어 하지 않는다는 사실을 알 수 있었다. 처제? 빌어먹을, 그건 모르겠다. 그녀가 어떤 생각을 하는지 도무지 감도 잡을 수 없었다. 이야기를 듣는 동안, 두 손을 무릎에 모으고 모나리자처럼 미소를 짓는 것이 고작이었으니 말이다. 하지만 어쨌든 그건 내 잘못이고 그건 인정한다. LT도 처음엔 이야기를 하지 않으려 했다. 그러다 저녁식사가 너무 썰렁한 탓에(그저 포크가 달그락거리고 접시가 땡그랑거리는 소리뿐) 내가 부추긴 것이다. 아내가 LT를 싫어하는 건 피부로 느낄 정도였다. 마치 전자파처럼 그녀의 온몸에서 뿜어져 나왔다. 그놈의 잭 러셀 테리어가 그를 싫어한다는 걸 눈치 챘을 정도이니, LT 역시 아내의 반감 정도는 충분히 느꼈을 것이다. 어쨌든 내 생각은 그랬다.

그래서 그는 이야기를 시작했다. 아마 내 입장을 배려해서일 것이다. 그리고 필요할 때에는 '세상에, 그 여자 날 제대로 엿 먹인 겁니다, 안 그래요?'라고 말하듯 두 눈을 굴려 보이기까지 했다. 아내도 이따금 키득거렸고(그녀의 웃음소리는 마치 독점자본가의 미소만큼이나 가식적으로 보였다.) 처제 홀리도 두 눈을 내리깐 채 모나리자의 미소를 지었다. 그럭저럭 식사는 무사히 끝났다. 그리고 식사가 끝나자 LT도 '기막힌 식사'에 대해 고맙다고 했고 로즐린도 언제든 오라고, 언제나 환영이라고 답례해 주었다. 물론 그녀 편에서는 거짓도 있었겠지만 이 세상 어느 디너파티에 약간의 거짓말이 없었던 적이 어디 있단 말인가? 아무튼 식사대접은 그럭저럭 끝났다. 적어도 그를 집에 태워다줄 때까지는 그랬다. LT는, 1주일쯤 후 닥쳐올 4번째 기념일을 어떻게 견딜 수 있을지에 대해 떠들기 시작했다. 아내가 죽고 처음 맞는 기념일이라고 했다. 구식이라면 꽃을 선물하고 신세대라면 전기도구를 선물했을 거라는 말도 했고, 룰루의 모친, 그러니까 장모가(룰루는 엄마의 집에 가지 못했다.) 장례식에서 룰루의 이름을 묘비에 적은 이야기도 해주었다.

"장모님은 그녀를 죽은 것으로 생각해야 한다더군."

LT가 그렇게 말하고는 갑자기 비명을 지르기 시작했다. 나는 너무나 놀라 하마터면 도로를 벗어날 뻔했다.

어찌나 심하게 울던지, 저 비탄의 몸부림 때문에 어쩌면 발작이나 혈관파열로 죽을지도 모른다는 즉정까지 들었다. 그는 의자에 앉은 채 앞뒤로 몸을 흔들어가며 손바닥으로 계기반을 두들겨댔다. 심장에서 트위스터라도 몰아치는 사람 같았다. 결국 난 길가에 차를 세우고 그의 어깨를 다독여주어야 했다. 셔츠를 통해 그의 열기가 온전하게 전해졌는데 어찌나 뜨거운지 나마저 태워버릴 것만 같았다.

"이봐, LT, 진정하게나."

내가 말했다.

"아내가 보고 싶어요. 보고 싶어 미치겠다고요. 집에 돌아가도 고양이뿐인데, 이놈도 매일 울기만 하더라고요. 그러면 결국엔 나도 울음보를 터뜨리고 말아요. 먹을 걸 챙겨주는 동안 나하고 놈은 내내 울고만 있다니까요."

그의 목소리에 눈물이 가득 담겨 알아듣기조차 어려웠다. 그는 눈물과 열기로 범벅이 된 얼굴로 나를 돌아보았다. 그 얼굴을 보기가 여간 부담스럽지 않았으나 난 꾹 참았다. 그래야 할 것 같아서였다. 결국 루시와 프랭크와 냉장고 쪽지에 대해 이야기를 하도록 한 게 내가 아니었던가? 적어도 마이크 월러스나 댄 래더가 아닌 것만은 분명했다. 나는 그를 바라보았다. 그놈의 트위스터가 옮겨올까 봐 감히 끌어안기까지는 할 수 없었지만 계속해서 그의 팔을 다독여주기는 했다.

"어딘가에 살아 있을 거예요. 분명히."

그가 말했다. 목소리는 여전히 눈물에 푹 잠긴 채였으나 미약하나마 나름대로의 단호함도 느낄 수 있었다. 물론 그건 확신이라기보다는 바람에 불과했다. 나는 그 점도 혹신했다.

"그래, 그렇게 믿으라고. 법을 어기는 것도 아니잖아? 게다가 아직 그녀의 시신을 찾은 것도 아니고."

"차라리 그녀가 네바다 싸구려 카지노에서 노래를 부르고 있었으면 좋겠어요. 라스베이거스나 리노 같은 대도시는 못 견뎌 하겠지만 그래도 위네뮤카나 일리 같은 데라면 그럭저럭 지낼 수 있을 텐데. 어쩌면 '가수 구함'이라는 광고를 보고 그냥 처갓집에 가는 걸 포기한 것일 수도 있어요. 젠장, 룰루 말대로 반 푼 가치도 없는 놈들 때문에 말이에요. 알겠지만 아내는 노래를 잘 해요. 못 들어보셨죠? 정말이에요. 대단한 실력은 아니더라도 꽤 잘 해요. 그녀를 처음 봤을 때에도 마리오트 호텔 라운지에서 노래를 부르고 있었거든요. 오하이오 콜럼버스, 그래, 거기였어요. 아니, 어쩌면……"

그는 망설이다가 잠시 후 조금 더 작은 목소리로 말했다.

"아시겠지만, 네바다에서 윤락은 불법이 아니래요. 불법인 데도 있지만 대개는 아니라더군요. 어쩌면 그런데서 일할 수도 있을 거예요. 그랜 랜턴의 트레일러 공원이나 머스탱 랜치 같은 데죠. 그곳 여자들은 다들 창녀 기질이 있거든요. 룰루도 그랬어요. 그렇다고 창녀처럼 굴었다거나 닮고 달았다는 건 아니지만, 아무튼 그랬어요. 그녀는…… 그래요, 어쩌면 정말로 그런 곳에 있을지도 몰라요."

그가 말을 멈췄다. 멍한 표정이 아무래도 네바다 트레일러 공원의 창녀집 골방 침대에 누워 있는 룰루를 상상하는 모양이었다. 옆방에서 흘러나오는 스티브 얼과 더 듀크의 노래 「도로 위에서의 6일」이나, TV 퀴즈쇼 「할리우드 스퀘어」 소리를 들으며, 낮선 카우보이의 성기를 닦아주고 있는 룰루. 죽지는 않았으나 창녀가 되고 만 룰루. 차고 옆에 세워둔 자동차도 결혼할 때 몰고 온 스바루도 더 이상 의미가 없게 된 룰루. 그래, 어쩌면 그렇게나 애절하고 간절해하던 개의 시선도 더 이상 의미도 없을지도 모를 일이다.

"정말로 그렇게라도 믿고 싶어요."

그가 퉁퉁 분 두 눈을 팔목으로 훔치며 말했다.

"그래, 그렇게 생각해, LT."

점심시간에 희죽거리며 LT의 얘기를 들었던 남자들이 지금의 LT를 보면 어떻게 생각할까 하는 생각이 문득 떠올랐다. 창백한 두 뺨에 충혈된 눈과 뜨거운 피부를 하고 어깨까지 들먹이며 울고 있는 이 남자를 말이다.

"젠장, 그래야죠. 그렇게라도 생각해야죠."

그는 머뭇거리다가 결국 그렇게 내뱉었다.

내가 돌아갔을 때 로즐린은 침대시트를 가슴까지 끓어 올린 채 책을 읽고 있었다. 홀리는 내가 LT를 바래다주는 동안, 집에 돌아갔다고 했다. 아내는 기분이 좋지 않았다. 그 이유는 금세 알 수 있었다. 모나리자 미소의 여인이 내 친구에게 홀린 모양이었다. 말 그대로 홀린 것이다. 물론 아내는 죽어도 인정하지 않으려 했다.

"운전면허는 왜 빼앗겼대요? 또 음준가요?"

아내가 물었다.

"그래, 음주운전이야. 맞아. 하지만 그건 벌써 6개월 전이고 앞으로 두 달만 얌전히 지내면 되찾을 수 있어. 알코올 중독 모임에도 나가고 있으니까. 당연히 그렇게 될 거야."

아내가 끙 하고 신음을 내뱉었다. 여전히 맘에 들지 않는 모양이다. 나는 셔츠를 벗고 겨드랑이 냄새를 맡은 다음 벽장에 걸었다. 저녁식사 때문에 한두 시간밖에 입지 않은 옷이다.

"그 사람 아내가 실종되고 경찰이 수사는 제대로 한 거래요?"

아내가 물었다.

"몇 가지 질문을 하기는 했지만 그저 일상적인 수준이었어. 그가 아내를 어떻게 했다는 가정으로는 어떤 질문도 없었고. 경찰은 그 친구를 의심조차 하지 않았어, 로즐린."

"오, 당신도 그렇게 생각해요?"

"그래. 나도 몇 가지는 아니까. 룰루는 집을 나간 날 콜로라도 동부에 있는 호텔에서 자기 엄마한테 전화를 했지. 다음 날엔 솔트레이크 시티에서 전화했고. 그때까지는 괜찮았어. 주중이라 LT는 공장에 있었고. 그녀의 차가 칼리엔테의 랜치로드에서 발견되었을 때에도 그 친구는 공장에서 일하고 있었어. 공간이동 마법을 쓰지 못하는 한 그녀를 죽일 수는 없다는 게지. 죽일 이유도 없고. 그녀를 사랑했으니까."

아내가 다시 약한 신음을 내뱉었다. 이따금 내뱉는 특유의 불신 표시다. 결혼한 지 30년이건만, 그 소리만 들으면 여전히 그녀를 돌려세워 제발 그만 두라고 소리치고 싶어진다. 제발 속 시원하게 털어놓든지, 아니면 아가리를 닥치라고 말이다. 그냥 LT가 서럽게 우는 얘기와 그가 얼마나 당혹스러워 하고 또 고통스러워 하는지 얘기해 줄까 하는 생각도 해보았다. 하지만 그마저 생각일 뿐이다. 여자들은 남자의 눈물을 믿지 않는다. 겉으로야 무슨 말이든 하겠지만 마음속 깊은 곳까지 남자의 눈물을 믿는 여자는 없다.

"당신이 직접 경찰에 전화하면 안 돼요? 당신도 전문가잖아요. 그러니까 그 사람들도 도와주고 놓친 실가리도 찾아주고 해봐요. 왜, 「제시카의 추리극장」에서 안젤라 랜즈베리도 그러잖아요."

내가 두 다리를 침대 위로 올리자 아내가 불을 껐다. 우린 어둠 속에 누웠다. 그녀가 다시 입을 열었을 땐 목소리가 좀 더 부드러워졌다.

"그 사람이 영 맘에 안 들어요. 그냥 그래요. 늘 그랬죠."

"그래, 그런 것 같더군."

홀리가 그를 바라보는 태도가 영 께름칙하다는 뜻이었다. 처제는 줄곧 자기 접시만 내려다보고 있었지간, 이따금 고개를 들었을 때는…… 정말로 그랬다.

"다시는 그 사람 초대하지 말아요."

아내가 선언했다.

나는 아무 말도 하지 않았다. 늦은 시간이었고 피곤했다. 힘든 하루에 불편한 저녁식사, 심신의 피로. 죽어도 하기 싫은 일 중 하나가 걱정 많은 아내와 피곤한 심신으로 말다툼하는 것이다. 그건 누군가가 소파에서 하룻밤을 보내는 것으로 끝나게 마련인 그런 종류의 말다툼이며, 그런 식의 비극을 막기 위한 유일한 방법은 입 닥치는 것뿐이다. 결혼생활에서 대화란 비와 같으며, 결혼의 대륙은 건조한 세탁물과 한 순간에 격랑으로 바뀔 수 있는 마른 계곡들로 가득하다. 치유사들은 대화를 믿지만 그들 중 대부분이 이혼했거나 동성애자들이다. 결국 결혼의 관건은 침묵이다.

침묵.

한참 후, 이른바 결혼의 관건은 내 곁을 떠나 아내의 옆으로 굴러가버렸다. 그녀와 함께 꿈나라로 떠나버린 것이다. 나는 작고 더러운 차에 대해 생각하면서 한참을 더 누워 있었다. 한때는 깨끗해 보이는 차였는데. 그 차는 칼리엔테에서 그리 멀지 않은 네바다 사막에서 발견 되었다. 목장도로 옆 도랑에 코를 처박고 있었던 것이다. 운전석 문은 활짝 열려 있고 뒷거울은 뜯겨져 바닥을 굴러다녔으며, 피로 흥건한 앞자리에는 먹이를 찾아온 동물들의 발자국들이 가득 찍혀 있었다.

LT가 룰루와 함께 살고 있을 즈음에, 불과 3년 동안 그 지역에서 여자를 다섯이나 도륙한 남자가 하나 있었다(남자라고 생각하는 이유는 그런 자는 언제나 남자이기 때문이다.). 여자들 중 넷이 떠돌이였다. 그는 어떤 식으로든 차를 세우게 한 다음 여자들을 끌어내려 강간하고 도끼로 난도질하고, 그리고 말똥가리, 까마귀, 족제비들을 위해 주변에 한두 도막 뿌려놓고 다녔다. 다섯 번째 여자는 농장주의 늙은 아내였다. 경찰은 이 살인마를 도끼맨이라고 불렀는데, 이 글을 쓰고 있는 지금도 잡히지 않은 상태이다. 아니, 그 이후로 더 이상 살인도 없었다. 만일 '신시아 룰루벨 심스 드위트'가 도끼맨의 여섯 번째 희생자라면 지금까지는 적어도 마지막 희생자인 셈이다. 하지만 그녀를 여섯 번째 희생자로 단정하기에는 아직 몇 가지 문제가 남아 있었다. 그리고 그 의문은 미약하나마 LT가 희망을 놓지 않고 있는 이유이기도 했다.

먼저 앞좌석의 피는 인간의 것이 아니었다. 네바다의 법의학 팀이 그 사실을 알아내는 데는 다섯 시간도 채 걸리지 않았다. 룰루의 스바루를 찾아낸 목장 노동자도, 800미터쯤 떨어진 곳에서 새들이 구름처럼 모여 있는 것을 먼저 보았다고 했다. 그가 목격한 것은 도륙된 여자가 아니라 도륙된 개 한 마리였다. 뼈와 이만 남은 개의 시체. 썩은 고기를 쫓는 짐승들과 날짐승들이 포식을 한 터라 잭 러셀 테리어에게는 거의 살점이 붙어 있지 않았다. 도끼맨이 프랭크를 잡은 건 거의 확실했다. 룰루 역시 개연성이 있지만 확실한 건 아무것도 없었다.

나는 그녀가 살아 있을지도 모른다고 생각한다. 일리의 감옥에서 「노란 리본을 묶어요」를 부르던지, 아니면 호손에 있는 술집 '산타페의 장미'에서 3인조 밴드와 함께 「마이클에게 편지를 전해주오」를 부르고 있을 가능성도 있다. 붉은 조끼에 검은색 줄무늬 타이를 매고 어떻게든 젊어 보이려 발악하는 노땅 밴드 말이다. 아니면 오스틴이나 웬도버에서 트럭운전사들의 거시기를 빨고 있을 수도 있다. 네덜란드의 튤립이 그려진 달력 밑에서 축 늘어진 히프를 하나씩 끌어안고 가슴이 허벅지에 짓눌리도록 잔뜩 고개를 숙인 채, 그날 밤 일이 끝나고 어떤 TV 프로그램을 볼지 고민하고 있으리라. 어쩌면 그냥 길가에 차를 세우고 떠났을 수도 있겠다. 다들 그러니까 말이다. 물론 당신도 예외는 아니다. 문득 그러고 싶을 때 있지 않은가? 씨발, 다 집어 쳐! 그러고는 무작정 떠나고 마는 것이다. 누군가 데려가 잘 키울 거라고 생각하면서 프랭크까지 버렸을 것이다. 문제는 그게 도끼맨이었고 그래서……

아니, 그럴 리는 없겠다. 룰루를 만난 적이 있는데 황무지에 개를 버려서 타 죽거나 굶어 죽게 할 여자로 보이지는 않았다. 더욱이 프랭크처럼 사랑한 개를 그럴 리는 만무하다. 그 점에선 LT의 말도 과장은 아니다. 나는 둘을 다 만나보았고 그래서 알고 있다.

그녀는 어딘가에 살아 있을 것이다. 최소한 기술적으로 볼 때, LT의 말은 옳다. 차 문이 활짝 열리고 뒷거울이 바닥에 떨어져 있으며 까마귀들이 죽은 개의 살점을 물어다 나무 위에 걸어놓은 그림 속 어디에서도 그녀의 죽음을 도출해 낼 수 없다는 이유만으로, 또 룰루 심스가 신분을 감추고 노래를 부르거나 트럭 운전사들의 성기를 빨고 있을 만한 제2의 장소가 칼리엔테 근처에 없다는 이유만으로, 그런 시나리오들이 존재하지 않는다고 말할 수는 없을 것이다. 하지만, LT에게 말했듯이, 그들은 그녀의 시체를 찾아내지 못했다. 찾아낸 건 그녀의 차와, 그곳에서 조금 떨어진 곳에 뿌려진 죽은 개의 도막 몇 개뿐이었다. 따라서 룰루는 어디에든 있을 수 있다. 안 그런가?

나는 잠을 들 수가 없었다. 목도 말랐다. 결국 나는 침대를 빠져나와 욕실로 갔다. 그러고는 싱크대 옆에 있는 유리잔에서 칫솔들을 꺼내 마실 물을 채우고, 뚜껑 닫힌 변기에 앉아 샴고양이의 울음소리에 대해 생각했다. 그 기이한 울음소리. 하지만 만일 그들을 사랑한다면, 그 소리는 아름답고 편안한 소리로 들릴 것이다.

로드 바이러스,
북쪽으로 가다

실제로 이 이야기에 묘사된 그림을 갖고 있다. 기이하지 않는가? 아내가 보고는 내 마음에 들 거라고(적어도 관심을 보일 거라고) 생각했고, 그래서 선물로 들고 온 것이다……. 생일선물기었던가? 아니면 크리스마스? 잘 기억은 나지 않는다. 분명한 건 아이들은 한결같이 그 그림을 싫어했고 때문에 그림은 내 사무실에 걸려 있다. 아이들은 움직일 때마다 운전사의 눈이 자기들을 쫓아온다고 했다(아들 오웬이 어렸을 땐 짐 모리슨의 사진도 무서워했다.). 나는 변하는 그림에 대한 이야기를 좋아하기 때문에 이 그림에 대한 이야기를 쓰기로 했다. 실존하는 그림에 기초한 이야기의 다른 예로는, 「메이플 가의 집」이 있다. 크리스 반 알스버그의 흑백 그림에 근거한 이야기이고 지금은 『악몽과 꿈속의 풍경』에 수록되어 있다. 그리고 변하는 그림에 대해 장편을 쓴 적도 있었다. 『로즈 매더』라는 글인데 내 소설 중 아마도 최고의 읽을거리일 것이다(영화는 없다.). 그 소설에서 로드 바이러스는 노먼이라는 이름으로 등장한다.

로즈우드의 벼룩시장에서 처음 그림을 봤을 때만 해도 리처드 키넬은 공포에 떨거나 하지 않았다.

그는 그림에 매료되었고 어쩌면 특별한 보물을 찾아냈다는 생각에 한껏 부풀기까지 했다. 두려움? 아니, 그런 식으로 독한 마약에 중독된 젊은이의 광기를 느낀 것은 그러고도 훨씬 후의 일이었다(그의 블록버스터 소설에 그런 구절이 있었던가? 후회는 아무리 빨라봐야 후회라고?).

그가 보스턴에 간 까닭은 '대중성의 위험'이라는 제목의 국제 펜클럽 뉴잉글랜드 학술대회 때문이었다. 펜클럽의 주제가 언제나 그런 식이라는 생각에 조금은 마음이 놓였고, 그래서 비행기를 타는 대신 420킬로미터를 차를 몰고 달려가기로 했다. 준비 중인 소설이 꽉 막혀 조금은 머리를 식힐 시간이 필요했던 것도 한 이유였다.

학술대회는 끔찍했다. 패널 석에 자리를 잡고 앉았는데 멍청한 인간들이 쓸데없는 질문을 해댔던 것이다. 아이디어는 어디에서 구하는지, 글을 쓰면서 무섭거나 하지는 않는지 따위의 질문들 말이다. 그는 토빈 교를 지나 뉴잉글랜드를 빠져나온 다음 1번 국도를 탔다. 복잡한 문제가 있을 때에는 가급적 고속도로를 피해 다녔다. 고속도로는 늘 그를 비몽사몽의 멍한 상태로 몰아가는데, 편안하긴 해도 창작활동에 도움이 될 수는 없다. 하지만 해안도로의 이 가다서다식 굽잇길은 그야말로 굴 껍질 속의 모래 역할을 해주었다. 모래는 상당량의 정신활동을 촉발했고 이따금…… 진주를 뽑아내기도 한다.

아니, 비평가들의 개소리 때문에 그런 것은 아니었다. 지난해

《에스콰이어》의 에세이에서 브래들리 시몬스가 그의 소설 『악몽의 도시』를 두고 이렇게 말한 적도 있었다. '리처드 키넬, 마치 제프리 다머(90년대 17명 이상을 살해한 엽기적 살인마 — 옮긴이)가 요리하듯 글을 써대던 그가 또다시 한바탕 욕지기를 토해냈다. 그리고 그 새로운 토사물 덩어리에 『악몽의 도시』라는 제목을 붙여주었다.'

국도 1번은 리비어, 몰던, 에버렛을 거쳐 뉴베리포트 해안으로 이어졌다. 로즈우드라는 작고 깔끔한 마을을 만난 것은 뉴햄프셔 변경에서였다. 2킬로미터가 채 못 되어 다을 중심지가 나타나고 곧이어 2층짜리 케이프코드(굴뚝이 있는 오두막집 — 옮긴이)의 앞마당 잔디에 잔뜩 늘어놓은 싸구려 물건들이 보였다. 아보카도색의 전기스토브 위에 '야드세일(쓰던 물건을 집마당에 늘어놓고 파는 미니 장터 — 옮긴이)'이라고 적힌 표지판도 보였다. 길 양쪽으로 잔뜩 주차되어 있는 자동차들로 일종의 병목현상이 빚어졌고, 때문에 야드세일에 흥미가 없는 운전자들은 길을 뚫고 가며 알듯 모를 듯한 욕설을 퍼붓기도 했다. 키넬은 야드세일을 좋아했다. 특히 책을 가득 담은 박스들을 만날 때가 그렇다. 그는 병목을 뚫고 나가 차들의 행렬 제일 끝에 아우디를 세우고는(메인과 뉴햄프셔가 있는 방향이었다.) 다시 걸어서 돌아갔다.

십여 명의 사람들이 잔디에 늘어놓은 물건들을 둘러보고 있었다. 시멘트 보도 왼쪽으로 대형 TV도 한 대 놓여 있었다. TV의 네 발 밑에 종이 재떨이를 받쳐두고 있었지만 잔디를 보호하는 데에는 전혀 쓸모가 없어보였다. 그 위에 '가격을 아시면 놀랄 겁니다.'라는 안내장도 보였다. TV의 전기선이 연장코드로 현관문

안에까지 길게 이어져 있었으며, 그 앞의 잔디의자에 뚱뚱한 여자가 앉아 있고, 그녀의 머리 위로 파라솔이 펼쳐져 있었다. 다채로운 조개 그림의 차양에 'CINZANO'라는 상표가 인쇄된 파라솔이다. 카드 테이블 위에는 시거 박스, 노트 패드, 손으로 쓴 안내장 따위가 보였다. 그 안내장에도 '현찰 거래. 반품, 환불 불가'라는 글이 적혀 있었다. TV는 켜 있었는데 지금은 두 미남, 미녀가 위험천만한 연애행각을 벌이는 오후 드라마를 내보내고 있었다. 뚱보여자가 키넬을 힐끗 보더니 다시 TV로 시선을 돌렸다. 그리고 한동안 연속극을 보던 그녀가 다시 그를 돌아보았다. 이번에는 그녀가 입이 조금 씰룩거렸다.

'이런, 드라마 광이로군.' 키넬이 속으로 중얼거렸다.

키넬은 이곳 어딘가에 있을, 페이퍼백으로 가득한 마분지 상자를 찾고 있었다.

그가 찾아낸 것은 페이퍼백이 아니라 그림이었다. 그림은 다림질 판에 기대 있었고 플라스틱 세탁바구니 두 개로 고정시켜 두었다. 그는 숨을 멈췄다. 그림이 너무나 맘에 들어서였다.

그는 과장된 몸짓으로 달려가 그 앞에 한 무릎을 꿇고 앉았다. 그림은 수채화였는데 기술적으로도 완벽해 보였다. 사실 그런 건 아무래도 좋았다. 기술이 그의 관심사는 아니었기 때문이다(그의 작품을 혹평하는 비평가들도 그 사실을 들먹이곤 했다.). 그가 생각하는 예술작품의 관건은 내용이다. 독자의 오감을 흔들어놓는 내용이 궁극적 창작목표인 것이다. 그 점에서 그림은 최고의 점수를 줄 만 했다. 그는 세탁바구니(둘 모두 잡다한 장비들로 가득했다.) 사이에 무릎을 꿇고 앉아 그림의 유리면을 쓰다듬었다. 그림에 관심을 갖는 사람이 또 있나 싶어 얼핏 주위를 돌아보았으나 주변엔 아무도 없었다. 어차피 어린 보픕의 동화책이나, 기도하는 손, 도박하는 개들 등이 그려진 것을 예술작품인 줄 알고 사는 사람들이다.

그는 다시 수채화 액자를 보았다. 마음속으로는 벌써, 트렁크의 정장을 뒷자리로 옮겨 그림 넣을 자리를 만들어야겠다는 생각을 하고 있었다.

그건 머슬카(강력한 엔진을 탑재한 고속 스포츠카 — 옮긴이)를 타고 있는 젊은 남자의 그림이었다. 그랜드 앰이나 GTX 같은 세미 컨버터블인데 석양의 토빈교를 건너고 있었다. 젊은이의 왼쪽 팔은 문에 걸쳐 있고 오른 팔목은 운전대에 아무렇게나 걸쳐 있었다. 그의 등 뒤로 석양의 하늘은 주로 황색과 회색으로 채색되어 있으며 군데군데 분홍빛 혈관이 그어져 있었다. 젊은 남자의 블론드 곱슬머리가 이마 아래까지 흘러내렸다. 살짝 미소 띤 입술 사이로 야수의 송곳니 같은 치아가 드러나 보였다.

'어쩌면 이를 줄로 갈았는지도 몰라. 그럼 저잔 식인괴물인 건가?' 키넬은 그런 생각도 했다.

그는 그 점도 맘에 들었다. 식인종이 그랜드 앰을 몰고 석양의 토빈교를 건너다. 펜클럽 패널들의 토론에 참석한 청중들은 아마도 이런 생각들을 할 것이다. '오, 그래, 리치 키넬에겐 딱 좋은 그림이군. 영감으로 가득 차 있잖아? 그 친구의 늙고 처진 식도를 간질여 한 번 더 역겨운 토사물을 쏟게 만들어 줄 거야.' 무식쟁이 놈들이다. 그의 글에 대해 쥐뿔도 모르고 까부는 자들이다. 게다가 더욱 역겨운 건 놈들은 자신들의 무지를 숭배하고 있었다.

아무한테나 깽깽 짖어대고, 심지어 이 세상을 구원할 선지자의 무릎까지 물어뜯으려고 덤벼드는 멍청하고 천박한 개자식들. 그리고 그 개자식들보다 멍청하고 천박한 주인 놈들도 있다. 놈들이 알아야 할 건 공포소설을 쓰기 때문에 그림에 끌린 것이 아니라, 이런 그림들을 좋아하기 때문에 공포소설을 쓴다는 사실이다. 그의 팬들도 가끔 이런 그림들을 보내오지만 그는 그 중 대부분을 던져버린다. 예술적으로 하자가 있어서가 아니라 따분하고 뻔했기 때문이다. 오마하의 팬이 세라믹 조각을 보내온 적이 있었다. 냉장고 문에 끼인 채 끔찍한 비명을 지르는 원숭이의 두상이었는데 그 선물은 버리지 않았다. 기술적으로는 형편없었으나 그곳에는 분명 그의 정신을 밝혀줄 의외의 답변이 존재했다. 이 그림도 같은 종류지만 그보다 훨씬 좋았다. 훨씬.

그는 그림을 향해 손을 내밀 참이었다. 당장이라도 그림을 집어 들어 겨드랑이에 끼고는 자신이 주인임을 만천하에 공개할 참이었다. 그때 뒤에서 누군가의 목소리가 들렸다.

"리처드 키넬 아니세요?"

그는 깜짝 놀라 돌아보았다. 뚱보여자가 바로 뒤에서 시야를 온통 가리고 서 있었다. 다가오기 전에 립스틱을 새로 칠했는지 입술이 시체를 뜯어먹은 좀비의 미소로 바뀌어 있었다.

"예, 그렇습니다만."

그가 미소를 돌려주며 말했다.

그녀의 눈이 그림 위로 떨어졌다.

"선생님께서 곧바로 그곳으로 가실 줄 알았어요. 정말로 선생님과 어울리는 그림이죠."

그녀가 선웃음을 흘리며 말했다.

"그렇죠? 얼마를 드리면 되겠습니까?"

그가 말하고는 유명인사다운 미소를 지어보였다.

"45달러예요. 솔직히 말씀드리면 70달러에서 시작했는데 아무도 원하지 않더군요. 그래서 가격이 내려간 거랍니다. 내일 다시오시면 30달러에 살 수도 있을 거예요."

그녀의 선웃음이 어찌나 억지스러운지 잔뜩 찢어진 입 끝으로 침이 배어나오기까지 했다.

"그런 모험을 할 수는 없습니다. 지금 당장 수표를 끊어드리죠."

그가 말했다. 그녀의 억지웃음은 점점 더 커져 이제는 아예 존 윈터스의 기괴한 패러디 영화, 「신이 저주한 셜리 템플」처럼 보였다.

"사실은 수표거래는 하지 않을 생각이었지만 상관없어요. 대신에 제 딸애한테 사인 한 장만 해주실래요? 아이 이름은 로빈입니다만."

그녀가 말했다. 목소리가 마치 남자친구와 섹스를 하기로 결심한 십대 소녀처럼 들렸다.

"멋진 이름이군요."

키넬은 대충 칭찬해 주고는 뚱보여자를 따라 카드테이블로 향했다. TV에서는 잔뜩 달아오른 젊은 커플이 사라지고 지금은 한 노파가 왕겨를 게걸스럽게 퍼먹고 있었다.

"로빈은 선생님 책을 모두 읽는 답니다. 세상에 그런 황당한 생각들은 도대체 어디서 나오는 거죠?"

뚱보여자가 물었다.

"저도 모릅니다. 그냥 저절로 떠오르는 생각들이죠. 놀랍죠?"

키넬이 더욱 더 커다란 미소를 지어보였다.

야드세일의 주최자 이름은 쥬디 디멘트이고 바로 옆집에 사는 여자였다. 키넬이 화가의 이름을 아는지 묻자 그녀는 물론 안다 며 바비 헤이스팅스라는 이름을 들려주었다. 바로 그 헤이스팅스 라는 이름 때문에 헤이스팅스의 물건들을 처분하기로 했다는 말 도 했다.

"이 그림은 그가 태워버리지 않은 유일한 물건이에요. 불쌍한 아이리스! 정말로 불쌍한 건 그 여자랍니다. 조지는 눈 하나 깜짝 하지 않지만 그녀가 왜 집을 팔려고 하는지에 대해서도 모르는 남자인걸요."

그녀가 살찐 두 눈을 굴려보였다. 도대체 그게 말이나 되냐는 항변의 표현이겠다. 그녀는 키넬이 찢어주는 수표를 받고, 대신 세 일 물건의 가격표가 적힌 메모판을 내밀었다.

"로빈의 이름으로 해주세요. 가능하시다면 예쁜 인사말도 조 금."

그녀의 억지웃음이 다시 나타났다. 차라리 죽었기를 바란 옛 친구라도 만난 기분이었다.

"으흠."

키넬이 대충 대답하고는 '팬을 만나서 반갑구나.' 식의 진부한 메시지를 적어 넣었다. 자필서명을 해온 지 무려 25년이다. 사인 하는 손을 볼 필요도 없고 문구 때문에 고민할 일도 없었다.

"자, 이제 그림 얘기 좀 해보세요. 헤이스팅스하고."

쥬디 디멘트는 좋아하는 이야기를 암송하려는 소녀처럼 펑퍼짐한 두 손을 모았다.

"바비는 올해 자살할 때 스물셋밖에 안 됐어요. 끔찍하죠? 비록 고통받는 천재 타입이긴 했지만 그래도 목숨까지 끊을 줄은 몰랐답니다."

그녀는 다시 눈을 굴리며 그게 말이나 되냐는 식의 동의를 구했다. 그리고 목소리를 낮추었다.

"아마도 그림이 70점은 되었을 거예요. 많으면 80. 저기 지하실에요."

그녀가 턱으로 케이프코드 쪽을 가리켰다가 다시 석양의 토빈교를 건너는 악마 청년 그림을 보았다. 그리고 다시 목소리를 낮추더니 재빨리 주변을 살폈다. 한 여자가 헤이스팅스의 이질적인 은식기들과 「애들이 줄었어요」 테마를 담은, 낡지만 무척 잘 보존된 맥도날드 플라스틱 잔들을 내려다보고 있었다.

"바비의 엄마 아이리스 말로는 그림 대부분이 끔찍했대요. 이것보다 끔찍한 것도 많았는데 거의 섹스를 다루고 있었다더군요."

"오, 세상에."

키넬이 맞장구를 쳐주었다.

"마약에 취하면서부터는 더 나빠졌대요, 글쎄. 그림을 그리던 지하실에서 목을 맸는데, 죽은 후에 크랙코카인을 담는 데 쓰는 작은 병들을 백여 개나 찾아냈다더라고요. 마약은 정말 끔찍하다니까요."

"물론이죠."

"어쨌든, 죽기 전에 살아 있을 때 쌓아둔 인연을 끊어버린 거예요. 스케치와 그림들을 모두 뒤뜰로 갖고나가(그 그림만 빼고) 태워버렸으니까요. 그리고 곧바로 지하실로 내려가 목을 맸죠. 셔츠에 쪽지를 하나 끼워 놓았는데 '이 끔찍한 상황을 더 이상 견딜 수 없다.'라고 적혀 있었다는군요. 끔찍하죠, 키녈 선생님? 정말로 이렇게 끔찍한 얘기를 들어보신 적은 없으시죠?"

"예, 그런 것 같군요."

키녈의 대답이었다. 어쩌면 정말로 그럴지도.

"말씀드렸지만, 조지에게 선택의 여지가 있었다면 계속해서 저 집에서 살려고 했을 거예요. 사내들은 다르잖아요."

"그래요?"

쥬디 디멘트는 로빈에게 줄 자필사인을 꺼내 키녈의 수표 옆에 대더니 고개를 저었다. 두 사인이 너무나 닮아 놀랍기라도 하다는 투였다.

"오, 물론이에요. 훨씬 둔하죠. 죽기 직전의 바비 헤이스팅스는 피골이 상접했고 더럽기 짝이 없었어요. 악취도 났다니까요. 매일 레드 제플린의 사진이 박힌 티셔츠만 입고 다녔고, 두 눈은 벌겋게 탄데다, 수염이 어찌나 더럽고 지저분한지 턱수염이라고 부르기도 민망할 정도였죠. 십대처럼 여드름도 다시 생겼다더라고요. 하지만 그녀는 그래도 아들을 사랑했어요. 엄마의 사랑은 세상만물을 초월하잖아요."

은식기와 플라스틱 잔을 구경하던 여인이 스타워즈 접시받침을 들고 다가왔다. 디멘트 부인은 5달러를 받고, '12달러. 냄비집게와 보온패드' 아래 칸에 판매내역을 꼼꼼하게 적은 다음 다시 키넬에게 돌아왔다.

"그들은 애리조나로 떠났어요. 아이리스의 친정이 있는 곳이죠. 조지도 그곳 플래그스태프에서 일거리를 찾고 있다고 들었어요. 도예공이거든요. 글쎄요, 구했는지는 모르겠네요. 만일 구했다면 이곳 로즈우드에는 돌아오지 않겠죠? 아이리스는 팔기를 원하는 물건들을 모두 표시하고는 내 수고비로 20%를 주겠다고 했어요. 나머지는 수표로 보낼 생각이에요. 많은 돈은 아니겠지만."

그녀가 한숨을 내쉬었다.

"대단한 그림입니다."

키넬이 말했다.

"예, 다른 그림을 태워버린 게 안타까워요. 다들 야드세일에서 팔만한 것들이었을 텐데. 그게 뭐죠?"

키넬이 그림들 돌려보고 있었는데 뒤쪽에 조금 긴 스티커가 붙어 있었다.

"제목 같은데요?"

"뭐라고 쓰여 있나요?"

그는 그림 양쪽을 잡고 그녀가 직접 볼 수 있게 들어주었다. 그덕에 그림은 그의 눈높이가 되었고 덕분에 다시 한번 꼼꼼히 감상할 수 있는 기회를 얻었다. 주제를 드러내는 집요한 편집증은 정말로 소름 끼칠 정도였다. 머슬카 운전대를 잡고 있는 아이. 인생에서 볼 장 다 본 듯한 징그러운 미소. 그리고 그 미소보다 역겨운 치열.

'적절한 제목이야. 그림에 딱 맞는 제돈이 있다면 이게 그래.' 그는 생각했다.

"「로드 바이러스, 북쪽으로 가다」. 우리 애들이 밖에 내놓을 때에도 못 봤는데. 그게 제목 맞아요?"

"그럴 겁니다."

키넬은 금발 청년의 미소에서 눈을 뗄 수가 없었다. '난 알고 있어. 당신들이 죽었다 깨어나도 모를 일을 알고 있다고.' 미소는 그렇게 말하고 있었다.

"에, 어쨌든 이 그림을 그린 애는 마약에 완전히 취해 살았죠. 스스로 목숨을 끊어 엄마의 마음을 갈기갈기 찢어놓은 아이기도 하고."

그녀도 이제는 무서운 듯 보였다.

"이젠 제가 북쪽으로 떠날 시간이군요. 아무튼 감사……"

키넬이 그림을 겨드랑이에 끼우며 작별인사를 하려 했다.

"키넬 선생님?"

"예?"

"운전면허증 좀 보여주시겠어요? 수표 뒷면에 주민번호를 적어야 하거든요."

그녀는 정말로 하기 싫은 얘기를 하는 사람처럼 말했다. 키넬은 그림을 내려놓고 지갑을 뒤지기 시작했다.

"아, 물론이죠."

스타워즈 접시받침을 산 여인이 자기 차로 돌아가다가 잠시 멈춰 섰다. 그녀는 잔디 TV의 드라마를 보다가, 언뜻 그의 정강이에 기대놓은 그림으로 시선을 돌렸다.

"어머, 저런 추한 그림을 누가 산대요? 세상에, 꿈에 나타날까 무섭네요."

그녀가 말했다.

"이 그림이 어때서요?"

키넬이 되물었다.

키넬의 이모 트루디는 웰즈에 살고 있다. 메인-뉴햄프셔 경계에서 10킬로미터밖에 되지 않는 곳이었다. 키넬은 밝은 녹색으로 칠해진 웰즈 급수탑을 돌아 출구가 있는 방향으로 차를 몰았다. 탑에는 길이가 1미터도 넘는 글자로 '메인을 푸르게, 경제를 밝게'라는 문구가 적혀 있었다. 그리고 5분 후 그녀의 작고 깔끔한 솔트박스 하우스(정면은 2층, 뒤쪽은 단층으로 된 소금통 모양의 주택 — 옮긴이) 진입로에 들어서고 있었다. 물론 이곳 잔디에는 종이재떨이를 받친 TV 대신에 트루디 이도의 아름다운 꽃밭이 있다. 키넬은 소변이 급했지만, 이곳에 올 때만은 길가의 휴게소에 들르지 않는다. 게다가 그동안 밀린 가족의 가십을 듣고도 싶었다. 트루디 이모는 최고의 이야깃거리만 들려주는 사람이다. 이제 그에게 자바 식당이 어떤 곳인지 들려줄 것이다. 그리고 그 역시 새로운 전리품을 보여주고 싶었다.

그녀는 밖으로 나와 그를 끌어안고는 얼굴에 딱따구리 같은 키스를 퍼부었다. 어렸을 적엔 그럴 때마다 온몸에 전율이 일었건만.

"보여줄게 있어요. 아마 이모도 놀라서 두 눈을 다시 주워 담아야 할 걸요?"

"말하는 꼬락서니 하고는……"

하지만 트루디 이모는 즐거운 표정이었다. 그녀는 그를 바라보며 팔꿈치를 두 손으로 감쌌다.

그가 트렁크를 열어 새 그림을 끄집어냈다. 그의 기대와 다른 방향이었지만 아무튼 그녀는 놀랐다. 그녀의 얼굴이 순식간에 창백해졌는데 키넬도 그런 모습은 처음이었다.

"끔찍하구나. 정말 끔찍해. 어떤 점이 네 맘에 들었는지는 알겠다만, 리치, 제발 다시 집어넣으련? 이왕이면 가는 길에 사코 강에 들러 강물에 던져버렸으면 싶구나."

그는 놀란 표정으로 그녀를 보았다. 트루디 이모는 떨리는 입술을 꼭 다물고 있었다. 가늘고 긴 손으로 팔꿈치를 꼭 끌어안고 있었는데(그건 감싼 것과는 달랐다.) 마치 스스로 달아나지 못하도록 붙들고 있는 것 같았다.

"이모, 왜요? 뭐가 잘못 됐어요?"

키넬은 난감했다. 도대체 무슨 일인지 짐작도 가지 않았다.

"그거. 정말 아무것도 못 느끼겠니? 너처럼 상상력이 뛰어난 애가."

그녀는 오른 손을 들어 그림을 가리켰다.

에, 물론 느끼긴 했다. 그건 분명하다. 그게 아니라면 처음부터 수표를 끊지도 않았을 것이다. 하지만 트루디 이모가 느낀 건 질적으로 달랐고…… 또 무척이나 강했다. 그는 그림을 뒤집어 다시 살펴보았다. 이모가 볼 수 있도록 돌려놓고 있었기 때문에 지금껏 제목이 적힌 스티커 쪽을 보고 있던 터였다. 그리고 그 순간 그는 가슴과 배를 철퇴로 두들겨 맞은 듯한 충격을 받았다. 그것도 두 방 연속으로.

그림이 달라져 있었다. 그게 첫 번째 강타였다. 뚜렷하지는 않았지만 분명히 변해 있었다. 블론드 청년의 미소가 더 커지고 뾰족한 식인 송곳니가 더 많이 드러나 있었으며, 두 눈동자도 아래쪽으로 처져 이전보다 역겹고 씁쓸한 표정을 만들었다.

더 커진 미소…… 조금 더 도드라진 날카로운 이빨들…… 사시가 된 두 눈…… 모두가 사소하면서도 주관적인 변화들이었다. 그런 변화 따위는 착시 때문으로 치부할 수도 있었다. 사기 전에 철저히 연구하거나 한 것도 아니지 않는가? 더욱이 디멘트 부인의 수다도 끼어 있었다. 수다만으로도 청동 원숭이의 혼을 빼놓을 그런 여자였다.

하지만 그렇다 해도 두 번째 펀치는 남아 있었다. 그리고 그건 절대로 주관적인 기준이 아니었다. 청년은 아우디의 어두운 트렁크 속에 있는 동안, 문에 걸쳐 놓은 왼쪽 팔을 돌려놓고 있었던 것이다. 때문에 이제 키넬은 감춰졌던 문신을 볼 수 있었다. 넝쿨에 감긴 단도였는데 그 끝에 핏자국이 선명했다. 그리고 그 아래 뭔가 적혀 있기도 했다. 키넬이 볼 수 있는 건 '굴욕을 겪느니'뿐이었지만, 드러나지 않은 단어를 캐기 위해 굳이 베스트셀러 작가가 될 필요조차 없었다. '굴욕을 겪느니 차라리 죽음을.' 결국 이런 재수 없는 놈이 팔에 새길 만한 상트적인 문구였다. '모르긴 몰라도 다른 팔에는 스페이드 에이스가 있겠지?' 키넬은 그런 생각을 했다.

"맘에 안 드시죠, 이모?"

하지만 그는 더 놀라운 광경을 목격해야 했다. 그녀가 시선을 피해 거리를 보는 척하는 것이 아닌가(뜨거운 오후햇살의 거리도 잔뜩 지치고 황량해 보였다.)! 맙소사, 그 정도로 그림이 싫을까…….

"그래, 싫구나. 그러니 어서 치우고 집으로 들어가자꾸나. 소변
마렵지 않니?"

수채화를 트렁크에 집어넣자마자 트루디 이모는 특유의 재기
를 회복했다. 두 사람은 키넬의 엄마(패서디나), 누나(배턴루지), 그
리고 그의 전처 샐리(내셔아)에 대해 실컷 수다를 떨었다. 샐리는
우주항공사 지망생이자, 대형 트레일러 동물보호소 운영자이며,
매달 두 개의 뉴스레터를 발간하는 열혈녀이다. 그중 《생존자》는
천문학 관련 정보와 영계에 대한 개연성 있는 이야기들로 채워졌
고, 《방문객》은 외계인과 접촉한 사람들의 기사를 다루었다. 키넬
은 이제 판타지와 호러를 전문으로 하는 팬 미팅에 나가지 않았
는데, 그건 샐리 하나만으로도 족하다고 생각했기 때문이다.

트루디 이모가 차에까지 바래다주었을 때는 벌써 4시 30분이
었다. 그는 의례적인 저녁초대를 거절했다.

"지금 떠나면 데리까지 어둡기 전에 도착할 수 있을 거예요."

"그래라. 네 그림에 대해 까다롭게 군 건 사과하마. 네가 좋아
하는 건데. 너야 늘 그런…… 별종들을 좋아했잖니. 그냥 불편해
서 그랬나보다고 생각해. 아무튼 표정이 끔찍했잖니? 그 남자를
보고 있자니 정말로 날 보고 있다는 생각이 들었단다."

키넬은 씩 웃고는 그녀의 코끝에 키스했다.

"상상력은 이모가 더 대단하세요."

"그래. 그건 가문의 유래란다. 가기 전에 화장실 안 가도 되겠
어?"

그가 고개를 저었다.

"그래서 들른 거 아니에요. 정말이라니까요."

"응? 그럼 왜 들른 건데?"

그가 씩 웃었다.

"요즘에 누가 형편없고 누가 잘 나가는지 이모가 제일 잘 아시 잖아요. 그런 얘기를 사람 눈치 안 보고 해주기도 하시고요."

"늦겠다. 어서 가려무나. 내가 너라면 서둘러서 집에 가겠다. 어디, 저 불쾌한 남자를 태우고 어둠 속을 달리고 싶겠어? 아무리 트렁크라도 말이다. 세상에, 너 그 남자 이빨 봤지?"

그녀가 그의 어깨를 가볍게 밀어내며 말했다.

그는 결국 유료 고속도로를 택했다. 경치 대신 속도를 택한 것이다. 그림을 다시 보기 전까지는 그레이 휴게소에 다다를 계산이었다. 이모의 초조함이 병균처럼 전염되기도 했지만 사실 진짜 문제는 그게 아니었다. 문제는 그림의 변화를 그 역시 확신하고 있다는 데 있었다.

휴게소에는 갖가지 종류의 식당들이 있었다. 로이 로저스 버거, TCBT 아이스크림 등. 그리고 뒤쪽으로 쓰레기투성이의 작은 휴식공간도 보였다. 키넬은 미주리 번호판이 달린 밴 옆에 차를 세우고 먼저 크게 심호흡을 했다. 아이러니컬한 얘기지만 그는 작업 중인 소설의 플롯을 뚫기 위해 보스턴까지 차를 몰고 갔었다. 하지만 가는 동안에는 패널들이 던질 껄떡지근한 질문들에 대한 대답을 연습했건만, 사실 그런 질문들은 하나도 없었다. 아이디어를 어디에서 얻는지는 키넬도 모르며, 소설을 쓰면서 이따금 무섭기도 하다고 대답하자, 그들은 에이전트를 어떤 식으로 구하는지에 대해서 캐묻기 시작했다.

그리고 지금은 돌아가면서 저주 받은 그림 생각만 하고 있었다.

또 변했을까? 금발청년이 좀 더 팔을 비틀어 문신을 완전히 드러냈을까? 만일 그렇다면 샐리의 잡지에 투고를 할 수도 있을 것이다. 그것도 4부작으로. 하지만 변하지 않았다면…… 그럼, 내가 환각증세를 보이는 걸까? 과대망상? 개소리. 그의 삶은 지극히 안정적이며 컨디션도 최상이었다. 최소한 그림이 다른 무언가로, 그러니까 더 어둡고 끔찍한 무언가로 변신하기 전까지는 그랬다.

"오, 젠장, 네가 처음부터 잘못 본 거라고."

그가 차에서 나오면서 큰 소리로 투덜댔다. 그래, 그런 거야. 그런 거라고. 지각능력이 꼬인 게 처음은 아니다. 어차피 그게 직업이잖아. 이따금 상상력이 조금 지나칠 때가…… 있던가……?

"환장하겠군."

키넬은 투덜거리며 트렁크를 열고 그림을 꺼내 살펴보았다. 그리고 약 10초 동안은 숨 쉬는 것조차 잊었다. 너무나 끔찍했다. 갑자기 숲 속에서 바스락거리는 소리를 들었을 때나 거대한 말벌을 만났을 때처럼 무서웠다.

금발의 운전사가 그에게 광기의 미소를 보내고 있었다. 그렇다, 그를 보고 웃는 게 분명했다. 뾰족하게 갈아놓은 이빨도 잇몸을 완전히 드러냈고 두 눈은 증오와 환희를 동시에 담고 있었다. 게다가 토빈교도 사라지고 지금은 보스턴의 하늘이 배경으로 나섰다. 석양도 마찬가지였다. 그림은 어둠 속에 거의 묻혀가고 있었다. 수은등 불빛이 자동차와 미친 운전사를 비추고, 도로와 크롬 차체에도 은은한 빛을 던졌다. 키넬이 보기에 지금 그 차가(분명 그랜드 앰 차종이었다.) 있는 곳은 1번 국도의 작은 마을 가장자리였다. 그도 알고 있는 장소다. 불과 몇 시간 전에 직접 차를 몰고 지나온 곳이 아닌가?

"로즈우드. 저건 로즈우드야. 분명해."

그가 중얼거렸다.

로드 바이러스는 북쪽으로 가고 있었다. 그가 막 지나온 국도 1번. 금발의 왼팔은 차 문에 걸쳐 있었지만 이제는 원래 위치로 돌아가 문신을 볼 수는 없었다. 하지만 분명히 문신이 있었다. 목숨을 걸라면 걸 수도 있다.

금발 청년은 정신질환 범죄자들만 전문으로 수용하는 감옥에서 막 탈출한 메탈리카 팬처럼 보였다.

"세상에."

키넬이 속삭였다. 그 소리가 자신이 아니라 다른 곳에서 흘러나오는 것만 같았다. 갑자기 온몸에 기운이 하나도 없었다. 구멍 뚫린 양동이에서 물이 새어나가듯 맥이 빠져나가고 있었다. 그는 주차장 보도에 털썩 주저앉고 말았다. 문득 이 모든 것이 그가 소설 속에서 찾고자 한 진리라는 생각이 들었다. 그건 비합리적인 현상과 마주쳤을 때 실제로 사람들이 반응하는 모습이었다. 과다 출혈로 거의 죽을 지경인데 실제로 그 모든 것이 머릿속에서만 일어나고 있는 것이다.

"그림을 그린 친구가 자살한 것도 무리가 아니겠군."

그가 꽉 막힌 목소리로 중얼거렸다. 그림의 사악한 미소와 사악한 눈빛에서 도저히 눈을 뗄 수가 없었다.

'셔츠에 쪽지가 꽂혀 있었어요. 이 끔찍한 상황을 더 이상 견딜 수 없다고 쓰여 있었다는군요. 끔찍하죠, 키넬 선생님?' 디멘트 부인이 그렇게 말했다.

예, 정말 끔찍하군요. 정말입니다.

정말로 끔찍했다.

그는 그림을 들고 일어나 강아지 산책로를 거슬러 올라갔다. 두 눈은 정면에 있는 개똥들만 바라보았다. 그림은 쳐다보지도 않았다. 두 다리가 부들부들 떨렸으나 어떻게든 버틸 수 있을 것 같았다. 바로 앞, 그러니까 휴게소 뒤쪽의 수목한계선 근처에 붉은 개줄을 잡고 산책 중인 흰색 반바지 차림의 예쁜 여자가 보였다. 코커스패니얼. 여자가 키넬에게 미소를 지으려다가 그의 표정을 보고 얼른 입을 닫아버렸다. 그리고는 황급히 왼쪽으로 빠져나가 버렸다. 눈치도 없이 여기저기 들쑤시고 다니는 개를 잡아당기는 바람에 끌려가던 개가 캑캑 하고 기침을 내뱉었다.

키 작은 소나무 숲은 휴게소 뒤쪽의 소택지로 이어져 있었고 썩은 식물과 배설물 등의 악취가 진동을 했다. 솔잎이 잔뜩 깔린 오솔길 위로도 온갖 쓰레기들이 난무했다. 버거 포장지, 종이컵, TCBY 냅킨, 맥주깡통, 텅 빈 와인 병, 담배꽁초 등. 소녀 필체로 '화요일'이라고 수놓은 찢어진 팬티 옆에 쓰다버린 콘돔이 달팽이 시체처럼 누워 있었다.

여기까지 온 이상, 그림을 보지 않을 수는 없었다. 그는 또 다른 변화가능성에 대비해 먼저 마음부터 단단히 다졌다. 그림이 동영상처럼 움직인다 해도 놀라지 않을 작정이다. 변화는 없었다. 아니 있을 필요도 없었다. 금발의 얼굴만으로도 모든 것이 분명해졌기 때문이다. 저 돌처럼 차가운 광기의 미소. 뾰족한 치아. 그 표정은 이렇게 말하고 있었다. '헤이, 끈대, 대충 알겠지? 난 문명 세계에서 노는데 질렸어. 진정한 X세대의 화신이란 말이야. 이제 새로운 밀레니엄이 이 쌈박한 고급 승용차 안에 와 있다고.'

그림에 대한 트루디 이모의 첫 반응은 그림을 사코 강에 던져 버리라는 것이었다. 이모 말이 맞았다. 사코는 30킬로미터도 더 떨어져 있었다. 하지만……

"여기도 괜찮을 거야. 이 정도면 충분할 거라고."

그가 중얼거렸다.

그는 시합이 끝난 후 사진기자들을 위해 트로피를 들어 보이는 선수처럼 머리 위로 그림을 들었다가 언덕 아래로 내던졌다. 그림은 두 번 정도 펄럭이다가 나무를 때리더니, 오후의 몽롱한 햇빛 속에서 순간적으로 눈을 흘겼다. 앞 유리가 깨져나갔다. 땅에 떨어진 그림은 낙하산처럼 마른 솔잎으로 덮인 비탈을 미끄러져 내려가더니 늪의 오수에 다다라서야 겨우 멈췄다. 액자 한 끝이 무성한 갈대 사이에 걸려 모퉁이를 삐쭉 내밀었다. 그밖에는 깨진 유리조각뿐이었다. 키넬은 그 모습이 다른 쓰레기들과도 썩 괜찮은 조화를 이룬다는 생각을 했다.

그는 자동차로 돌아가기 시작했다. 이미 머릿속으로는 상상의 삽을 집어 들고 있었다. 이 사건을 그 자신의 특수 납골당 안에 격리수용이라도 할 생각이었다. 문득 사람들이 이런 일을 당했을 때 맥없이 죽고 마는 이유가 거기에 있다는 생각이 들었다. 거짓말쟁이들과 광팬들은 《생존자》 같은 잡지어 투고하기 위해 판타지를 창작하고 그 모든 것이 사실이라고 우긴다. 정말로 초자연적인 현상에 직면한 사람들은 입을 굳게 닫고 대신 삽을 집어 드는 것이다. 이런 미친 일에 맞닥뜨리게 되면 어떻게든, 뭐든 해야 하기 때문이다. 그렇지 않으면 그런 현상은 점점 더 늘어나 마침내 모든 것을 삼켜버리고 말 터이다.

고개를 들어보니, 저쪽에서 조금 전의 미인이 놀란 표정으로 그를 지켜보고 있었다. 그녀는 그와 눈이 마주치자 얼른 돌아서서 식당 건물을 향해 줄달음질 쳤다. 그녀의 옆에서 코커스패니얼이 겁에 질려 질질 끌려갔다.

내가 미쳤다고 생각하지, 예쁜아? 하지만 미친 게 아니란다. 그저 작은 실수를 했을 뿐이지. 그냥 지나쳐야 했는데 그만 야드세일에 들르고 말았거든. 하지만 누군들 안 그러겠니? 그건 네가 될 수도 있었어. 그리고 그 그림은……

"그림이라니? 난 아무 그림도 못 봤어."

리처드 키넬이 텅 빈 저녁하늘을 향해 외쳤다.

그는 아우디 안으로 미끄러져 들어가 시동을 걸었다. 계기판을 보니 연료가 벌써 반 이하로 내려가 있었다. 집으로 돌아가려면 기름이 더 필요했지만 그 전에 한참을 더 갈 수 있을 것이다. 지금 당장은 그림으로부터 최대한 멀리 달아나는 것이 급선무다. 갈 길이 멀다.

데리의 시경계를 벗어나면 캔자스 거리는 곧바로 캔자스 가도로 바뀌고 자치지구의 경계에 이르면(실제로는 넓은 평야에 불과한) 마침내 캔자스 길이 되고 만다. 그리고 캔자스 길을 달리다 두 개의 자연석으로 세운 이정표를 지나면, 아스팔트도 자갈길로 변한다. 그리고 여기서 13킬로미터밖에 떨어지지 않은 데리의 복잡한 거리는 어느새 낮은 언덕으로 이어진 진입로로 바뀌고 만다. 앨프레드 노이즈의 시처럼, 여름밤의 달빛을 받아 은은하게 흐르는 언덕. 언덕 꼭대기엔 반사창들을 설치한 각진 통나무 건물이 서 있었다. 원래는 헛간이었는데 지금은 별을 관측하기 위한 위성안테나 기지 겸 차고로 쓰고 있다. 언젠가 데리 뉴스의 장난꾸러기 기자가 이곳을 고어의 집이라고 부른 적이 있었다. 물론 미국 부통령을 뜻하는 건 아니다(고어어는 유혈이 낭자하다는 뜻이 있음 — 옮긴이). 리처드 키널은 그냥 집이라고 불렀다. 그날 밤 그는 노곤한 만족감을 느끼며 집 앞에 차를 세웠다. 그날 밤 9시 보스턴 하버 호텔에서 깨어난 후 일주일은 지난 기분이었다.

'이제 야드세일은 안 해. 근처에도 가지 않을 거야.' 그가 달을 올려다보며 다짐했다.

"아멘."

그는 집을 향해 움직였다. 차를 차고에 박아 넣어야 했으나 세상만사가 다 귀찮았다. 지금 당장 필요한 것은 술과, 전자레인지로 요리가 가능한 가벼운 먹을거리였다. 그리고 잠. 그래, 꿈도 꾸지 않는 그런 잠이면 좋겠다. 요컨대 한시라도 빨리 오늘을 잊고 싶다는 뜻이다.

그는 열쇠를 시건장치에 찔러 넣고 도난방지 패널의 경고음이 울리지 않도록 얼른 3817을 눌렀다. 그리고 현관불을 켜고 안으로 들어간 다음 문을 닫았다. 고개를 돌리자 곧바로 벽이 보였다. 이틀 전만 해도 그의 책 커버들이 걸려 있던 벽이었다. 순간 그가 비명을 질렀다. 적어도 머리로는 그랬다. 입 밖으로는 헉 하는 숨소리만 나왔던 것 같다. 곧이어 턱 하는 소리와 작은 금속들이 부딪치는 소리가 들렸는데 저도 모르는 사이에 들고 있던 열쇠꾸러미를 카펫 위에 떨어뜨린 것이다.

「로드 바이러스, 북쪽으로 가다」는 그레이 고속도로 휴게소 뒤쪽의 늪 속에 있지 않았다.

그의 현관 벽에 걸려 있었다.

그리고 변해 있었다. 차는 이제 야드세일 진입로에 주차되어 있었다. 물건들은 여전히 사방에 흩어진 채였다. 유리그릇, 가구, 세라믹 장식들(담배 피우는 스코틀랜드 개, 엉덩이를 드러낸 아기, 윙크하는 물고기 등). 하지만 지금은 키넬의 집 위로 해골 같은 달이 유유히 떠다니고 있었고 물건들은 그 아래서 시퍼런 빛으로 반짝였다. TV도 켜진 그대로여서, 그 앞에 진열된 물건을 향해 특유의 창백한 인광을 뿌려댔다. 뒤집어진 의자 옆에 쥬디 디멘트가 똑바로 누워 있었으나 전신은 아니었다. 잠시 후 그는 그녀의 일부를 찾았다. 그건 다림질 판 위에 놓여 있었다. 달빛을 받아 50센트 동전처럼 이글거리는 사자(死者)의 눈.

그랜드 앰의 미등은 흐린 진분홍 수채물감으로 그려져 있었다. 자동차의 후미를 본 것은 그때가 처음이었는데 고어체로 장식된 두 개의 단어가 옆으로 길게 적혀 있었다. '로드 바이러스'.

'이제 알겠어. 그가 움직인 게 아니라 저 차였어. 누가 움직이든 별 차이는 없겠지만.' 키넬이 무의식적으로 중얼거렸다.

"이건 환상이야." 아니, 그건 현실이었다. 그런 현상에 무감한 사람이라면 일어나지도 않았겠지만 그래도 분명한 실제였다. 그는 그림을 바라보다가 쥬디 디멘트의 카드 테이블에 놓은 작은 안내판을 떠올렸다. '현찰 거래' 그곳엔 그렇게 적혀 있었다(그녀는 그의 수표를 받았고 나중을 위해 운전면허증 주민번호까지 적어놓았다.). 지금은 다른 글이 놓여 있었다.

교환, 반품 불가.

키넬은 그림을 지나 거실로 들어갔다. 그의 몸속에 다른 사람이라도 들어 있는 기분이었다. 실제로 뜨 다른 자아는 삽을 움켜쥐려고 애를 쓰고 있었다. 삽이 어디로 간 거지?

그는 TV 버튼을 누르고 그 위에 놓인 도시바 위성안테나의 스위치도 켰다. V-14로 채널을 돌렸지만, 홀에 있는 그림은 끈질기게 그의 뒤통수를 끌어당겼다. 그보다도 먼저 집에 도착한 그림.

"지름길을 알고 있었던 모양이지?"

그가 허탈한 웃음을 터뜨렸다.

새로운 버전의 그림에서는 금발의 청년도 잘 보이지 않았다. 다만 운전대를 잡고 있는 그림자가 그자일 거라는 짐작은 가능했다. 로드 바이러스는 로즈우드에서의 볼일을 마치고 북쪽으로 움직일 채비를 치르고 있었다. 다음 목적지는……

하지만 그 생각은 마무리되기도 전에 므거운 철근 커버로 덮이고 말았다.

"이건 다 환각이야. 도저히 이런 일은……"

그는 그 말조차 끝낼 수 없었다. 거실에서 혼자 중얼거리는 것이, 위로가 되기는커녕 오히려 흔들리는 목소리 때문에 겁만 더났다. 문득 옛 노래가 떠올랐다. 50년대 초 컨 시나트라의 아류 가

수가 어정쩡한 히피스타일로 부르던 노래였다.

'이건 뭔가 커다란 사건의 시작에 불과 해…….'

TV 스테레오 스피커에서 흘러나오는 노래는 시나트라가 아니라 폴 사이먼이었다. 기타 음을 조절하는 소리. 컴퓨터 타입 TV의 파란 스크린 위로 '뉴잉글랜드 뉴스와이어에 오신 걸 환영합니다.'라는 글자가 흘러나왔다. 그 아래 운영방침 따위도 흘러나오고 있었지만 키넬이 그런 걸 읽을 필요는 없었다. 뉴스와이어 광인 탓에 그런 절차 따위는 달달 외울 정도였다. 그는 다이얼을 누르고 마스터카드 번호를 찍은 다음 다시 508을 눌렀다.

"귀하는 센트럴 매사추세츠와 노스 매사추세츠의 뉴스와이어를 신청하셨습니다. 그 점 깊은 감사의 말씀을……"

키넬은 수화기를 내려놓고, 손가락 관절을 꺾으며 뉴잉글랜드의 뉴스와이어 로고를 지켜보았다.

"어서, 어서 빨리!"

그가 중얼거렸다.

그때 화면이 깜빡이며 파란 배경이 녹색으로 바뀌었다. 단어들이 스크롤되며 톤턴의 주택 화재 소식을 알리고 있었다. 그 다음에는 개 경주에서의 사건 소식이 나오고 그 다음이 오늘의 날씨였다. 맑고 따뜻함. 정말로 현관 벽에 그림이 붙어 있기는 했던 걸까? 여행의 피로 때문에 헛것을 본 건 아닐까? 문득 그런 생각이 들자 긴장이 조금은 풀리는 듯도 했다. 그때 TV가 날카로운 신호음을 토해내더니 '임시 뉴스'라는 안내가 나타났다. 그는 그 자리에 선 채 글자들이 올라가는 것을 지켜보았다.

뉴잉글랜드, 8월 19일, 오후 8시 40분. 로즈우드의 한 여인이 잔혹하게 살해된 사건이 발생하였다. 이상한 친구를 위해 자선을 베풀던 중이었다. 38세의 쥬디 디덴트는 야드세일을 운영 중인 이웃집 잔디 위에서 무참히 난도질당한 시체로 발견되었다. 비명소리는 들리지 않았다. 그녀가 발견된 것은 오후 8시. 거리 맞은편에 사는 이웃이 시끄러운 TV 소리에 대해 항의하기 위해 왔다가 목격한 것이다. 이웃인 매튜 그레이브스는 디덴트 부인의 목이 잘려 있었다고 전했다. "그녀의 머리는 다림질 판 위에 있었죠. 너무나 끔찍했죠. 평생 그런 건 처음이었으니까요." 그레이브스는 싸우는 소리 따위는 듣지 못했다고 했다. 시끄러운 TV 소리 외에 시체를 발견하기 바로 전 커다란 자동차 소음이 있었는데, 글래스팩 머플러를 장착한 듯한 자동차가 1번 국도를 따라 쏜살같이 달아나더라는 것이다. 그는 그 자동차의 주인이 살인마일지도 모른다며……

살인마일지도 모르는 게 아니라 진짜 살인마다.

키넬은 숨을 몰아쉬며 입구 쪽으로 달려갔다. 그림은 여전히 그곳에 있었고 다시 변해 있었다. 지금은 오직 두 개의 눈부신 원, 헤드라이트뿐이었다. 다른 자동차들의 모호한 윤곽 몇 개가 그림의 배경을 장식해 주었다.

'다시 움직이기 시작했어!' 문득 거기에 생각이 미치자 마침내 트루디 이모가 떠올랐다. 친절한 트루디 이모. 이모는 싸가지 없고 있는 사람을 한 눈에 알아보는 여인이며 로즈우드에서 50~60킬로미터 정도 떨어진 웰즈에 살고 있다.

"맙소사, 오, 하느님, 제발 그가 해안도로를 타게 해주세요. 오,

세상에."

키넬은 비명을 지르며 그림을 향해 손을 내밀었다. 헤드라이트
가 점점 커지는 것도 환각일까? 차가 정말로 눈앞에서 움직이는
것만 같았다……. 아무도 몰래 조금씩…… 손목시계의 분침이
흐르듯…….

그는 벽에서 그림을 잡아채 거실로 뛰어 들어갔다. 화로의 커버
는 닫혀 있었다. 당연하다. 불을 피워본 지가 두 달은 더 되었을
것이다. 키넬은 커버를 벗기고 그림을 집어던졌다. 이미 그레이 휴
게소에서 깨진 액자유리가 받침쇠에 부딪쳐 다시 깨져나갔다. 그
는 부엌으로 달려가며, 이것도 안 되면 도대체 어떤 방법을 쓸까
하는 걱정을 했다.

'이건 먹힐 거야. 먹혀야 해. 방법은 이것 하나뿐이니까.'

그는 허겁지겁 부엌 캐비닛들을 뒤졌다. 오트밀이 쏟아지고 소
금통이 엎어지고 식초병도 넘어졌다. 식초병이 카운터에 부딪쳐
깨지는 바람에 시큼한 냄새가 눈과 코를 찔렀다.

그곳은 아니었다. 그가 찾는 건 없었다.

그는 식료품 저장실로 달려가다가 힐끔 문을 돌아보았다. 플
라스틱 양동이와 빗자루가 보였다. 그가 원하는 물건은 드라이어
옆 선반에 놓여 있었다. 석탄 바로 옆에.

라이터 유액.

그는 유액병을 잡아채 다시 스토브로 돌아갔다. 문득 트루디
이모에게 전화를 걸어야겠다는 생각이 들었다. 사랑하는 조카의
전화라면 말이 안 돼도 상관없으리라. 당장 집을 떠나라고 하면

그렇게 할 것이다⋯⋯. 하지만 그 블론드 놈이 이모를 쫓아가면? 일부러 추적하는 중이라면?

놈은 그럴 놈이다. 그럴 놈이라는 사실을 그도 알고 있다.

그는 거실을 지나 난로 앞에 멈춰 섰다.

"맙소사, 이런, 세상에!"

그가 중얼거렸다.

깨진 유리 아래 놓인 그림에는 더 이상 헤드라이트가 보이지 않았다. 출구 램프로 보이는 도로 모퉁이를 급커브하는 그랜드 앰의 그림자. 달빛이 자동차의 검은 차체를 액체 새틴처럼 비추고 있었다. 그리고 배경으로 급수탑이 보였고 그 위에 새겨진 글도 달빛 아래 어렴풋이 드러났다. '메인을 푸르게, 경제를 밝게.'

첫 번째 시도는 실패했다. 손이 너무 떨리는 통에 유액이 깨지지 않은 유리 위로 흘러내렸던 것이다. 로드 바이러스의 차체 트렁크가 흐르는 유액 속에서 가볍게 흔들렸다. 그는 크게 심호흡을 한 다음 겨냥을 하고 힘껏 유액 병을 눌렀다. 이번에는 분출된 유액이 받침쇠에 부딪치고는 깨진 틈을 통해 그림 위로 흘러내렸다. 물감이 번지며 '굿이어' 사의 광폭타이어를 검댕이 눈물방울로 만들어버렸다.

키넬은 난로 위의 단지에서 아무 성냥이나 꺼내 노에 대고 긁은 다음 유리 틈을 향해 집어던졌다. 그림은 곧바로 불이 붙었다. 불길은 그랜드 앰과 급수탑을 가로지르며 위아래로 번져나갔다. 액자에 남은 유리가 까맣게 그슬리더니 끝내 터져서 불꽃의 소나기를 만들어냈다. 키넬은 깔개에 불이 붙기 전에 얼른 운동화로 짓밟아 꺼버렸다.

그는 전화로 달려가 트루디 이모의 번호를 눌렀다. 눈물이 흘러내렸지만 그마저 그는 의식조차 못했다. 세 번째 신호에 이모의 응답기가 전화를 받았다.

"안녕하세요. 물론 이런 응답을 강도들이 좋아한다는 건 알지만 그래도 난 해리슨 포드 영화를 보러 케네벙크에 가야겠다우. 그러니 행여 침입하더라도 제발 자기로 만든 돼지들만은 건들지 말아요. 메시지를 남기려면 삐 소리가 난 다음에 하고요."

키넬은 기다렸다가 가능한 한 냉정한 목소리로 이렇게 말했다.

"리치예요, 트루디 이모. 돌아오시면 전화주세요, 아셨죠? 아무리 늦어도 꼭 하셔야 해요."

그는 전화를 끊고 TV를 보다가 다시 뉴스와이어에 전화를 걸었다. 이번에는 메인의 지역코드를 찍었다. 전송국 컴퓨터가 주문을 처리하는 동안, 난로로 돌아가 부지깽이로 다 타고 일그러진 잔해들을 뒤져보았다. 악취가 진동을 했다. 쏟아버린 식초가 꽃향기처럼 여겨질 정도였지만 솔직히 그게 무슨 대수겠는가? 그림은 완전히 파괴되어 재만 남았고 그것으로 족했다.

다시 돌아오면 어쩌지?

"안 돌아와. 절대 돌아오지 못해."

그는 부지깽이를 제 자리에 두고 TV로 돌아갔다.

하지만 새로운 뉴스가 스크롤될 때마다 그는 신경을 곤두세워야 했다. 그림은 여전히 벽난로의 잿더미로 남아 있었다. 그리고 웰즈-사코-케네벙크 지역 어디에도 초로의 여인이 살해되었다는 소식은 없었다. 키넬은 눈도 떼지 않고 모니터를 지켜보았다. '오늘 밤 과속 그랜드 앰이 케네벙크 극장으로 돌진, 최소 열 명의 인명피해를……' 아니, 그런 종류의 소식은 어디에도 없었다.

11시 15분. 전화벨이 울렸다. 키넬은 얼른 수화기를 낚아챘다.

"여보세요?"

"이모란다. 너 괜찮니?"

"예, 괜찮아요."

"목소리는 괜찮지 않구나. 떨리는데다…… 왠지 이상해. 무슨 일이니? 그것 때문이냐? 네가 좋아라 하던 그림? 그 저주받은 그림 때문 맞지?"

키넬은 소름이 끼쳤으나 놀라거나 하지는 않았다. 오히려 그녀가 이해하고 있다는 생각에 어느 정도 마음이 편해지기도 했다. 게다가 이모도 안전하지 않은가.

"예, 어쩌면요. 이곳으로 돌아오는 길에 좀 기분 나쁜 일이 있었어요. 그래서 태워버렸죠, 난로에요."

'이모는 결국 쥬디 디멘트에 대해 알게 될 거야. 2만 5000달러짜리 위성중계 시설은 없지만, 그래도 《우니언 리더》정도는 구독하고 있을 테고 그 뉴스는 1면에 실릴 게 분명하니까. 이모가 바보가 아닌 이상 그 정도 추론은 가능하다고.'

그렇다, 그건 분명한 사실이다. 하지만 그 이상의 설명은 내일 아침에 해도 늦지 않으리라. 그때면 그도 어느 정도 진정될 것이고……. 침착하게 로드 바이러스에 대해 생각할 방법을 찾아낼 수도 있으며…… 어쩌면 다 끝났다는 확신이 들 수도 있으니까…….

"잘 했다! 하지만 재까지 완전히 흩뿌려놓아야 한단다. 그래,

내 걱정을 한 거니? 그림을 보여줬기 때문에?"

이모는 뒷부분의 질문을 할 때는 좀 더 목소리를 낮추었다.

"조금은요."

"하지만 이제 괜찮은 거지?"

그는 뒤로 기대며 두 눈을 감았다. 괜찮은 것도 같았다.

"으흠, 영화는 어땠어요?"

"좋았지. 해리슨 포드는 유니폼이 잘 어울리더구나. 턱에 작은 흉터만 없다면 진짜로⋯⋯"

"안녕히 주무세요, 이모. 내일 전화할게요."

"정말?"

"예, 그럴게요."

그는 전화를 끊고 다시 난로 쪽으로 돌아가 부지깽이로 재를 뒤적여 놓았다. 바퀴덮개의 잔해가 보이고 누더기가 된 도로도 보였다. 효과가 있었다. 결국 필요한 것은 불이었던 모양이다. 초자연적인 악마의 하수인들을 죽일 때도 불로 하지 않았던가? 물론 그랬다. 그도 그 방법을 여러 번 사용했다. 특히 유령이 출몰하는 기차역을 다룬 소설 『종착역』이 그랬다.

"그래, 그랬지. 타라, 재가 되도록 훨훨 타 올라라."

그가 노래를 불렀다.

그는 술을 마실 생각도 해보았지만 막판에 쏟아진 식초 생각이 떠올랐다(지금쯤은 엎질러진 오트밀에 흠뻑 스며들었을 것이다.). 그는 대신 위층으로 올라가기로 했다. 리처드 키넬은 어느 책에선가, 이런 끔찍한 일을 겪은 후에 잠을 자는 건 옆집 똥개도 못한다고 쓴 적이 있었다.

하지만 실제 세계에서는 깊은 잠을 잘 수도 있겠다는 생각을 했다.

그는 샤워를 하다가 정말로 꾸벅 졸기도 했다. 그는 머리에 샴푸를 잔뜩 묻힌 채 벽에 기대 서 있었다. 가슴으로는 샤워물이 줄줄 흐르고 있었다. 그는 다시 야드서일로 돌아와 있었다. 재떨이로 받친 TV에서 쥬디 디멘트를 내보내고 있었다. 그녀의 머리는 돌아와 있었으나, 어설픈 외과의의 조잡한 바느질 솜씨가 그대로 드러나 보였다. 상처는 섬뜩한 목걸이처럼 그녀의 목을 졸랐다. 키넬의 꿈은 늘 이렇듯 생생했다. 그녀가 말하는 동안 그녀의 상처가 처졌다 당겼다를 반복했다.

"이제야 이놈의 뉴잉글랜드 뉴스와이어가 업데이트 되는군. 바비 헤이스팅스는 그의 그림을 모두 갖고나가 불태워버렸어요. 키넬 선생님, 당신 것도 포함해서죠……. 그래요 이제 그건 당신 거예요. 물론 알고 계시겠지만요. 교환, 반품 금지라는 표지판은 보셨겠죠? 그래, 제가 수표를 받아줘서 너무 기쁘셨을 거예요."

'그의 그림을 모두 불태웠다고? 당연히 그랬겠지. 그 친구, 자기가 처한 상황을 견딜 수 없었다고 쪽지에도 적어 놨을 거야. 그리고 자네가 그 축제에 끼어들었을 때, 단지 특별한 작품 하나를 화형에서 구해주기 위해 멈춘 게 아냐. 사실은 「로드 바이러스, 북쪽으로 가다」에 특별한 의미를 주입한 게 바로 자네였지. 안 그래, 바비? 어쩌면 그마저 우연일 수도 있겠지만 말이야. 자넨 재능이 있어. 그건 한 눈에 알겠더군. 하지만 재능은 그림의 주제하고는 아무런 상관이 없는 거야, 전혀.'

"생존 능력이 뛰어난 존재란 늘 있는 법이죠. 그들은 아무리 제거해도 늘 돌아오거든요. 바이러스처럼 회귀본능이 강하니까요."

쥬디 디멘트가 TV에서 말했다.

키넬은 손을 내밀어 채널을 돌려버렸다. 하지만 채널을 한 바퀴 돌려도 어느 방송이나 「쥬디 디멘트 쇼」만 내보내고 있었다.

"그가 우주의 지하에 구멍을 뚫어놨다고 말하실 건가요? 물론, 바비 헤이스팅스지, 누구겠어요? 그래요, 이 그림이 바로 그 구멍이에요. 멋지지 않아요?"

그때 키넬의 두 발이 미끄러졌다. 바닥에 처박힐 정도는 아니지만 퍼뜩 잠에서 깰 정도로는 충분한 충격이었다.

눈을 뜨려 했으나 쓰라린 비눗물 때문에 얼른 다시 감고 말았다. 프렐 샴푸의 걸쭉한 거품이 얼굴 위로 흘러내리고 있었다. 그는 두 손으로 샤워물을 받아 얼른 얼굴을 닦아냈다. 그리고 다시 얼굴을 씻으려다가 무슨 소린가를 들었다. 무언가 굴러가는 소리.

'바보 같은 생각. 그냥 샤워기 소리야. 나머지는 다 환청이라고, 멍청아. 넌 너무 상상력이 좋은 게 탈이야.'

하지만 아니었다. 키넬은 손을 뻗어 샤워기를 잠갔다.

부르릉거리는 소리는 계속 되었다. 작지만 힘찬 소리. 집 바깥에서 들리는 소리였다.

그는 샤워기에서 나와 물을 뚝뚝 떨어뜨리며 2층 침실을 가로질러갔다. 머리에는 아직 샴푸거품이 잔뜩 남아 잠깐 조는 사이에 백발노인이라도 된 것 같았다. 쥬디 디멘트의 꿈이 그를 백 년은 더 늙게 만들기라도 한 것처럼.

뭐 처먹을 게 있다고 그놈의 야드세일을 기웃거렸담. 그는 투덜거렸지만 대답이 있을 리 없었다. 그건 누구도 못할 대답이리라.

진입로를 내다보기 위해 창으로 가는 동안에도 소리는 점점 더 커졌다. 여름밤의 달빛을 받아 앨프레드 노이즈의 시처럼 흐느적거리는 진입로.

커튼을 걷고 밖을 내다보면서 문득 전처 샐리 생각을 했다. 1978년 국제 판타지 컨벤션에서 처음 만난 샐리. 지금은 트레일러에서 각각 《생존자》, 《방문객》라는 이름의 뉴스레터 두 편을 발간하는 여자. 이 두 개의 제목이 그 순간 입체영상처럼 키넬의 마음속을 꿰뚫고 들어왔다.

결국 생존자로 남은 방문객이 그를 찾아온 것이다.

그랜드 앰은 집 앞에서 울부짖고 있었다. 두 개의 크롬 배기관에서 터져 나온 하얀 가스가 조용한 밤공기를 흔들어댔다. 트렁크에 적힌 옛 글자체의 장식도 선명하게 보였다. 운전석 문은 열려 있었는데 열린 것은 그뿐이 아니었다. 현관 계단에 빛이 쏟아져 있는 것으로 보아 키넬의 현관문도 열려 있는 게 분명했다.

'잠그는 걸 있었어. 도난방지 시스템을 다시 작동하는 것도 잊었고…… 아니, 이 친구한테는 그래봐야 별 차이가 없을지도 모르겠군.' 그는 아무 감각 없는 손으로 이마의 비누를 닦아내며 중얼거렸다.

그래, 어쩌면 그가 저 자로 하여금 트루디 이모를 건너뛰게 한 건지도 모르겠다. 그럼 된 거야. 하지만 그런 생각을 해도 마음이 편해질 리는 없었다.

생존자.

대형엔진 소리. 아마도 4기통에 재생밸브, 연료분사 시스템을 장착한 442 모델.

그는 감각을 잃은 다리로 천천히 돌아섰다. 발가벗은데다가 샴푸거품까지 머리 가득 뒤집어 쓴 사내. 그는 당연하다는 듯이 그림을 보았다. 그림 속에서도 그의 진입로에 그랜드 앰이 서 있었다. 운전석 문이 열려 있고 두 줄기 배기가스가 크롬 배기관에서 분출되고 있는 것도 똑 같았다. 이 각에서는 현관문도 정면으로 보였는데, 활짝 열려 있었다. 남자의 그림자도 홀 아래로 길게 뻗어 있었다.

생존자.

생존자와 방문객.

이제 계단을 올라오는 발소리가 들렸다. 육중한 발소리였다. 금발이 모터사이클 부츠를 신고 있다는 건 보지 않아도 알 수 있었다. '굴욕을 겪느니 차라리 죽음을'이라고 문신을 팔에 새기는 자들은 늘 모터사이클 부츠를 신는다. 필터 없는 카멜 담배를 피우는 것이 당연하듯, 그들에게 그건 국법과도 맞먹는 전통이다.

그리고 칼도 있다. 그의 손에는 길고 날카로운 나이프가 들려 있을 것이다. 아니, 나이프라기보다는 한 방에 사람의 목을 끊을 수 있는, 언월도 크기의 넓은 칼이다.

놈은 이죽거리는 입 끝으로 야수의 송곳니를 한껏 뽐내고 있겠지?

키넬은 그 모든 것을 알고 있었다. 결국 상상력 하나는 끝내주지 않았던가?

사실 처음부터 그림을 볼 필요조차 없었다.

그는 불현듯 자신의 나신을 의식했다. 그와 함께 살갗에 온통 소름이 돋았다.

"안 돼. 안 돼, 제발 가버려."

그가 속삭이듯 중얼거렸다.

하지만 발자국 소리는 계속해서 들렸다. 당연한 일이다. 이런 자가 가버리라는 말을 들을 리가 없지 않은가. 말이 안 된다. 어느 소설도 그렇게 끝나는 법은 없다.

그가 계단 위에 다다른 소리가 들렸다. 달빛 아래서는 그랜드 앰이 여전히 으르렁거렸다.

이제 발소리는 복도를 따라 내려오고 있었다. 낡은 박차가, 깨끗하게 닦인 경목바닥을 두들겨 댔다.

끔찍한 마비가 전신을 사로잡았지만, 키넬은 있는 힘을 다해 침실 문을 향해 달렸다. 놈이 안으로 들어오기 전에 문을 걸어 잠글 생각이었다. 하지만 결국 비눗물이 발목을 잡아 이번에는 정말로 제대로 넘어지고 말았다. 오크나무 바닥에 완전히 나가자빠진 것이다. 이윽고 문이 딸깍하며 열렸고, 모터사이클 부츠가 프렐 샴푸로 범벅이 된 벌거숭이 사내 쪽으로 다가오고 있었다. 그때 키넬이 본 것은 침대 옆 벽에 걸린 액자였다. 운전석을 열어 놓은 채 집 앞에서 부르릉거리는 로드 바이러스의 그림.

운전석 좌석이 피로 범벅이었다. '여기서 나가야 해.' 키넬은 그런 생각을 하며 두 눈을 감았다.

고담 카페에서의 점심식사

언젠가 뉴욕에 있을 때였다. 멋진 식당 옆을 지나는데 식당 안에서 지배인이 남녀 손님을 테이블로 안내하는 장면이 보였다. 커플은 논쟁 중이었다. 지배인이 나를 보더니 이 세상에서 가장 시니컬한 눈짓을 해보였고, 나는 호텔로 돌아가 이야기를 쓰기 시작했다. 겨우 3일 동안의 작업이었으나 나는 완전히 이야기에 빠져버렸다. 이야기의 중심은 미친 지배인이 아니라 사이가 좋지 않은 커플의 관계이다. 어떤 의미에서 두 사람은 지배인보다 더 미쳤다고 볼 수 있을 것이다.
....

어느 날 근무하는 부동산회사에서 돌아와 보니 식당 테이블 위에 편지가(편지보다는 쪽지에 가까웠지만) 한 장 놓여 있었다. 아내가 남긴 것이다. 나와 이혼을 할 생각이며 조만간 변호사의 연락을 받게 될 거라는 내용이었다. 나는 부엌 안쪽의 의자에 앉아 편지를 읽고 또 읽었다. 도저히 믿기지가 않았다. 한참 후 자리에서 일어나 침실로 건너가 벽장을 들여다보았다. 그녀의 옷이 하나도 보이지 않았다. 아니 헐렁한 보온 추리닝 한 벌은 남아 있었다. 누군가의 선물이었는데 앞쪽에 금박으로 '리치 블론드'라는 글귀가 박힌 옷이다.

나는 식당 테이블로 돌아가(겨우 방 네 개짜리 집이었기에 식당이라고 해봐야 거실의 한 모퉁이에 지나지 않았다.) 불과 여섯 문장으로 된 편지를 다시 읽어보았다. 똑같은 편지였지만, 반쯤 비어버린 침실을 보고 나니 그 내용이 더욱 더 구체적으로 다가왔다. 싸늘하기 짝이 없는 쪽지. '사랑'이나 '행복을 빌어요.' 같은 맺음말조차 없었다. 따뜻한 말이라고는 맨 끝에 적은 '잘 지내'가 전부였다. 그 밑에 그녀의 이름이 적혀 있었다. 다이앤.

나는 부엌으로 들어가 오렌지주스 한 잔을 따랐다. 그런데 잔을 집으려다가 미끄러지는 바람에 주스가 캐비닛 안쪽으로 흘러 들어가 버렸다. 물론 잔은 깨졌다. 깨진 유리를 주우려다가 손을 베일 거라고 생각했으나(두 손이 떨리고 있었으니까.) 어쨌든 난 줍기 시작했고 손을 베었다. 상처는 깊지는 않았지만 두 군데였다. 그녀가 장난하는 것이라고 생각하고 싶었으나 물론 장난일 리가 없었다. 다이앤은 장난을 좋아하는 타입이 아니다. 하지만 문제는, 이럴 줄 몰랐다는 데 있었다. 아니, 눈치조차 채지 못했다. 이런 식으로 날 엿 먹이고 멍청이로 만들 줄은 정말로 몰랐다. 그 후 하루하루를 지내는 동안 2년 동안의 결혼 생활을 돌이켜보았다. 그 중 적어도 마지막 6~8개월은, 난 끊임없이 엿을 먹었고 또 멍청이가 되어 왔음을 깨달을 수 있었다.

그날 밤 나는 파운드리지의 처갓집에 전화해 다이앤을 찾았다.

"여기 있네만 자네와 말하고 싶지 않다네. 그러니 다신 전화하지 말게."

장모의 말이었다. 어느새 전화도 끊겨 있었다.

이틀 후 직장에 있는데 다이앤의 변호사에게서 전화가 왔다. 자신을 윌리엄 험볼트라고 소개했다. 그는 전화 받은 사람이 스티븐 데이비스라는 사실을 확인한 다음부터는, 계속해서 '스티브'라고 부르기 시작했다. 맙소사. 이런 일이 정말로 일어나다니! 변호사들이란 모두 정신병자 같았다.

험볼트는 다음 주 초에 내가 '예비서류'들을 받게 될 것이며, '귀하의 가족 공동체 해체에 선행되는 회계 정리'를 준비하라고 조언했다. 그는 더 나아가 내가 '급작스런 신탁조치'를 해서는 안 되며 '이 재정적 위기' 중에는 아무리 사소한 것일지라도, 반드시 '지출내역'에 대한 영수증을 확보할 것을 주문했다. 그리고 마지막으로 나 역시 변호사를 선임할 것까지 조언해 주었다.

"이 봐요, 잠깐, 잠깐만요."

정말로 기가 막혔다. 나는 책상에 앉아 고개를 숙이고 왼손으로 이마를 문질러 댔다. 두 눈을 꼭 감고 있느라 컴퓨터 스크린의 밝은 주사선을 본 것도 아니건만 두 눈에 마치 모래를 가득 채운 것 같았다. 계속 운 탓이었다.

"물론입니다. 하실 말씀 있으면 얼마든지 하십시오, 스티브."

"두 가지만 말하겠소. 첫째 '귀하의 가족 공동체 해체에 선행

되는'이 아니라 '당신의 결혼을 종결하는 데 필요한'이 맞을 것 같고……, 게다가 내가 아내의 소유물을 빼돌리려고 생각했다면 그건 다이앤의 판단착오일 겁니다."

"예."

험볼트의 대답이었다. 동의가 아니라 내 말을 이해했다는 뜻이리라.

"두 번째. 당신은 그녀의 변호사요. 내가 아니라. 내 이름을 마치 선심 쓰듯이 불러대는데, 다시 한번만 그 따위로 나오면 당장 전화를 끊겠소. 다음에 만나서는 코를 분질러버릴 테니 조심하는 게 좋을 거요."

"스티브…… 데이비스 씨…… 제 생각엔……"

나는 전화를 끊었다. 식당 테이블에서 그놈의 쪽지를 본 후 유일하게 기분 좋은 일이었다. 아내는 쪽지가 날아갈까 봐 그 위에 집 열쇠 세 개를 올려놓기까지 했었다.

그날 오후 법조계에 있는 친구에게 전화했고 그가 이혼전문 변호사를 소개시켜 주었다. 존 링이란 사람인데 난 그와 다음날 만나기로 약속을 해두었다. 나는 버틸 수 있을 때까지 밖을 떠돌다가 깊은 밤에야 집에 돌아왔고, 그러고서도 한참 동안 집 여기저기를 왔다 갔다 했다, 다시 영화를 보러 나갈까도 해보았으나 도저히 볼 만한 영화를 찾지 못했다. TV를 켤 생각도 했지만, 나는 어느 틈에 14층 침실의 창문 앞에 서 있었다. 나는 담배를 모두 빼내 밖으로 던져버렸다. 제일 위쪽 선반 서랍 안쪽에서 옛날 바이스로이 담뱃갑도 찾아 던져버렸다. 아마도 10년도 더 전, 다이앤 코슬로 같은 괴물이 이 세상에 존재한다는 사실조차 몰랐을 때부터 그 안에 처박혀 있던 것이다.

20년 동안 하루에 한두 갑의 담배를 피우면서도 이런 식으로 갑자기 끊어야겠다는 생각은 해본 적이 없다. 사실 고민해 본 적도 없었다. 하지만 이번에는 아내가 집을 나간 지 이틀째에 담배를 끊는 법이 어디 있냐는, 내면의 항변조차 별 소용이 없었다. 나는 스무 개들이 한 갑, 열 개들이 반 갑, 여기저기 흩어져 있는 자잘한 담뱃갑 두세 개까지 모두 모아 창밖 어둠 속으로 던져버린 다음에는(연초 대신에 흡연자 자신을 던지는 것이 훨씬 더 효율적일 거라는 생각은 들지 않았다. 아직 그 정도의 상황은 아니었다.), 창문을 닫고 침대에 누워 두 눈을 감았다. 막 잠으로 빠져들면서, 내일이 어쩌면 평생 최악의 날이 될 거라는 생각을 했다. 정오쯤엔 담배를 다시 피우고 있을지도 모른다는 생각도 들었다. 첫 번째 예언은 맞았고 두 번째는 틀렸다.

그로부터 열흘. 그러니까 금단현상에 기인한 신체부적응의 열흘간은 고통스럽고 불쾌하기까지 했으나 사실 생각했던 것만큼 최악은 아니었다. 담배를 물고 싶은 생각이 하루에도 수십 번씩, 아니 수백 번씩 꿈틀대긴 했지만 굴복하지도 않았다. 당장 담배를 피우지 않으면 미쳐버릴 것 같은 순간들도 있었고, 길거리에서 흡연자를 지나치며, '당장 내놔, 이 개새끼야, 그거 내 담배란 말이야!' 라고 외치고 싶을 때도 있었다. 하지만 그러지도 않았다.

아무래도 최악의 고통은 깊은 밤이었다. 담배를 끊으면 잠을 푹 잘 수 있을 거라고 생각했는데(그저 막연한 생각이다. 다이앤이 떠난 후로 사고 과정이라는 게 애매하고 모호하기 이를 데가 없었다.), 그렇지도 못했다. 어떤 날은 두 손을 베개 밑에 끼운 채 뜬 눈으로 천장을 올려다보며, 시내로 향하는 사이렌 소리와 트럭 굴러가는 소리를 새벽 3시까지 듣기도 했다. 그럴 때면 늘 거리 맞은편에 있는 24시간 한국인 슈퍼마켓을 떠올렸다. 퀴블러 로스(죽음의 창시자로 유명한 정신의학자 ─ 옮긴이)의 소위 임종 전 섬광만큼이나 눈부신, 한국인 가게의 백색 형광등을 생각했고, 한 시간 후면 보도블록 위에 과일 가판대를 차리기 시작할 흰색 종이모자의 또 다른 한국 남자들을 생각했으며, 역시 흰색 종이모자의 한국 남자가 지키고 있는 카운터 뒤로 난공불락의 요새처럼 버티고 선 담뱃진열장들을 생각했다. 「십계명」의 시나이 산에서 찰튼 헤스턴이 가지고 내려온 것만큼이나 커다란 진열장들. 당장이라도 옷을 입고 달려가 담배 한 갑을, 아니 9~10개비만이라도 사들고 들어와서는, 바로 저 창문 앞에 서서 동녘 하늘에 아침 해가 떠오를 때까지 한 개비씩, 한 개비씩 피워치우고 말겠다는 생각도 했다. 하지만 난 그렇게 하지 않았다. 양 대신에 담배를 세다가 새벽잠이 든 적이 한두 번이 아니었으나, 끝내 다 참아냈다. 윈스턴…… 윈스턴100…… 버지니아슬림…… 도럴…… 메리트…… 메리트100…… 카멜…… 카멜필터…… 카멜라이트.

그 후, 그러니까 결혼의 마지막 3~4개월을 좀 더 똑바로 쳐다볼 수 있을 때쯤, 나는 금연을 각오한 이유가, 처음 생각과 달리, 그렇게 도발적이지도 돌출적이지도 않았음을 깨닫기 시작했다. 나는 똑똑한 인간형은 아니다. 용감하지도 못하다. 하지만 그 결정은 현명할 뿐만 아니라 용감하기도 했다. 그게 어떻게 가능하냐고? 때때로 우리는 능력 이상의 능력을 발휘하기도 한다. 어쨌든 그 일은 나로 하여금 다이앤이 부재하는 시련을 당당히 대면할 용기를 주었고, 그대로 흘려버리고 말았을 내 불행에 어느 정도의 의미를 불어넣어 주었다.

물론 금연이 그날 고담 카페에서의 사건에 영향을 미쳤을 거라는 생각도 들었다. 또 어느 정도는 사실이라고 확신도 한다. 하지만 도대체 누가 그런 일을 예견할 수 있단 말인가? 누구도 자기 행동의 최종 결과를 예측할 수는 없다. 우리 대부분은 그런 시도조차 해보지 못한다. 그저 쾌락을 연장하거나 고통을 멈추기 위해 움직일 뿐이다. 그리고 우리가 고귀한 대의명분을 쫓을 때조차, 그 체인의 마지막 고리에는 종종 누군가의 피가 똑똑 떨어지고 만다.

험볼트는 웨스트 83번가를 담배로 융단 폭격한 그날 저녁으로부터 2주 후 다시 전화를 걸어왔다. 이번에는 그도 연설문을 읽듯 꼬박꼬박 데이비스 씨라고 불러주었다. 그는 먼저 링 씨를 통해 다양한 서류 사본을 보내주어 감사하다는 인사를 전한 다음, 드디어 '우리 넷'이 마주 앉아 점심식사를 할 때가 왔다고 선언했다. '우리 넷'은 다이앤을 뜻했다. 그녀가 떠난 후로 한 번도 그녀를 보지 못했다. 아니, 떠나기 전에도 실제로 본 것은 아니다. 그녀가 늘 베개에 얼굴을 파묻고 잠이 든 탓에 얘기 한 번 꺼낼 기회가 없었다. 가슴이 마구 뛰기 시작했다. 전화기를 들고 있는 손에서도 파닥거리는 맥박이 느껴졌다.

험볼트는 마치 차가운 여선생이 버릇없는 꼬마를 타이르듯 말을 이어나갔다.

"자질구레한 일들도 처리해야 하고 함께 상의해야 할 일도 적지 않습니다. 무조건 미루고 있을 수만은 없겠죠. 물론 어려운 일들을 처리하기 전에 약간의 냉각기를 갖는 것도 중요한 일이지만, 제 생각에 이번의 직접면담을 통해서……"

"본론만 얘기합시다. 그러니까 지금 나한테……"

"점심 약속을 하자는 겁니다. 내일 모레? 그날 시간을 비워둘 수 있으시겠습니까?"

'물론 있겠지. 아내를 다시 만나는 거잖아, 병신아! 잘만 하면 아내의 손을 스치기라도 해볼지도 모르고, 응, 스티브?' 그는 이렇게 비꼬는 것 같았다.

"어쨌든, 목요일 점심시간은 비어 있습니다. 그건 문제가 아니고, 그럼, 제 변호사도 함께 가나요?"

내가 물었다. 다시 그의 느끼한 웃음소리가 송곳처럼 내 귀를 콕콕 찔러댔다.

"물론이죠. 링 변호사님도 당연히 함께 하고 싶으실 겁니다."

"생각해 둔 곳은 있으십니까?"

문득 점심식사 값은 누가 내는 건지 궁금했지만 곧바로 실소를 머금고 말았다. 나는 주머니에서 담배를 찾으려다가 대신 이쑤시개에 손끝을 찔리고 말았다. 나는 찔끔하며 얼른 손을 빼냈다. 다행히 피는 보이지 않았다. 나는 손끝을 살짝 깨물었다.

험볼트가 그때 무슨 말인가를 했는데 듣지 못했다. 이쑤시개를 보니, 문득 담배연기도 없이 세상의 험한 파고에 시달리고 있는 내 자신이 서글퍼졌다.

"지금 뭐라고 하셨죠?"

"53번가의 고담 카페를 아시는지 물었습니다. 매디슨 가와 파크 가 사이죠."

그의 목소리는 왠지 초조하게 들렸다.

"아뇨, 하지만 찾을 수 있을 겁니다."

"정오?"

"12시, 좋습니다. 제 변호사한테도 연락하죠."

내가 대답했다. 하마터면, 검은 물방울무늬에 옆이 터진 녹색 드레스를 입고 오라는 말을 다이앤에게 전해달라고 할 뻔 했다. 변호사 동석 얘기는 그 실수를 막기 위한 임기응변이었지만 그래도 내 세력을 과시하기 위해 꼭 던지고 싶었던 말이기도 했다.

"그러시죠. 만일 문제가 생기면 다시 연락주시기 바랍니다."

나는 존 링에게 전화를 걸었다. 그는 쓸데없는 얘기들로 자신의 (대단한) 변호 지식을 과시하고 나서야 '이 즈음의' 미팅이 바람직하다는 결론을 내렸다.

나는 전화를 끊고 컴퓨터 앞에 돌아가 앉았다. 다이앤과의 재결합을 위해 최소한 담배 한 개비는 피워야 하지 않을까 하는 생각이 들었다. 참을 수 있을까?

점심약속이 있는 날 아침, 존 링이 전화를 걸어 미팅을 연기했으면 한다고 말했다. 목소리에 근심이 잔뜩 묻어나왔다.

"어머니가 계단에서 넘어져 엉덩이뼈가 부러졌지 뭡니까? 바빌론이라, 지금 당장 펜 역으로 가서 기차를 타야합니다."

그는 낙타를 타고 고비 사막이라도 건널 사람처럼 비장하기까지 했다. 난 새 이쑤시개를 만지작거리면서 잠시 생각을 정리해 보았다. 끝이 문드러진 이쑤시개 두 개가 컴퓨터 모니터 옆에 놓여 있었다. 아무래도 조심해야겠다. 이러다가는 뱃속이 온통 날카로운 나뭇조각으로 가득 차고 말 것이다. 나쁜 습관은 결국 나쁜 습관으로밖에 대체할 수가 없는 걸까?

"스티브, 듣고 있습니까?"

"예. 어머니는 유감입니다만, 그렇다고 점심 약속을 미룰 수는 없습니다."

내가 대답했다. 그가 한숨을 내쉬었다. 그리고 다시 말했을 때는 그의 목소리에 불안감과 공감이 함께 묻어나왔다.

"부인을 만나고 싶으신 건 이해합니다. 하지만 그렇기 때문에 더욱 더 조심해야 하고 또 절대로 실수해서도 안 되는 겁니다. 당신은 도널드 트럼프가 아니고 그녀도 이바나는 아니잖습니까? 등기우편으로 관련 자료를 받으셨겠지만 그들 역시 잘못이 없지는 않습니다. 게다가, 스티브, 당신도 잘 해오셨잖습니까? 적어도 지난 5년 동안은요."

"압니다, 하지만……"

"게다가 지난 3년간, 다이앤 데이비스는 당신 아내도 평생의 동반자도 아니었어요. 배우자로서 한 일이 전혀 없어요. 그저 파운드 리지 출신의 다이앤 코슬로였을 뿐이었죠. 당신 앞에서 장미를 입에 물기는커녕 눈웃음 한 번 친 적이 없잖습니까?"

"아뇨, 아내를 만나겠습니다."

내 머릿속에 든 생각을 알면 이 친구는 완전히 돌아버릴 것이다. 그녀가 물방울무늬 녹색 드레스를 입었는지 기필코 확인하고 싶었다. 내가 그 옷을 제일 좋아한다는 사실은, 그녀도 너무나 잘 알고 있다.

그가 다시 한숨을 내쉬었다.

"더 이상 안 되겠네요. 이러다 기차를 놓치겠어요. 다음 기차는 1시나 되어야 있다는군요."

"어서 가서 기차 타세요."

"그럴 겁니다. 하지만 한 마디만 더 하야겠어요. 이런 모임은 마상 창시합하고 같아요. 기사는 변호사이고, 의뢰인들은 변호사 나리의 창과 고삐를 들고 종자 역할을 해야 하죠. 그런데 당신은 지금 기사가 없다는 이유를 들어, 종마에 올라타 상대방에게 달려들겠다고 말하는 겁니다. 창도, 갑옷도 투구도 없이, 아니 국부 보호구도 안 차고 말입니다."

그의 목소리는 이 이야기가 옛날부터 잘 알려진 비유라고 말하고 있었다.

"아내를 보고 싶습니다. 어떻게 지내는지 알고 싶고, 표정이 어떤지도 보고 싶어요. 이봐요, 당신이 안 나타나면, 험볼트도 얘기를 꺼내지 않을 겁니다."

"이런, 그건 좋은 생각이 아니에요. 결국 내 말을 듣지 않겠다는 거군요."

그가 맥없이 냉소를 흘렸다.

"예."

"좋습니다. 그럼 내 말대로 하세요. 만일 이 말조차 무시하고 일을 그르친다면 이 사건은 포기하는 게 슥편할 수도 있습니다. 알겠죠?"

"예, 그렇게 할게요."

"좋아요. 절대 그녀에게 고함치지 마세요. 그게 제1원칙입니다. 무슨 말인지 아시겠죠?"

"예."

물론 고함 칠 생각은 없다. 그녀가 집을 나가고 이틀 만에 담배를 끊었다면 그녀에게 욕하지 않고 100분 동안 세 번의 요리코스를 도는 것도 가능할 것이다.

"변호사한테도 고함치지 마세요. 그게 두 번째입니다."

"오케이."

"건성으로 대답하라는 게 아닙니다. 당신도 그를 싫어하고 그도 당신을 달가워하지 않는다는 거 알고 있습니다."

"그자하고는 만난 적도 없어요. 좋고 싫고 같은 게 어디 있습니까?"

"바보 같은 소리 말아요. 그가 돈을 받는 건 판단하기 때문입니다. 변호사라고요. 그냥 생각하시는 대로 오케이라고 하세요."

"좋아요. 오케이라고 하죠."

"좀 낫군요."

그가 정말로 그렇게 생각하는 것 같지는 않았다. 그는 시간에 쫓기고 있었다.

"실질적인 얘기는 절대 하지 말아요. 재정 관련 문제도 거론하지 말고. '내 기준은 이건데 그쪽 생각은 어때요?'라는 식의 얘기도 안 돼요. 만일 그 친구가 신경질을 내거나, 도대체 점심 약속을 왜 했냐고 따지면 나한테 한 말을 그대로 전해줘요. 아내를 보고 싶었다고."

"알았어요."

"그래서 그들이 자리를 뜬다 해도 해낼 수 있겠죠?"

"예."

확신은 없지만 그럴 수 있을 것 같았다. 게다가 렁은 기차를 놓칠까봐 안달이 나 있었다.

"변호사로서, 그러니까 당신 변호사로서, 할 짓이 아니라는 건 압니다. 하지만 만일 이 일로 소송이 꼬이거나 한다면, 난 당신을 복도로 끌고나와 내 이럴 줄 알았다고 말할 겁니다. 무슨 말인지 알겠죠?"

"알았어요."

"너무 심하게 난자당하지는 말라고요."

"걱정 마세요."

그는 전화를 끊고 바빌론의 엄마를 보러 떠났다. 그리고 며칠 후 그를 만났을 때에는 서로에게 결코 언급하고 싶지 않은 얘기가 하나 있었다. 우리가 서로를 조금만 더 잘 알았더라도 얘기를 했을 수는 있겠다. 나는 그의 눈에서 그런 눈빛을 보았고 그도 내 눈을 보고 눈치 챘을 것이다. 그러니까 그의 어머니가 계단에서 굴러 떨어져 엉치뼈를 다치지 않았던들, 그 역시 윌리엄 험볼트처럼 죽고 말았을 거라는 사실 말이다.

나는 걸어서 고담 카페까지 갔다. 11시 15분에 떠나 11시 45분에 식당에 도착했는데 일찍 온 이유는 마음을 진정하기 위해서였다. 요컨대 험볼트가 말한 식당이 정말로 있는지 미리 확인하고 싶어서다. 그건 내가 존재하는 방식이자 지금껏 존재해 온 방식이기도 했다. 결혼 초기에 다이앤은 '강박증'이라고 불렀는데, 말기에 보니 그건 그녀의 오해였다. 그저 난 다른 사람에게 우위를 내주고 싶지 않을 뿐이었다. 그 개떡 같은 성격 때문에 그녀도 짜증을 내곤 했지만, 나 자신도 그 점을 못마땅해 한다는 사실은 그녀도 모르는 것 같았다. 아무리 노력해도 바꾸기 어려운 성격도 있는 법이다. 단지 그뿐이다.

식당은 험볼트가 말한 바로 그곳에 있었다. 녹색 차양에 새겨진 고담 카페라는 단어도 보였다. 도시의 하얀 하늘선이 두꺼운 판유리를 아로새겨 놓았는데, 뉴욕의 최신유행을 따른 설계 같았으나, 그 반면에 중심가에 밀집해 있는 800여 개의 고급 레스토랑처럼 밋밋하기 짝이 없다는 생각을 떨칠 수는 없었다.

장소를 확인하자 마음이 놓였다. 아니, 그 반대이다. 다이앤을 다시 만난다는 생각에 죽고 싶을 만큼 초조했고 미치도록 담배가 그리웠다. 나는 매디슨으로 걸어가 15분 동안 가방 가게 안을 뒤졌다. 윈도쇼핑으로는 곤란하다. 다이앤과 험볼트가 위쪽에서 내려올 경우 나를 보게 될 것이기 때문이다. 다이앤은 내 어깨와 탑코트를 입는 스타일만으로도 나를 알아보는 여자다. 그건 안 될 말이다. 일찍 도착했다는 사실을 적에게 알릴 수는 없다. 그건 치명적인 약점이 될 것이다. 가게 안으로 들어간 건 그 때문이었다.

나는 필요도 없는 우산을 산 다음 12시 정각에 가게를 떠났다. 지금 가면 12시 5분에 고담 카페 문을 밀고 들어설 수 있을 것이다. 아버지의 말씀, '네가 원하는 장소라면 5분 일찍 도착하라. 남이 원하는 곳이라면 5분 후에 등장하라.' 어느 쪽이 무엇을 왜 얼마나 오랫동안 원하는지는 잘 모르겠지만, 아버지 말이 가장 안전한 전략 같았다. 다이앤 혼자 나오는 자리라면 아마도 난 12시 정각에 도착했을 것이다.

아니, 그건 거짓말이겠다. 다이앤뿐이라면 11시 45분에 도착했으리라. 그러니까 도착하자마자 들어가 기다렸을 거라는 말이다.

나는 잠시 차양 아래 서서 안을 들여다보았다. 실내는 밝았고 그 점은 맘에 들었다. 무엇을 먹고 마시는지 도통 모를 정도로 어두운 식당은 딱 질색이다. 벽은 흰색이며 씩씩한 인상주의 그림들이 매달려 있었다. 누구 그림인지는 모르겠지만 상관없다. 원초적인 색과 넓고 활기찬 선으로 그린 그림들은 시각적 카페인처럼 정신을 두드려주었다. 다이앤을 찾아보았다. 긴 홀 중간 벽 쪽에 비슷해 보이는 여자가 앉아 있기는 했지만 확신은 없었다. 등을 돌리고 앉은데다, 그녀와 달리 난 머리가 복잡하면 사람 알아보는 능력도 곤두박질쳤다. 하지만 함께 앉아 있는 대머리 뚱보는 확실히 험볼트처럼 보였다. 나는 심호흡을 한 다음 식당 문을 열고 안으로 들어갔다.

담배 금단증세에는 두 단계가 있다. 대부분의 상습 행위를 유발하는 것은 두 번째 증세이다. 신체적 금단증세, 그러니까 식은땀, 두통, 근육경련, 안구경련, 불면, 신경과민 등은 대개 열흘에서 2주 사이에 사라진다. 그 다음은 정신적 금단현상인데 기간도 훨씬 길다. 이 증세에는 가벼운 우울증, 울음증, 무감증, 건망증, 순간적 독서 장애 등이 속한다. 내가 이런 걸 아는 이유는 책에서 읽었기 때문이다. 고담 카페에서의 일이 있은 후 생각해 보니 그렇게 한 건 정말로 잘 한 일이었다. 아마도 여러분들은 그 주제에 대한 관심이 취미와 강박관념 사이 어디쯤에 자리 잡고 있음을 눈치 챘을 것이다.

2단계 금단증세의 가장 전형적인 예는 가벼운 비현실감이다. 니코틴은 연접전달을 강화해 집중력을 높인다. 다시 말해서 두뇌의 정보도로를 확장하는 것이다. 그렇다고 강력한 터보엔진을 다는 것도 아니고 정확하고 적절한 판단에 도움이 되는 것도 아니지만(물론 대부분의 골초들은 그렇다고 믿고 있다.), 니코틴 공급이 중단될 경우 세상은 왠지 꿈처럼 느껴지게 된다. 실제로 사람과 자동차와 보도의 당초문양을 볼 때면, 정말로 그런 것들이 회전스크린처럼 지나가는 것처럼 보이기도 했다. 그러니까 거대한 크랭크와 드럼으로 조종되는 만화영화 배경 말이다. 아니, 때로는 한 곳에 붙박여 있는 것 같았다. 왜냐하면 그 느낌에 무력감과 도덕적 탈진이 수반되기 때문이다. 그리고 담배를 끊느라 다른 일에 신경 쓸 여유가 없는 탓에, 좋든 싫든, 세상은 늘 해왔던 대로 움직여야 한다고 생각하기 때문이다.

이 모든 일들이 사건에 어떤 영향을 미쳤는지는 모르겠지만 분명 어느 정도는 영향을 미쳤을 것이다. 나는 지배인을 보자마자 뭔가 이상하다는 생각을 했다. 그가 입을 여는 순간 그 사실을 확신했다.

그는 키가 크고 날씬하며(턱시도 덕분일 것이다. 다른 옷이라면 오히려 말라보였을 텐데.) 콧수염을 기른 45세 정도의 남자였다. 한 손에 가죽 커버의 메뉴를 들고 있는 폼이 마치 뉴욕의 고급 레스토랑에서 지배인 전쟁을 하고 있는 전사처럼 보였다. 문제가 있다면 비뚤어진 보타이와 재킷 단추 바로 위의 얼룩이었다. 언뜻 보기에 고깃국물이나 짙은 색의 젤리 덩어리 같았다. 게다가 머리카락 몇 올이 등에 바짝 달라붙어 있는 바람에, 문득 옛 영화 「악동클럽」에 나오는 알파파를 떠올렸고, 하마터면 폭소를 터뜨릴 뻔하기도 했다. 물론 긴장해야 할 관남이라 웃는 건 금물이었다. 난 입술을 깨물고 간신히 참아냈다.

"예, 선생님?"

내가 데스크로 다가가자 그가 물었다. 발음이 '예순셋 님?'이라고 들렸다. 뉴욕의 지배인들은 모두 독특한 악센트를 지녔지만 그의 발음은 도무지 출신을 짐작할 수가 없었다. 80년대 중반에 유머감각이 탁월한(불행하게도 마약 의존도도 심했던) 소녀와 데이트를 한 적이 있었는데 한 번은 그들이 다주 작은 섬에서 자란 탓에 모두 똑같은 언어를 쓰고 있다고 말해주었다.

"어떤 언어지?"

내가 물었다.

"스누티(여성의 성기를 빗대어 지칭함 — 옮긴이)."

그녀의 대답에 난 뒤집어졌다.

아까 밖에서 보았던 여자를 다시 확인하는 순간(이제는 다이앤임을 거의 확신할 수 있었다.) 문득 그 생각이 떠올라, 난 또 한 번 입술 안쪽을 깨물어야 했다. 그리고 그 바람에 험볼트의 이름을 오징어 썹듯 발음하고 말았다.

지배인이 번들거리는 이마에 주름을 잡고는 내 눈을 잔뜩 노려보았다. 데스크에 오기 전에는 갈색인 줄 알았는데 지금 보니 검은색에 가까웠다.

"누굴 찾으신다고요?"

그가 물었다. '너구릴 잡으신다고요?'처럼 들렸지만 표정은 '어디서 굴러들어온 개뼉다구야?'라고 말하고 있었다. 피아노 연주자만큼이나 길고, 이마만큼이나 번드르한 손가락이 메뉴판을 신경질적으로 두들겨댔다. 메뉴판 장식술이 싸구려 책갈피처럼 삐져나와 앞뒤로 흔들리고 있었다.

"험볼트. 네 사람으로 예약되어 있을 겁니다."

그의 보타이에서 눈을 뗄 수가 없었다. 어찌나 비뚤었던지 왼쪽이 거의 아래턱에 닿을 정도였다. 아니, 백옥처럼 하얀 드레스셔츠의 오점도 문제였다. 가까이서 보니 소스나 젤리가 아니라 말라붙은 핏자국처럼 보였다.

그가 예약 장부를 내려다보았다. 뒤통수의 지저분한 머리타래가 나머지 매끄러운 머리 위에서 앞뒤로 물결치고 있었다. 머리빗으로 그려놓은 가르마 사이로 두피가 드러나 보였고, 턱시도 양어깨 위에 내려앉은 비듬도 조금 보였다. 내가 수석웨이터라면 저렇게 느슨한 복장만으로도 당장 해고 시켰을 것이다.

"아, 예, 있습니다. 일행 분은……"

그가 마침내 이름을 찾아내고 나를 올려다보았다. 그리고 그 순간 갑자기 입을 다물었다. 거의 새우수염처럼 찢어진 두 눈은 내 어깨 너머를 향하고 있었다.

"개는 들어올 수 없습니다. 도대체 개의 입장은 안 된다고 몇 번이나 말해야 알아들을 거죠?"

고함까지는 아니지만 소리가 적지 않은 탓에, 데스크 가까이 있던 손님 몇이 식사를 중단한 채 무슨 일인가 하고 우리 쪽을 돌아보았다.

나도 뒤를 돌아보았다. 너무나 확실하게 말한 터라, 당연히 있을 줄 알았건만 어디에도 개는 없었다. 적어도 내 눈엔 보이지 않았다. 나는 이런 생각까지 했다. 그가 내 우산에 대해 말한 것이며, 지배인 나라에서는 개가 우산을 가리키는 은어라고 말이다. 혹은 비가 올 것 같지 않은 날 우산을 들고 온 손님을 가리키는 말이거나.

나는 다시 지배인을 돌아보았으나 그는 이미 데스크를 떠나고 있었다. 두 손에는 메뉴를 들고 있었는데, 내가 따라오지 않는다는 걸 눈치 챘는지 고개를 들고 눈썹을 살짝 치켜뜨기도 했다. 지금 그의 표정에는 공손한 재촉 외에는 아무것도 없었다. '어서 따라오시죠.' 그래서 난 따라갔다. 뭔가 수상하다는 건 알았지만 그래도 따라갔다. 평생 처음 왔고 앞으로도 다시 올 것 같지 않은 레스토랑의 지배인에게 어떤 점이 수상한 건지 가늠해 볼 시간도 힘도 내겐 없었다. 험볼트와 다이앤을 다뤄야 하는데다, 그것도 담배를 피우지 않고 해내야 했다. 그러니 고담 카페의 지배인도 자기 문제는 스스로 해결하는 편이 좋을 것이다. 개까지 포함해서.

다이앤이 돌아보았다. 처음에 그녀의 얼굴과 눈에서 본 것은 다소 딱딱하지만 그래도 공손한 표정이었다. 하지만 그 한 꺼풀 밑에 숨어 있는 건 분노였다. 적어도 내가 보기엔 그랬다. 지난 서너 달 동안 수없이 말다툼을 했지만 그런 식의 감춰진 분노는 맹세코 본 적이 없었다. 화장과 새 드레스와(물방울도 없고 옆이 타지지도 않은 청색 옷) 헤어스타일로 의도적으로 감춘 분노. 함께

고담 카페에서의 점심식사 **101**

앉은 덩치가 뭐라고 속삭이자 그녀가 손을 뻗어 그의 어깨를 건드렸다. 그가 나를 보고 자리에서 일어서려 할 때 나는 그녀의 얼굴에서 또 다른 표정을 보았다. 그녀는 화가 나 있을 뿐 아니라 두려워 하고 있었다. 그리고 아직 한 마디도 나누지 않았음에도 불구하고 나도 그녀를 향해 화가 치밀어 올랐다. 그녀의 얼굴과 눈 속에 온통 반감뿐이었기 때문이다. 차라리 이마에 '다음 공고 때까지 얼굴 폐쇄'라고 써놓는 편이 좋을 것 같았다. 도대체 내가 뭘 그렇게 잘못했다고……

"손님."

지배인이 다이앤의 옆에 있는 의자를 끌어내주었다. 그러나 나는 그의 말을 듣지 않았다. 그의 기이한 행동과 비뚤어진 보타이에 대해서도 이젠 관심 없었다. 심지어 담배를 끊은 후 처음으로, 담배와 관련된 어떠한 정보도 지금은 완전히 머릿속을 떠나 있었다. 오직 그녀의 의도된 차분함을 들여다보고 싶었다. 놀랍게도 나는 동시에 그녀에게 화가 나고 또 그녀를 원했다. 얼마나 원했는지 바라보는 것만으로 고통스러울 정도였다. 그녀와의 결별이 호감을 키웠는지 아닌지는 모르겠으나 눈을 새로 뜨게 만든 것만은 분명해 보였다.

그녀의 표정에서 읽어낸 것이 정확하기는 한 걸까? 분노? 그래, 그건 가능하고 개연성도 충분하다. 정도의 차이는 있겠지만, 나한테 화가 나지 않았다면 처음부터 달아나지도 않았을 테니까. 하지만 두려움은? 도대체 다이앤이 날 두려워 할 이유가 어디 있단 말이던가? 지금껏 그녀한테는 손끝 하나 대지 않았다. 그렇다. 말다툼 중에 목소리를 높인 적은 있어도 그건 그녀도 마찬가지가 아닌가?

"선생님, 즐거운 식사 되십시오."

지배인의 목소리가 마치 머나먼 우주의 별인 안드로메다에서 들리는 것만 같았다. 우리가 서비스를 원하거나 불평하고 싶을 때마다 서비스맨들이 불쑥불쑥 고개를 들이미는 별.

"데이비스 씨, 전 빌 험볼트입니다."

다이앤의 동반자가 말했다. 그가 갈라지고 터진 손을 내밀었고 난 그와 짧은 악수를 나누었다. 그는 전신이 손만큼이나 거대했으며, 넓디넓은 얼굴은 아침부터 해장술을 마신 알코올중독자처럼 붉게 물들어 있었다. 대충 40대 중반, 축 늘어진 두 뺨이 턱으로 접힌 후로도 10년은 더 지난 셈이다.

"반갑군요."

내가 대답했다. 하지만 그 인사조차 지배인 셔츠에 묻은 오물만큼이나 아득하게만 느껴졌다. 어서 이 손 흔들기 놀이를 끝내고, 장미와 크림으로 빚어낸 저 아름다운 금발에게 달려가고 싶을 뿐이었다. 연분홍 입술, 아리아리하고 살랑살랑한 몸매. 얼마 전만 해도 내 엉덩이를 손잡이 달린 안장처럼 움켜쥐곤, '해 줘 해 줘 해 줘.'를 연발하던 여자.

"링 변호사는 어디 있죠?"

험볼트가 주변을 둘러보며 말했다. 이런, 표정이 아주 극적이군, 그래.

"링 변호사는 롱아일랜드로 가는 중입니다. 어머니께서 계단에서 넘어져 엉치뼈를 다치셨다는군요."

"오 저런."

험볼트의 반응이었다. 그는 테이블에 반쯤 남은 마티니 잔을 집어 들고 이쑤시개 꽂힌 올리브가 입술에 닿을 때까지 들이켰다. 그리고 올리브를 뱉고 잔을 내려놓은 다음에야 나를 똑바로 바라보았다.

"그분이 어떤 얘기를 해드렸는지는 대충 알만 합니다."

난 그 말을 들었지만 개의치 않았다. 지금의 나한테 그는 저질 라디오 프로그램의 작은 소음보다 하찮은 존재일 수밖에 없었다. 나는 다이앤을 보았다. 정말로 기막힌 노릇이었다. 저렇게 때깔 나고 쌈박했던 적은 맹세코 한 번도 없었는데! 그동안 나는 죽어도 모를 인생을 새롭게 배우기라도 한 걸까? 헤어진 지 겨우 2주 만에? 더욱이 파운드리지에서 어니와 디디 코슬로와 함께 살면서?

"안녕, 스티브?"

"안녕. 아니, 별로 안녕은 못해. 당신이 보고 싶었거든."

여인은 푸른색의 커다란 눈을 들더니 가벼운 침묵으로 내 말을 받아넘겼다. 그뿐이었다. 나도 보고 싶었어 따위의 인사치레는 없었다.

"담배도 끊었어. 덕분에 사는 게 죽을 맛이야."

"그래? 잘 했네."

나는 그녀의 밋밋한 어투에 다시 화가 치밀었다. 이번엔 정말로 화가 났다. 이건 아예 내가 거짓말을 한다는 게 아니라, 아무리 솔직한들 그게 무슨 상관이냐는 투가 아닌가? 거짓말 안 보태고, 그녀는 매일 두 시간씩 내 흡연을 향해 잔소리를 해댔었다. '당신, 그 담배 때문에 암이 걸려봐야 해. 나도 덤으로 걸리고.' 아니, 심지어, 내가 담배를 끊을 때까지 아이를 갖지 않겠다고 선언까지 했다. 그 바람에 가족계획에 대해 지금껏 한 마디도 못하고 살았건만……. 그런데 한순간에 의미가 사라져버리다니! 내가 아무런 의미가 못 되기 때문에?

"괜찮으시다면 처리할 일이 몇 가지 있습니다만?"

험볼트가 말했다. 그는 끙 소리를 내며 커다란 서류가방을 집어 들더니 내 옆의 의자에 올려놓았다. 어머니의 엉치뼈가 고장 나지만 않았던들 내 변호사가 앉아 있을 자리다. 험볼트는 딸깍 소리를 내며 걸쇠를 풀었으나 그런 건 아무래도 좋았다. 아니, 솔직히, 신경은 쓰였다. 그건 신중의 문제가 아니라 우선권의 문제였고, 그 점에서는 링이 나타나지 않은 게 오히려 다행이었다. 덕분에 이슈가 확실해진 것이다.

나는 다이앤을 바라보며 말했다.

"다시 시작하고 싶어. 화해할 수 있겠지? 다시 한번 기회를 줘봐, 응?"

그 순간 그녀의 표정에 나타난 절대적인 공포는 내 바람을 산산조각 내버리고도 남았다. 정말로 내게 있었는지조차 불확실했던 희망을 말이다. 그녀는 대답 대신 내 옆의 험볼트를 돌아보았다.

"이런 얘기 안 해도 된다고 했잖아요! 아예 입 밖에 내지도 못하게 한다고 하지 않았어요?"

그녀의 목소리는 원망으로 가득한데다 사시나무처럼 바들바들 떨기까지 했다.

험볼트는 다소 당혹스런 표정을 지었다. 그는 어깻짓을 하고, 비어 있는 마티니 잔을 아쉬운 듯 바라본 다음에야 다이앤을 돌아보았다. 할 수만 있다면 더블로 주문했을 것이다.

"변호사 없이 오실 줄은 몰랐습니다. 데이비스 씨, 이러실 거면 미리 알려주셨어야죠. 일이 이렇게 된 이상, 다이앤이 화해의 가능성을 염두에 두고 이 모임에 나오신 것이 아니란 점부터 말씀드려야겠군요. 요컨대 이혼에 대한 생각은 불변이라는 뜻입니다."

그는 동의를 구하기라도 하듯 슬쩍 그녀를 보았다. 그녀의 두 뺨은 내가 앉았을 때보다 더 빨개져 있었는데, 그렇다고 그 원인이 당혹감 때문은 아니었다.

"맞아요."

그녀의 대답이었다. 그녀의 얼굴에 다시 분노가 피어올랐다.

"다이앤, 왜? 도대체 이유가?"

내 목소리의 애처로운 어조가 맘에 들지 않았다. 마치 양 울음 같지 않은가! 그렇다고 어쩔 도리가 있는 것도 아니지만 말이다.

"오 세상에. 정말로 그걸 몰라서 그래?"

"그래……"

그녀의 두 뺨이 더욱 붉어졌다. 이제 홍조는 거의 관자놀이까지 번져 있었다.

"그래, 정말로 모를 수도 있겠네. 어차피 정상이 아니니까."

그녀가 물잔을 집으려다가 3센티미터 가량을 테이블보 위에 쏟고 말았다. 물론 손이 떨렸기 때문이다. 그 순간 그녀가 떠난 날이 떠올랐다. 그때도 떨리는 손으로 오렌지 잔을 잡으려다가 깨진 유리에 손을 베었었다.

"잠깐만요. 이건 지극히 비생산적입니다."

험볼트였다. 그는 난투극이 벌어질까봐 전전긍긍하는 운동장 안전요원 같았으나, 눈으로는 연신 지나가는 웨이터를 찾고 있었다. 그의 관심은 우리보다는, 영국인들의 소위 "내 반쪽(술)"을 확보하는 데 있었다.

"난 그저 궁금해서……"

내가 투덜거렸다.

"선생님이 알고 싶은 내용은 우리가 이곳에 온 이유와 아무 상관이 없습니다."

험볼트가 말했다. 그는 이제 막 졸업장을 받아들고 법대 문을 나선 초짜만큼이나 초조하고 불안해 보였다.

"그래, 맞아. 이제 중요한 건 당신이 알고 싶은 게 아니라 당신이 알아야 할 얘기들이야."

"무슨 말인지 모르겠지만 기꺼이 듣겠어. 카운슬링을 받으라면 받을게. 원한다면 난 얼마든지……"

그녀는 두 손을 펴서 어깨 높이까지 들어 올렸다가 다시 무릎에 내려놓았다.

"오 맙소사, 갑자기 그 잘난 마초 씨께서 돌아오셨나 보네? 지금껏 내내 말 타고 석양을 향해 떠나가 놓곤, 이제 와서 그런 게 아니었다고? 세상에."

"그만 하세요. 두 사람 중 누구든 한 마디만 더 하면 이 오찬회동을 취소시켜버리겠습니다. 우린 아직 오늘의 특별메뉴가 뭔지 듣지도 못했단 말입니다."

험볼트는 그의 의뢰인과 이제 곧 의뢰인의 전남편으로 강등 당할 남자를 번갈아보고는(결국 그렇게 될 것이다. 그건 좋다. 이젠 금연에 수반되는 가벼운 비현실감도 그 명명백백한 사실을 왜곡할 수는 없는 모양이다.), 우리 둘에게 가벼운 미소를 지어보였다. 그 미소가 어찌나 가식적이던지 오히려 매력적으로 보일 정도였다.

그건 내가 합석하고 처음 나온 식사 얘기였다. 상황이 악화된 것은 바로 그 직후였다. 바로 옆자리에서 연어냄새가 났다. 금연 후 2주가 지나면서 내 후각은 놀랍도록 예민해졌는데, 물론 그렇다고 축복이라고 부를 생각까지는 없다. 더욱이 그게 연어냄새라면 정말로 사양하고 싶다. 전에는 좋아했는지는 몰라도 지금은 맛은커녕 냄새조차 견딜 수가 없게 된 것이다. 그건 고통이자 두려움이며 피와 죽음의 냄새였다.

"저 사람이 먼저 시작했어요."

다이앤이 뾰루퉁하게 말했다.

'당신이 먼저야. 집을 나간 게 누군데?' 나는 속으로 투덜댔지만 입 밖으로 내지는 않았다. 험볼트는 진담이었다. 우리가 애들처럼 '내가 안 그랬어, 아냐 네가 그랬어.' 식으로 맞선다면 정말로 다이앤의 손을 잡고 식당 밖으로 나가버릴 것이다. 이번엔 간절한 술 생각조차 그를 막지는 못하리라.

"좋아요, 내가 죄인이요. 그래, 이제 무엇을 할 거죠?"

내가 공손하게 말했다. 오, 그 공손한 말투를 뱉어내기 위해 내가 얼마나 고생을 했던지…… 물론 뭐 할 건지 모르는 건 아니다. 서류, 서류, 서류. 어쩌면 이 유감천만의 상황에서 내가 끌어낼 수 있는 유일한 만족은, 내 변호사의 조언에 따라, 어느 서류에도 사인은커녕 쳐다보지도 않겠다고 선포하는 것이리라. 나는 다시 다이앤을 훔쳐보았다. 그녀는 빈 접시를 내려 보고 있었기에 머리카락이 흘러내려 표정을 볼 수는 없다. 그녀의 어깨를 부여잡고 새 드레스 안에 갇힌 그녀를 한껏 흔들어주고 싶어 미칠 것만 같았다. '이 세상에 당신 혼자만 있는 줄 알아? 혼자만 사는 줄 아느냐고? 하, 말보로맨이 당신한테 해줄 얘기가 있다는군. 그래. 이봐, 당신은 저 잘난 줄만 하는 미친년이……'

"데이비스 씨?"

험볼트가 공손한 목소리로 불러, 나는 그를 돌아보았다.

"정신이 드세요? 또 잃어버린 줄 알았지 뭡니까?"

"별 말씀을."

"다행이군요."

그는 손에 몇 다발이나 되는 서류를 들고 있었다. 서류는 모두 다양한 색깔(적, 청, 황, 보라색)의 종이클립으로 묶여 있었는데 고담 카페의 벽을 장식하고 있는 인상파 그림들과 잘 어울려보였다. 불현듯 내가 이 만남에 눈곱만큼도 대비가 안 되어 있다는 생각이 들었다. 그리고 그건 내 변호사가 12시 33분에 바빌론으로 떠나고 있기 때문만은 아니었다. 다이앤이 새옷을 입었고 험볼트는 트럭만 한 브링크스 서류가방에다가 총천연색 종이클립으로 묶은 서류들을 들이댔다. 하지만 내게 있는 것이라곤 쨍 하고 해뜬 날 들고 들어온 우산 한 자루뿐이었다. 의자 위에 놓인 우산을 내려다보니 우스꽝스럽게도 손잡이에 가격표가 매달려 흔들리고 있었다(어떻게 지금껏 한 번도 확인해 볼 생각을 하지 않았을까?). 갑자기 미니 펄이 된 기분이었다.

식당은 냄새가 좋았다. 금연 구역으로 지정된 이후로 대개의 식당이 이런 식의 향기들을 내뿜었다. 꽃향기, 와인, 새로 뽑은 커피, 그리고 초콜릿과 빵…… 하지만 내 코에는 거의 연어냄새뿐이었다. 그래, 그 냄새도 좋았던 것 같다. 그래서 연어요리를 시킬까

하는 생각도 했다. 게다가 이런 모임에서 식사가 가능하다면 세상에 가릴 게 아무것도 없겠다는 생각도 했었다.

"여기 몇 가지 양식을 들고 왔습니다. 두 분이 어렵사리 모아 둔 자산의 불법적이고 불공정한 처분을 막는 한편, 부인과 데이비스 씨의 재정적 어려움을 최대한 감하기 위해 필요한 서류들이죠. 그리고 두 분이 사인해 주셔야 할 법원용 예비서류와, 두 분의 현재 상황이 법원 판결로 정리되기까지 두 분의 증권과 채권을 제3자 계정으로 전환하는데 필요한 서류들도 있습니다."

물론 나는 어떤 서류에도 사인하지 않을 것이며 그로 인하여 오늘 모임이 종결되어도 상관없다고 말하려고 했지만 결국 내 입에서는 한 마디도 나오지 못했다. 막 말을 하려는 순간 지배인이 방해를 했기 때문이다. 그는 거의 비명을 지르다시피 떠들어댔다. 지금껏 그 상황을 설명하려 해봤으나, 아무래도 '에'자가 다발로 묶여 나오는 모양새를 옮기기가 쉽지 않았다. 그러니까 한 배 가득 수증기를 채우고 콧구멍으로 휘파람을 내뱉는 주전자 같은 소리였다.

"저 개…… 에에에에……! 그 개새끼 얘기 한두 번 한 게 아니잖아……. 에에에에……! 도대체 잠을 잘 수가 있어야지…… 에에에에! ……그 여자도 꺼지라고 했어! ……미친년 ……에에에에! ……왜 날 괴롭히는 거지? ……에에에에! ……이젠 아예 개까지 데려와? ……에에에에!"

식당은 순식간에 조용해졌다. 식사를 하거나 대화를 나누던 손님들도 놀라 일제히 고개를 들었다. 손님들이 본 건, 안면을 쭉 내민 채 황새 같이 긴 다리를 교차시키며 복도를 가로지르는 마르고 가녀린 검은 모피의 짐승이었다. 지배인의 보타이는 90도 각도로 돌아가 아예 6시를 가리키는 시계바늘처럼 보였다. 뒷짐을 단단히 지고 허리를 잔뜩 숙인 모양새가 정말로 6학년 문학책의 표지그림 같았다. 그러니까 워싱턴 어빙의 불행한 학교 선생, 이카보드 크레인(「슬리피할로」의 주인공 — 옮긴이) 말이다.

그가 보는 건 나였다. 노리는 것도 나였다. 나도 그를 바라보기는 했지만 마취라도 된 듯 기분이 멍하기만 했다. 요컨대 치러야 할 시험공부를 빼 먹거나, 아니면 백악관에 식사 초대를 받았는데 옷을 하나도 입고 있지 않은 그런 꿈을 꾸는 기분이다. 만일 그때 험볼트가 움직이지 않았다면 난 끝끝내 그런 식으로 꼼짝도 못했을 것이다.

의자가 삐걱거리는 소리에 난 힐끔 험볼트를 돌아보았다. 그가 자리에서 일어나고 있었다. 한 손에는 냅킨이 아무렇게나 들려 있었다. 얼핏 놀란 표정 같기도 했는데 어떻게 보면 분명 화가 난 사람이었다. 그 순간 나는 두 가지를 깨달았다. 우선 그는 취해 있었다. 아니, 거의 만취 상태였다. 게다가 그 상황을 자기 선의와 능력에 대한 모욕으로 받아들이고 있는 것이다. 결국 이 식당을 선택한 것은 그였다. 그러니, 보라, 예의범절의 달인이 드디어 꼭지가 돌았노라!

"에에에에! ……내가 말했지? 저 번에도 입이 닳도록……"

"오 세상에, 저 사람 바지에 오줌이……"

옆 테이블의 여자가 중얼거렸다. 그녀의 목소리는, 지배인의 비명 겸 숨소리가 빚어낸 침묵으로 인해 아무 저항 없이 사방으로 퍼져나갔다. 그녀의 말이 맞았다. 수수깡 지배인 바지 사타구니

부분이 흠뻑 젖어 있었다.

"여기다, 이 멍청아."

험볼트가 그에 맞서기 위해 돌아섰다. 그리고 지배인이 뒷짐을 짓던 왼손을 꺼냈다. 그의 손엔 커다란 부엌칼이 들려 있었다. 60센티미터는 되어 보이는 칼끝에 옛날 해적영화에서 본 언월도 같은 종이 매달려 있었다.

"위험해!"

내가 험볼트에게 외쳤다. 벽 쪽 테이블에 앉아 있던 무태안경의 깡마른 사내가 비명을 지르다가 씹고 있던 갈색 음식찌꺼기를 테이블 위에 뱉어내고 말았다.

험볼트는 내 고함소리도 그 남자의 비명소리도 개의치 않고 지배인만 죽일 듯 노려보았다.

"이 일만 아니어도 이따위 식당에 오지도……"

험볼트가 외쳤다.

"이이이이! 에에에에!"

지배인이 비명을 지르며 부엌칼을 마구 휘둘러댔다. 비명이라기보다는 야수가 울부짖는 소리 같았다. 그리고 윌리엄 험볼트의 오른쪽 뺨에 박힌 칼날이 그 울음소리에 마침표를 찍어주었다. 피가 분수처럼 사방으로 뿜어져 나왔다. 테이블보에 부채꼴 모양의 자수 무늬를 박아주기도 하고 내 물잔 속에 새빨간 방울 하나를 던져 넣기도 했다. 핑크빛 전선이 꼬리를 늘어뜨리며 물잔 바닥으로 가라앉고 있었다(오, 그 장관이라니!).

험볼트의 뺨이 쩍 벌어지며 치열이 모두 드러났다. 그가 피분수가 솟는 상처를 손으로 틀어막으려 하는데 암회색 정장코트 어깨 위에 놓인 연한 핑크색 물체가 보였다. 하지만 그것이 귓불이라는 사실을 깨달은 것은 상황이 다 끝나서였다.

"네 귀에다가 이 말을 꼭 전해라. 길거리에서 똥이나 핥아먹는 네놈 친구들한테…… 네 불행을 전하란 말이다……. 에에에에! ……이 개자식아!"

지배인이 소리치는 동안 피투성이 변호사는 손을 뺨에 댄 채 그대로 서 있었다. 손과 손가락 틈새로 쏟아지는 피만 없었다면, 험볼트는 영락없이 깜짝 놀란 표정을 짓는 코미디언 잭 베니였다.

이제 다른 사람들이 비명을 지르기 시작했는데 그건 대개 피 때문이었다. 덩치가 큰 험볼트는 말 그대로 칼에 베인 돼지처럼 보였다. 땅에 피가 떨어지는 소리가 망가진 배관에서 터져 나온 물소리 같았다. 그의 셔츠 앞 쪽은 이제 완전히 빨갛게 물들었고 빨간색 타이도 검은색으로 변해 있었다.

"스티브? 스티브?"

다이앤이 불렀다. 그녀의 등 뒤 왼쪽 테이블에서 점심식사를 하던 남녀가 있었다. 그런데 남자가(젊은 시절의 조지 해밀턴만큼 이나 잘생긴 남자였다.) 자리에서 벌떡 일어나더니 레스토랑 앞쪽 으로 달려가기 시작했다.

"트로이, 혼자 달아나면 어떡해!"

그의 파트너가 외쳤지만 트로이는 돌아볼 생각도 하지 않았다. 책을 돌려주겠다는 약속도, 차에 왁스칠을 해주겠다는 맹세도 완전히 잊은 게 분명했다.

만일 그때 식당 안에 집단 마비사태가 있었다 해도(모든 상황을 목격하고 기억하고 있다고 생각은 하지만, 그런 상황이 있었는지

고담 카페에서의 점심식사   113

는 솔직히 잘 모르겠다.), 마비 증세는 트로이로 인해 모두 깨졌을 것이다. 그 바람에 더 많은 비명소리가 들렸고 더 많은 사람들이 자리에서 일어섰다. 테이블 몇 개가 엎어지고 사방에서 유리잔과 그릇들이 바닥에서 박살나는 소리도 들렸다. 한 남자가 여자 파트너의 허리를 끌어안고 지배인의 옆을 지나가고 있었다. 여자는 늘보처럼 남자한테 달라붙어 있었는데, 두 눈이 그리스 흉상만큼이나 텅 비어 있었고, 표정은 두려움 때문에 좀비처럼 늙고 창백했다.

이 모든 일이 단지 10초, 길어봐야 20초 안에 일어난 일이었다. 난 그 모든 것을 일련의 사진이나 필름처럼 기억하고 있지만 그렇다고 시간의 흐름대로는 아니다. 알파파 지배인이 뒷짐을 지고 나타나 식칼을 들이댄 순간부터 시간은 정지해 버렸다. 그 사이 지배인은 지배인 세계의 독특한 억양으로, 그 옛날 여친이 스누티라고 불렀던 기이한 단어들을 거침없이 토해냈다. 그 중 일부는 실제로 외국어이기도 했다. 영어가 대부분이긴 했지만 그 마저 의미는 전혀 없었고, 그 다음은 그저 충격적이고도…… 소름끼치는 소음에 지나지 않았다. 더치 슐츠(1920년대 뉴욕 지역의 갱 두목—옮긴이)의 혼란스런 유언을 읽어본 적이 있는가? 지배인의 언어는 그 유언과도 흡사했다. 지금은 그 대부분을 잊고 말았으나 그래도 기억하는 것만큼은 영원히 잊지 못할 것이다.

험볼트는 여전히 갈라진 뺨을 쥔 채 비틀비틀 뒷걸음질치다가 발꿈치가 의자에 걸리는 바람에 그 자리에 털썩 주저앉았다. 왠지 거대한 유산을 물려받았다는 소식을 전해 듣기라도 한 사람 같았다. 다이앤과 나를 돌아보는 왕방울만 한 두 눈에 눈물까지

그렁그렁했다. 그때 지배인이 식칼 손잡이를 두 손으로 잡더니 험볼트의 정수리에 그대로 박아버렸다. 누군가 지팡이로 수건 다발을 내리치는 소리가 들렸다.

"그억!"

험볼트가 외마디 비명을 질렀다. 이윽고 눈물이 그득 담긴 그의 두 눈이 까뒤집히더니 그대로 접시 위로 무너져 내렸고, 그가 휘두른 손에 얻어맞은 물 잔도 테이블 밖으로 떨어졌다. 일이 이 지경에 이르렀는데도 지배인은(그의 머리카락은 하나도 남김없이 뒤쪽으로 넘어가 착 달라붙어버렸다.) 그 긴 칼을 변호사의 머리에서 뽑아내기까지 했다. 장막처럼 뿜어져 나온 피분수가 다이앤의 드레스 앞쪽으로 날아갔다. 그녀가 다시 두 손을 들어보였다. 이번에는 화가 나서가 아니라 공포에 질려서였다. 그녀가 비명을 지르며 피 묻은 손으로 얼굴을 감쌌다. 지배인은 그녀를 무시한 채 내게로 돌아섰다.

"네 개. 네놈 개는 너무 광폭해. 코니아일랜드의 방송국들이 모두 그 개한테 맞추는 게 아니란 걸 알아야지, 이 개자식아."

그의 목소리는 거의 대화 수준이었다. 공포의 비명을 지르며 문 쪽으로 달아나는 사람들한테는 관심이 없거나 의식조차 못하는 게 분명했다. 그의 두 눈은 너무나도 크고 까맸다. 갈색은 분명 갈색이었건만 홍채 주변으로 검은 원이 그려진 듯 보였다.

내 손에는 우산이 들려 있었다. 아무리해도 모르겠는 건 그 우산이 언제부터 내 손에 들려 있었느냐는 것이다. 험볼트가 입이 20센티미터나 찢어졌음을 깨닫고 멍하니 서 있었을 때쯤인 것 같기는 한데 도무지 기억이 나지 않았다. 조지 해밀턴처럼 생긴 남자가 문을 향해 달려간 것도 기억하고, 파트너 여자의 입에서 나온 이름이 트로이라는 것도 알고 있었지만, 가방가게에서 사온 그 우산을 언제 집어 들었는지는 도통 기억이 나지 않았다. 아무튼 우산은 손 안에 있었고 가격표도 팔목 근처에서 달랑거렸다. 그리고 그때 지배인이 칼을 휘두르기 위해(그러니까 내 목에 박아 넣기 위해) 상체를 숙였고 나는 우산을 들어 그의 팔목을 내리쳤다. 옛날 선생님이 히코리 회초리로 말썽쟁이 학생을 혼내주기라도 하는 식이었다.

"어드!"

지배인이 신음을 내질렀다. 그의 손이 아래쪽으로 꺾이면서, 내 목을 겨냥하고 들어왔던 칼날은 피에 흠뻑 젖은 테이블보를 때리고 말았다. 그래도 그는 칼을 놓지 않고 다시 자세를 취했다. 그때 만일 다시 손을 공격하려 했다면 십중팔구 헛손질을 하고 말았겠지만, 난 이번에는 그의 옆머리를 겨냥해 상당한 타격을 주었다. 무릇 우산으로 시도할 수 있는 최상의 공격이 분명했으리라. 그 와중에 삼류코미디의 하이라이트라도 보여주려는 듯 우산이 퍽 하고 펼쳐지고 말았다.

하지만 웃을 기분은 아니었다. 우산 꽃이 완전히 가리는 바람에, 허둥거리며 우산을 쳐내고 있는 그의 모습이 보이지 않았거니와 그 상황도 전혀 맘에 안 들었다. 아니, 그 때문에 두려웠다. 물론 그 이전에는 전혀 두렵지 않았다는 뜻은 아니다.

나는 다이앤의 팔목을 잡아 자리에서 일으켜 세웠다. 그녀는 한 마디 말도 못하고 끌려오다가 하이힐을 삐끗하는 바람에 내 품안으로 넘어지고 말았다. 그녀의 가슴이 내 가슴을 짓눌렀다.

그녀의 가슴을 뒤덮은 끈적끈적하고 따뜻한 피.

"에에에에! 이 호래자식!"

지배인이 외쳤다. 어쩌면 '호모새끼'라고 한 것일 수도 있지만 상관없다. 어느 쪽이나 나와는 무관한 일이다. 아니, 그 후로 어쩌면 정말로 그럴지도 모른다는 생각을 한 적은 있다. 늦은 밤이면 그런 사소한 의문들이 끊임없이 나를 괴롭히곤 했다.

"이 호래자식! 방송국들! 쉿— 아가리— 쉿! 씨팔, 죽일! 이 망할 놈!"

그는 테이블을 돌아 우리에게 다가왔다. 그의 뒤쪽은 완전히 비어, 마치 서부영화의 난투극이 벌어진 술집처럼 보였다. 내 우산은 반대쪽으로 펼쳐진 채 테이블 위에 놓여 있었다. 지배인이 엉덩이로 밀쳐내자 우산이 그의 앞에 떨어졌고 그가 발로 걷어차냈다. 나는 다이앤을 일으킨 다음 방 한 쪽으로 끌고 갔다. 앞문은 너무 먼데다 소용도 없었다. 입구 쪽을 놀라서 비명을 지르는 사람들로 여전히 아수라장이었다. 그쪽으로 간다면, 그는 어렵지 않게 나를, 아니 우리 둘을 한 쌍의 칠면조 요리처럼 사이좋게 칼집을 내주고 말 것이다.

"더러운 놈! 이 더러운 인간들! ……어에에에! ……이제 네 개는 필요 없는 거냐, 응? 저 깽깽거리는 개는 버릴 거야?"

"어떻게 해봐! 오 하느님, 저 사람 우리를 죽이고 말 거야. 어떻게 좀 말려보란 말이야!"

다이앤이 비명을 질렀다.

"네 연놈을 죽여 버리겠어, 더러운 것들! 네놈과 네 여편네까지 모두 죽일 거야!"

나는 문을 모두 살펴보았다. 공중전화가 놓인 작은 구석에 서로 마주보고 있는 두 개의 문. 남자용과 여자용 화장실. 탈락. 등 뒤의 허깨비 문. 이런 건 나사못 한 번 비틀면 떨어져나가고 우린 독 안에 든 쥐 신세가 되고 말 것이다.

나는 그녀를 세 번째 문으로 끌고 들어갔다. 그곳은 깨끗한 녹색 타일과 눈부신 형광등, 반짝이는 크롬 도금, 그리고 김이 모락모락 나는 음식의 세계였다. 그리고 그 세계의 지배자는 당연히 연어냄새였다. 험볼트는 특별요리에 대해 물어보지도 못했지만 최소한 그 중 하나는 연어가 틀림없을 것이다.

요리사가 음식이 가득 담긴 쟁반을 들고 서 있다가 우리를 보고는 입을 벌리고 두 눈을 동그랗게 떴다. 아이작 싱어의 이야기에 나오는 바보 짐펠을 닮은 놈이었다.

"도대체……"

그가 뭔가 항의하려 했지만 난 그를 사정없이 옆으로 밀쳐냈다. 쟁반이 허공을 날았고 접시와 유리잔들이 벽에 부딪쳐 산산조각이 났다.

"세상에! 이봐, 여기 들어오면 안 돼!"

남자가 고함을 질렀다. 덩치 큰 친구는 흰색 가운에 구름처럼 생긴 주방장 모자를 쓰고 목 주변으로 염색한 대형 스카프를 매고 있었다. 한 손에 국자를 들고 있었는데 국자에서 갈색 국물이 뚝뚝 떨어졌다.

"여기서 나가야 해요. 저기 미친놈이……"

그 순간 어떤 생각이 떠올랐다. 그러니까 백문이 불여일견이라 했다. 나는 다이앤의 왼쪽 가슴의 흠뻑 젖은 피에 손을 갖다 댔다. 그녀의 신체에 손을 댄 것은 그때가 마지막이었는데 감촉이 좋았는지 아닌지 챙길 겨를도 없었다. 나는 손바닥을 펴서 요리사에게 보여주었다. 험볼트의 피로 범벅이 된 손바닥.

"맙소사. 이쪽 뒷문으로."

그가 말했다.

그 순간 우리가 들어온 문이 쾅 하고 열리더니 지배인이 달려들어왔다. 그의 머리카락이 전신을 돌돌 말은 고슴도치처럼 사방으로 뻗쳐 있었다. 그가 왕방울만 한 두 눈으로 사방을 둘러보기 시작했다. 요리사, 무시. 그리고 끝내 나를 발견하고는 곧바로 달려들었다.

나는 다이앤을 데리고 달리기 시작했다. 요리사의 말랑말랑한 배를 밀쳐내자 다이앤의 드레스 앞자락 피가 고스란히 그의 튜닉에 번졌다. 그런데 요리사가 우리를 쫓아오는 것이 아니라 곧바로 지배인 쪽으로 가는 것이 아닌가! 아무래도 그를 야단치고 이러면 안 된다고 타이를 모양이었다. 그야말로 그의 생애 가장 어리석은 생각이자 마지막 판단이 되겠지만, 그를 말릴 틈은 없었다.

"이런, 도대체 무슨 일입니까, 가이?"

그리고 프랑스 식 억양으로 지배인의 이름을 불렀다. 그게 마지막이었다. 갑자기 쩍 하는 소리와 요리사의 비명소리가 연이어 들렸다. 아무래도 식칼이 요리사를 즉석 험볼트 요리로 만든 모양이었다. 수박 쪼개지는 소리에 이어 철버걱거리는 소리도 들렸는데(그 소리는 지금까지도 나를 괴롭힌다.) 무슨 소리인지는 모르겠으나 솔직히 알고 싶지도 않았다.

나는 다이앤을 끌고 스토브 두 개가 설치된 좁은 통로를 빠져나갔다. 난로가 둔탁한 열기를 토해냈다. 통로 끝의 문에는 무거운 강철 빗장이 걸려 있었다. 제일 위쪽의 빗장을 향해 손을 내미는데, 지배인, 그러니까 지옥의 지배인이 헛소리를 흘려대며 달려오는 소리가 들렸다.

빗장을 포기하고 싶지는 않았다. 그가 칼로 찌르기 전에 밖으로 나갈 수 있다고 믿고 싶었다. 하지만 난 마음을 달리 먹고 그녀를 문 쪽으로 밀어낸 다음, 중세시대에나 가능할 법한 기사도 정신으로 앞을 막아섰다. 그리고 기다렸다.

지배인은 왼손에 든 칼을 머리 위에까지 쳐든 채 스토브 사이의 좁은 통로를 달려오고 있었다. 벌어진 입술 사이로 더럽고 썩은 치열이 드러났다. 바보 짐펠에게 기대했던 일말의 희망도 이미 물 건너갔다. 지금은 레스토랑 문 옆에 바짝 달라붙어 부들부들 떨고 있지 않은가. 손을 입속에 가득 처넣고 있는 꼬락서니가 동네 얼간이가 따로 없었다.

"어떻게 나를 잊을 수 있지? 이 더러운 개새끼! ……음악을 꺼! 시끄러워! ……에에에에! ……도대체……"

가이의 비명소리는 정말로 「스타워즈」의 요다 목소리처럼 들렸다.

스토브 앞쪽의 버너에 커다란 항아리가 하나 놓여 있었다. 나는 항아리를 잡아 그에게 밀어버렸다. 그때 손에 중화상을 입었는데 하지만 그 사실을 안 것도 그로부터 한 시간이나 지나서였다. 왼쪽 중지 주변으로 작은 롤빵 같은 물집들이 부풀어 오른 것이다. 항아리는 버너를 떠나 허공에서 뒤집어 졌다. 가이는 허리 아래쪽으로 콩이나 쌀 같은 알갱이와 2갤런 정도의 끓는 물을 덮어

쓰고 말았다.

그는 비명과 함께 뒷걸음질치다가 칼을 들지 않은 오른손으로 다른 스토브를 짚었고, 그의 손은 프라이팬(그 안에서는 튀김용 버섯들이 거의 숯덩이 되어 있었다.) 아래의 청황색 불꽃 속으로 곧바로 들어가 버렸다. 그가 다시 비명을 질렀다. 어찌나 날카로운지 귀가 다 아플 정도였다. 그는 상황이 믿기지 않는다는 듯 자기 손을 눈앞으로 가져갔다.

문 오른쪽에 청소도구들이 세워져 있었다. 선반에도 각종 세척제 통이 있고, 빗자루와 쓰레받기는 손잡이 꼭대기에 모자처럼 걸려 있었다. 그 옆에 창문 닦기와 자루걸레가 담긴 철 양동이가 보였다.

가이가 다시 다가오기 시작했다. 칼을 든 손은 이제 자전거튜브처럼 퉁퉁 불어 있었다. 나는 자루걸레의 손잡이를 잡고 그를 찔러댔다. 그는 상체를 뒤로 젖히면서도 물러서지는 않았다. 묘한 비웃음 같은 표정이 그의 얼굴을 스쳤는데 마치 으르렁거리는 걸 잊어버린 광견처럼 보였다. 그가 칼을 얼굴 앞으로 가져가 몇 번 흔들어보이자 머리 위에 매달린 형광등이 재빨리 칼날을 핥고 달아났다. 칼날을 흠뻑 적셨던 피는 어느 선가 씻겨 있었다. 화상을 입은 손의 통증은 전혀 느끼지 못하는 것 같았다. 끓는 물을 뒤집어쓰고 턱시도 바지가 쌀알로 뒤덮여 있는데도 전혀 고통스러운 표정이 아니었다.

"썩어빠진 인간. 네 건방진 개새끼를 죽인 것처럼 네놈도 죽여버리겠다."

그가 이죽거렸다. 마치 전투를 준비하는 십자군 병사 같았다.

그러니까 익은 쌀을 뒤집어쓴 턱시도 차림의 십자군기사가 가능하다면 말이다.

"나한텐 개가 없어. 개를 키울 수도 없고. 셋방살이니까 당연하잖아."

내가 말했다. 그날 밤 내내 그에게 한 말은 그게 전부였는데 그 것마저 정말로 말했는지는 솔직히 자신이 없다. 어쩌면 그냥 생각이었을지도 모르겠다. 그의 뒤쪽에서 요리사가 비틀거리며 일어나는 것이 보였다. 그는 한 손으로 부엌의 대형냉장고 손잡이를 잡고 다른 손은 피에 젖은 튜닉을 움켜쥐고 있었다. 찢어진 옷 사이로 퉁퉁 불어 오른 복부가 보라색 웃음을 짓고 있었다. 그는 내장이 흘러나오게 않도록 하기 위해 죽을힘을 다했으나 그건 이미 끝난 게임이었다. 그의 왼쪽 옆구리로 시퍼런 창자가 빠져나와 죽음을 예고하는 올가미처럼 매달렸다.

가이가 나이프로 나를 을러보았다. 나는 양동이를 떠미는 것으로 대항했고 그가 물러섰다. 나는 두 손으로 자루걸레의 손잡이를 단단히 잡은 다음 다시 양동이를 끌어당겼다. 여차하면 다시 써먹을 생각이었다. 두 손의 맥박이 빠르게 뛰고 뜨거운 기름 같은 땀방울이 뺨을 타고 내렸다. 가이 뒤의 요리사도 간신히 몸을 일으켜 세우더니, 이제 막 대형수술을 마친 환자처럼, 미친 지배인을 향해 천천히 내려오기 시작했다. 난 그의 건투를 빌었다.

"빗장을 풀어."

내가 다이앤에게 말했다.

"뭐?"

"문에 있는 빗장. 풀어버리라고."

"움직일 수가 없잖아. 당신한테 끼어 있단 말이야."

그녀가 말했다. 어찌나 우는 소리를 내던지 무슨 말인지 잘 알아들을 수가 없었다.

나는 앞으로 조금 나가 그녀에게 공간을 마련해 주었다. 가이가 이를 드러내더니 다시 한번 칼을 휘둘러보았다. 그리고 내가 양동이를 굴리자 광견처럼 입술을 이죽거렸다.

"더러운 구더기 같은 놈. 아예 라디오를 최고 볼륨으로 틀어놓는구나. 그래, 그렇게 하니 생각이 변하더냐, 이 개 같은 놈아?"

마치 다음 시즌에서 메츠가 얻을 승률에 대해 떠드는 것 같았다.

그가 칼을 찔렀고 나는 피했다. 하지만 이번엔 그도 칼을 불러들이지 않았다. 정말로 덤벼들 결심을 한 것이다. 그것도 당장. 헉하고 숨을 들이키는 다이앤의 가슴이 등에 눌리는 게 느껴졌다. 공간을 마련해 주었는데도 그녀는 빗장을 향해 몸을 돌리지도 못한 채 그냥 그 자리에 서 있었다.

"문을 열어, 다이앤! 빗장을 당기란 말이야, 바보야!"

나는 감옥의 죄수처럼 입 가장자리로 얘기를 했다.

"못 하겠어. 손에 힘이 하나도 없단 말이야. 스티브, 저 사람 어떻게 해봐. 거기 앉아서 수다만 떨지 말고 막아보란 말이야!"

그녀가 훌쩍였다. 미치고 환장하겠군. 정말로 날 돌아버리게 만들려고 작심한 여자 같았다.

"돌아서서 빗장을 잡아 당겨, 다이앤, 아니면 나 혼자라도……"

"에에에에에에에에!"

그가 비명을 지르더니 칼을 휘두르며 달려들었다.

나는 있는 힘을 다해 자루걸레가 담긴 양동이를 그의 다리 쪽으로 밀어붙였다. 그가 야수처럼 울부짖으며 최후의 일격을 휘둘렀다. 조금만 더 가까웠다면 칼은 내 코를 날려버렸을 것이다. 하지만 그는 무용수처럼 다리를 찢긴 채 퍼져버렸고 얼굴은 양동이 옆에 걸린 걸레 짜는 기계를 박았다. 빙고! 나는 걸레로 그의 목덜미를 공격했다. 젖은 걸레가 마녀의 가발처럼 검은 정장 어깨를 쓸었다. 나는 허리를 굽히고는 남은 손으로 손잡이를 힘껏 잡아 당겼다. 가이가 고통의 비명을 질렀지만 그 소리는 걸레에 막혀 둔탁하게 들렸다.

"빗장을 당기란 말이야, 이 망할 년아! 어서 당기지 못……"

픽! 다이앤에게 고함을 지르고 있는데 뭔가 단단하고 뾰족한 물건이 왼쪽 엉덩이를 찔렀다. 나는 고함을 지르며 앞으로 깡충 뛰었다. 아픈 것도 아픈 것이지만 그보다는 놀란 게 더 컸다. 나는 한 무릎을 꿇고 고무걸레도 놓치고 말았다. 가이는 그 틈을 타서 걸레기계와 자루걸레 모두에서 벗어날 수 있었다. 어찌나 큰 소리로 숨을 몰아쉬는지 정말로 개가 짖는 것처럼 들렸다. 그는 탈출하자마자 곧바로 칼을 찌르며 들어왔다. 나는 얼른 뒤로 피했다. 뺨을 스치는 칼바람이 서늘했다.

나는 겨우 일어나서야 상황을 파악했다. 아니, 그녀가 한 짓을 알았다고 해야겠다. 재빨리 어깨 너머를 돌아보더니 그녀도 나를 노려보고 있었다. 등은 문에 바짝 붙인 채였다. 말도 안 돼! 이 여자는 내가 죽기를 바라고 있어. 어쩌면 처음부터 이걸 계획한 건지도 몰라. 이 전부를 말이야. 미친 지배인까지 찾아내서는 결국……

그녀의 눈이 동그래졌다.

"조심해!"

뒤를 돌아보니 놈이 달려들고 있었다. 걸레기계의 탈수구멍에 찍힌 원 모양을 제외하면 얼굴 왼쪽이 모두 벌겋게 달아올랐다. 나는 그의 목을 향해 걸레로 찌르는 시늉을 하다가 얼른 가슴을 공격했다. 공격은 주효해서 그가 비틀비틀 뒷걸음질쳤다. 나는 비명을 지르고 있다는 것도 의식하지 못한 채 스토브에서 버섯 프라이팬을 집어 있는 힘껏 그의 얼굴을 내리쳤다. 먼저 퍽 하고 둔탁한 소리가 들리고 곧이어 두 뺨과 이가 칙 하고 타는 끔찍한 소리가 들렸다. 소리가 짧은 것이 그나마 다행이었을까?

나는 돌아서서 다이앤을 옆으로 밀친 다음 빗장을 잡아당겨 문을 열고 밖으로 나갔다. 햇살이 망치처럼 나를 두들겨댔다. 그리고 신선한 공기 냄새. 공기가 이렇게나 달콤할 수 있다니! 그건 어린 시절에조차 몰랐던 사실이다. 그러고 보니 때마침 여름의 첫날이 아니던가!

나는 다이앤의 팔을 잡고 좁은 골목으로 끌고 갔다. 그곳은 맹꽁이자물쇠가 달린 쓰레기통들로 가득했다. 좁은 골목 끝으로, 자동차들이 질주하는 53번 거리가 마치 천국처럼 열려 있었다. 나는 어깨 너머 부엌문 안을 돌아보았다. 가이는 숯덩이 버섯들을 실존의 왕관처럼 뒤집어쓴 채 똑바로 누워 있었다. 프라이팬은 한쪽으로 빗겨져 있어 물집이 잔뜩 피어난 시뻘건 얼굴이 드러났다. 눈 하나가 위쪽 형광등을 향하고 있었으나 정말로 보고 있을 리는 없었다. 바닥에 피웅덩이가 생겼고 더형 냉장고의 흰색 에나

멜 표면에도 핏빛 손바닥이 어지럽게 찍혀 있었다. 요리사 바보 짐펠은 보이지 않았다.

나는 문을 쾅 하고 닫은 후 골목을 가리켰다.

"어서가."

그녀는 꼼짝 않고 나를 보기만 했다.

나는 그녀의 왼쪽 어깨를 가볍게 밀었다.

"어서!"

그녀가 고개를 젓더니 교통경찰처럼 한 손을 들어 손가락으로 나를 가리켰다.

"내 몸에 손대지 마."

"어쩔 건데? 또 변호사를 부르게? 어쩌지, 자기? 아무래도 날 샌 것 같은데?"

"그런 식으로 부르지 마. 뻔뻔스럽게 어디서. 그리고 스티브, 다시 경고하건데 절대로 내 몸에 손대지 말란 말이야!"

그 순간 부엌문이 활짝 열려 난 거의 본능적으로 문을 밀어버렸다. 문이 딸각 하고 닫혔다. 문이 닫히기 바로 전 답답한 비명소리가 들렸으나, 욕하는 건지 아니면 아파서 비명을 지르는 건지는 알지도 못했고 개의치도 않았다. 나는 등으로 문에 기대고 두 다리에 힘을 주었다.

"여기 서서 말싸움이나 하고 있을 거야? 저 놈은 아직 살아있다고! 지금 이 소리 안 들려?"

그가 다시 문에 부딪쳐왔다. 나는 잠시 밀려나기는 했지만 문을 빼앗기지는 않았다. 내가 문에서 벗어난 것은 그녀가 거리를 향해 4분의 3쯤 떠났을 때였다. 나는 그 자리에 서서 잠시 지켜보았으나 아무도 나오는 사람은 없었다. 물론 그렇다고 안심할 수는 없는 노릇이다. 나는 쓰레기통 하나를 끌어다 문을 막은 다음 다이앤을 향해 달려갔다.

복도 입구에 다다랐을 때에는 다이앤은 없었다. 오른쪽 매디슨을 훑어보았지만 그곳에도 없었다. 그녀는 왼쪽에 있었다. 느린 걸음으로 53번 거리를 비스듬히 건너고 있었다. 고개를 숙이고 있어 머리카락은 여전히 얼굴 양옆을 커튼처럼 가렸다. 그녀에게 관심을 갖는 사람은 아무도 없었다. 고담 카페 앞 사람들이 윈도 앞에 꾸역꾸역 모여 있었는데, 마치 상어들에게 먹이 주는 광경을 보기 위해 뉴잉글랜드 수족관 앞에 몰려든 사람들처럼 보였다. 사이렌 소리가 가까이 오고 있었다. 꽤나 많이 몰려오나 보군.

나도 거리를 건너갔다. 그리고 그녀의 어깨를 건드리려다가 대신 그녀의 이름을 불렀다.

그녀가 돌아보았다. 두려움과 충격으로 멍한 표정이었다. 드레스 앞자락은 섬뜩한 보라색으로 변해 있었으며 그녀에게선 피와 아드레날린 냄새가 났다.

"날 내버려 둬. 당신을 보고 싶지 않으니까."

"엉덩이를 걷어 차? 엉덩이를 차서 죽이려 했다고! 우리 둘 다! 다이앤, 어떻게 그럴 수가……"

"지난 14개월 동안 걷어차고 싶었던 ㄱ야. 꿈을 이룰 만하면 우린 늘 어긋나기만 했잖아. 아니……"

나는 그녀의 얼굴을 후려갈겼다. 그럴 생각은 아니었는데 어쨌든 그랬다. 어른이 되고 이렇게 기분 좋은 일을 해본 적이 얼마나 있던가. 그 일이 부끄럽기는 했지만, 이미 이 이야기에 푹 빠져 있는 터라 거짓말을 적을 수는 없다. 물론 빼고 싶지도 않다.

그녀의 고개가 뒤로 젖혀졌다. 커다란 두 눈에 충격과 고통이 그대로 드러났다. 조금 전의 실성한 듯한 표정은 씻은 듯이 사라졌다.

"이 나쁜 놈! 오, 이런 개자식!"

그녀가 우는 소리를 냈다. 한 손을 뺨에 갖다 대고 있었는데 두 눈에 눈물이 그렁그렁 맺힌 것이 보였다.

"네 목숨을 구해줬어. 알기나 해? 도대체 머리가 어떻게 된 거냐? 내가 당신 목숨을 구해줬잖아!"

내가 소리쳤다.

"미친놈. 이 해삼, 말미잘, 곰탱이, 좀팽이 같은 인간 같으니! 꼴도 보기 싫어!"

"내 말 듣기는 하는 거야? 그 빌어먹을 해삼, 말미잘이 아니었다면, 당신은 지금쯤 죽었을 거라고!"

"네놈만 없었으면 애초에 거기 갈 이유도 없었어! 그리고 다시 한번만 손 대봐! 당장 네놈 눈을 뽑아버릴 테니까. 보기 싫으니까 꺼져버려!"

그녀가 발악하고 있을 때 경찰차 세 대가 53번가를 달려와 고담 카페 앞에 멈춰 섰다. 차 안에서 경찰들이 서커스 공연을 준비하는 광대처럼 쏟아져 나왔다.

나는 두 손으로 내 겨드랑이를 끌어안았다. 내 손이 그녀를 죽이고 싶어 하고 있었다. 그녀의 목을 졸라 죽여 버리고 싶었다.

그녀는 예닐곱 걸음쯤 걸어가다가 다시 돌아섰다. 그녀가 미소를 짓고 있었다. 소름끼치는 미소. 그건 악마 지배인 가이의 어느 표정보다도 더 끔찍했다.

"나한테 남자들이 있었어. 작년만 해도 셋이나 됐지. 당신한테선 전혀 만족할 수가 없었거든. 근데 정말로 잘하는 남정네들이 있더라고……"

거짓말이었다. 저 소름끼치는 미소와 말, 모두가 거짓이다. 그녀는 그 말이 사실이기를 바랐지만 그마저 얼굴에 쓰여 있었다.

그녀가 돌아서서 거리를 내려가기 시작했다. 스물일곱이 아니라 예순다섯은 된 여자 같았다. 나는 그 자리에 서서 그녀를 지켜보았다. 그리고 그녀가 모퉁이에 다다를 때쯤 다시 소리를 질렀다.

"내가 당신 목숨을 구했어! 네 잘나빠진 목숨을 구해줬다고!"

그녀가 모퉁이에 서서 돌아보았다. 소름끼치는 미소는 그대로였다.

"아니, 당신이 구한 게 아냐."

그녀의 대답이었다. 마침내 그녀는 모퉁이를 돌아갔고 그 후로는 만나지 못했다. 물론 언젠가는 만나게 될 것이다. 법정에서라도. 당연하지 않은가?

다음 블록의 마켓에 들어가 말보로 한 갑을 샀다. 그리고 매디슨 모퉁이로 돌아왔을 때 53번가는 범죄 현장이나 퍼레이드를 보호할 때 사용하는 청색 바리케이드로 봉쇄되어 있었다. 레스토랑은 보였다. 그것도 아주 잘 보였다. 나는 연석 위에 주저앉아 담뱃불을 붙였다. 상황을 지켜볼 생각이었다. 구급차가 여섯 대나 되었다. 그 엄청난 사이렌 소리를 한 번 상상해 보시라! 요리사가 먼저 실려 나왔다. 의식을 잃었지만 아직 죽지는 않은 모양이다. 그가 53번가의 팬들 앞에 잠깐 모습을 비춘 다음엔 시신용 부대가 들것에 실려 나왔다. 험볼트. 그 다음이 가이였는데, 그는 들것에 묶인 채 앰뷸런스에 실리면서도 연신 주변을 둘러보았다. 한순간 그와 눈이 마주쳤다는 생각은 했지만 어쩌면 그마저 내 착각일 수도 있겠다.

정복경찰 두 명이 열어준 바리케이드 사이로 가이의 앰뷸런스가 떠나고, 나는 피우고 있던 담배를 개수구에 던져 넣었다. 간신히 목숨을 건졌건만 담배로 자살을 시도할 생각은 없었다.

나는 떠나는 앰뷸런스를 보면서 그 안에 실린 남자가 어디에 살고 있을까 하는 생각을 해보았다. 퀸즈, 브루클린, 아니면 라이나 마마로네크 어딘가일 것이다. 거실은 어떻게 꾸몄을까? 벽에는 어떤 그림들이 걸려 있지? 아무리 애써도 전혀 그림이 그려지지 않았다. 그래도 그의 침실만은 그럭저럭 떠올릴 수가 있었다. 여자와 함께 쓰고 있는지는 모르겠으나, 이른 새벽, 반쯤 감은 시체 눈 같은 초승달이 검은 하늘에 덩그러니 걸려 있을 때, 문득 잠에서 깬 그가 멍하니 천정을 바라보고 누워 있는 모습이 보였다. 그는 그렇게 누워 이웃집 개가 짖어대는 소리를 들었다. 그 소리는 은바늘처럼 끝없이 그의 머릿속을 찔러댔다. 그 옆으로 세탁용 비닐가방으로 포장된 턱시도가 가득한 벽장이 보였다. 교수형에 처해진 죄수들처럼 축 처진 채 매달린 신사분들. 그에게 아내가 있었던가? 그렇다면, 오늘 식당에 나오기 전에 그녀를 죽였을 것이다. 이웃집 개에 대한 생각도 해보았다. 죽어도 아가리를 닥치지 않을 망할 놈의 개새끼. 그리고 이웃집 사람들.

하지만 내가 생각한 건 주로 가이 자신이었다. 매일 밤 내가 잠 못 이룬 채 사이렌 소리와 다운타운 행 트럭 소리에 시달렸듯, 그 역시 이웃집이나 거리 아래쪽에서 터져 나오는 개소리들과 함께 살아야 했을 것이다. 그는 침대에 누워 어둠이 천장에 드리워놓은 그림자를 올려다보고 있었다. 그리고 그 비명소리. 에에에에! 그 소리가 마치 밀폐된 방에 갇힌 가스처럼 머릿속에서 부글부글 끓어오르고 있었다.

"에에에에……"

나도 그 소리를 읊조려보았다. 그저 그 소리를 느껴보고 싶어서다. 나는 말보로 갑을 도랑에 던져 넣고 천천히 자근자근 밟아버렸다. 연석에서 일어날 생각은 없었다.

바리케이드 옆에 서 있던 경찰 하나가 나를 보았다.

"이봐, 거치적거리지 말고 꺼져. 여기 복잡한 거 안 보여?"

그가 외쳤다. 물론 복잡하겠지. 누군들 안 그렇겠어?

난 아무 말도 하지 않았다. 담뱃갑 밟기도 그만 두고(담뱃갑은 이미 오징어포가 되어 있었다.) 소란도 부리지 않았다. 하지만 그 소리는 계속해서 머릿속에서 울려퍼졌다. 왜 아니겠는가? 이제 그 어느 것보다 의미가 통하는 소리인데 말이다.

에에에에에.

에에에에에.

에에에에에.

데자뷰

플로이드, 저 위에 뭐가 있지? 오 빌어먹을.

남자의 목소리는 낯익었으나 말 자체는 아무 의미 없는 단어의 나열에 지나지 않았다. 그러니까 리모컨으로 채널을 마구 돌리는 것 같은 소리들. 플로이드라는 사람과 알고지낸 적은 없었다. 이름을 들은 것도 그게 최초였다. 빨간 앞치마 차림의 소녀를 보기 전에도 단절된 단어들뿐이었다.

하지만 그 일을 전면으로 드러내준 것은 그 소녀였다.

"오오, 느낌이 오고 있어요."

캐럴이 말했다.

앞치마 소녀는 카슨이라는 이름의 시골 마켓 앞에 있었다. 맥주, 와인, 신선한 야채, 복권. 그 애는 털퍼덕 주저앉아 허벅지 사이에 빨간 앞치마를 끼워놓고 인형놀이를 하고 있었다. 노란 머리의 지저분한 인형. 헝겊 따위로 포동포동하게 살을 찌운 봉제 인형.

"느낌이라니?"

빌이 물었다.

"알잖아요, 불어로밖에 표현 못하는 그 느낌, 그게 뭐였죠?"

"데자뷰."

그가 대답했다.

"그래, 맞아요."

그녀가 그렇게 대답하고는 다시 그 소녀를 돌아보았다. '저 애는 인형 다리를 붙들고 있어. 다리를 잡고 있는 바람에 더러운 금발이 치렁치렁 늘어져 있는 거야.' 그녀가 속으로 중얼거렸다.

하지만 소녀는 모서리가 깨진 가게 계단 위에 인형을 버려둔 채 스테이션 웨건 뒷자리에 갇힌 개를 보기 위해 떠난 후였다. 그때 빌과 캐럴 셸튼도 모퉁이를 돌았기에 가게는 보이지 않게 되었다.

"아직 멀었어요?"

캐럴이 물었다.

빌은 그녀를 돌아보며 한 쪽 눈썹을 치켜뜨고 입 가장자리를 찡그렸다. 왼쪽 눈썹, 오른쪽 보조개. 늘 똑같은 표정이고 같은 의미였다. '내가 즐거워 한다고 생각하겠지만 정말은 나도 초조해. 결혼하고 나서 10조 번째로 초조해 죽겠다고. 당신은 절대 이해 못하겠지만 말이야. 내 마음속 3센티 이상은 보지 못할 테니까.'

하지만 그가 생각하는 것보다 많은 것을 볼 수 있다. 그게 바로 결혼의 신비 아니던가. 그에게도 물론 혼자만의 비밀이 있겠지만 함께 공유하는 비밀도 당연히 있었다.

"모르겠군. 한 번도 와본 적이 없는 곳이라."

그가 말했다.

"하지만 제대로 가고 있는 거죠?"

"둑길로 넘어 사니벨 섬에 들어가면 어차피 길은 하나야. 캡티바만 지나면 거기가 끝이니까. 하지만 그 전에 팜 하우스에 들러야지. 당신하고 약속했잖아."

눈썹의 포물선이 가라앉고 입 끝의 보조개도 지워졌다. 이제 소위 '죽이지?' 레벨로 돌아가고 있다는 뜻이다. 그녀는 '죽이지?' 레벨도 싫었지만 눈썹을 치켜뜨는 것도, 입가에 보조개를 파는 것도 다 맘에 안 들었다. 아니, 누군가 답에 안 드는 말을 했을 때의 '그래?' 식의 냉소적 표정도 싫고, 아래 입술을 내밀어 깊은 생각에 빠진 티를 내는 것도 역겨웠다.

"빌?"

"음?"

"플로이드라는 사람 알아요?"

"플로이드 데닝이라고 있지. 졸업반 때 거대 예수상(브라질에 있는 예수상으로 세계 7대 불가사의 중 하나 — 옮긴이)에 있는 술집에서 같이 퍼마시곤 했어. 얘기 안 했던가? 금요일에 코카인 할 돈을 훔쳐서 주말에 애인하고 뉴욕으로 달아났다가 결국 걸려 그 친구는 정학당하고 애인은 잘렸다고 했잖아. 그 친구는 갑자기 왜?"

"모르겠어요."

그녀가 대답했다. 빌의 동창 플로이드 — 머릿속 목소리가 말한 플로이드가 아니라는 걸 납득시키는 것보다 그게 더 쉬울 것 같왔다. 그런데, 정말로 다른 사람인 건가?

'두 번째 신혼여행. 남편이 붙인 이름이다. 찬란한 태양의 플로리다, 인심 좋은 마을 플로리다. 아 그래, 두 번째 신혼여행의 플로리다이기도 하다. 플로리다. 빌 셸튼, 그리고 과거 매사추세츠 린 출신의 캐럴 오닐이 변신한 캐럴 셸튼이 25년 전 함께 첫 번째 신혼여행을 떠났었지. 그땐 여기와 반대쪽이었어. 대서양이 보이는 작은 촌락. 경대 서랍에 바퀴벌레가 우글대던 곳. 그는 끝없이 나를 탐했어. 그래도 그때가 좋았어. 나도 그게 싫지 않았으니까. 그땐 나도 「바람과 함께 사라지다」의 애틀랜타처럼 몸이 달아 있었거든. 그가 나를 건드리면 난 다시 피어나고 그럼 그가 다시 날 건드리고. 벌써 은혼이군. 25년은 은혼이지. 그리고 이따금 난 그 데자뷰에 휩쓸리고.'

그녀는 이런 생각을 하며 867번 국도를 사열 중인 야자수들을 구경했다. 세미놀 야생공원. 차 한 대당 10달러라는 안내판이 보였다. 그 앞은 굽잇길이었다.

도로 오른쪽으로 세 개의 십자가. 큰 십자가 양쪽으로 작은 십자가 둘. 작은 십자가는 버치나무를 대충 깎아 만들었고 가운데 십자가 위에는 사진이 붙어 있어. 열일곱 살 소년의 작은 사진. 어느 날 밤, 술이 취한 채 차를 몰다가 끝내 그 날을 마지막 취기의 밤으로 만들고 만 소년. 그의 여자 친구와 그녀의 여자 친구들이 현장을 목격했지……

차가 모퉁이를 돌았다. 통통한 까마귀 한 쌍이 피를 뿌리며 도로 위로 날아올랐다. 아스팔트에 달라붙은 뭔가를 뜯어먹던 중이었는데, 어찌나 탐욕스럽게 먹던지 캐럴은 놈들이 그러다가 차에 치여도 모르고 있겠다는 생각을 했다. 십자가는 없었다. 왼쪽에도 오른쪽에도. 오직 도로에 죽은 동물 한 마리(마멋인가?), 그리고 메이슨-딕슨 도로 북쪽이 초행인 고급차 한 대.

'플로이드, 저쪽에 있는 게 뭐지?'

"왜 그래?"

"응?"

그녀가 그를 보았다. 그도 왠지 당혹스럽고 다소 흥분한 듯 보였다.

"갑자기 일어나 앉았잖아. 등에 뭐가 걸려?"

"아무 일도 아니에요. 다시 느낌이 와서 그래요, 데자뷰라는 거."

그녀가 천천히 등을 기댔다.

"이제 끝났나?"

"예."

거짓말이었다. 사실은 조금 물러나는가 싶더니 그걸로 끝이었다. 전에도 이런 적이 있지만 이번엔 빈도가 너무 잦다. 잠깐 사라지기는 해도 완전히 떠나는 법도 없었다. 플로이드가 그녀의 머릿속을 노크할 때부터 깨닫고 있던 사실이다. 그리고 빨간 앞치마의 소녀.

하지만, 그 일들이 있기 전엔 정말로 아무 느낌이 없었던 걸까? 리어 35의 계단을 내려와 포트 마이어스의 작렬하는 햇살에 노출되면서부터 시작된 것은 아니었을까? 아니면 그 전에? 보스턴을 빠져나오면서?

앞에 교차로가 보였다. 노란 불빛이 깜빡였다. '오른쪽에 중고차 그리고 사니벨 시민극장 간판. 아냐, 그건 처음부터 존재하지 않은 십자가 같은 걸 거야. 강하기는 하지만 잘못된 예감.'

교차로가 나왔다. 오른쪽에 중고차 판매시장도 보였다. 팜데일 모터스. 그 때문에 캐럴은 화들짝 놀라고 말았다. 불안감보다 더 날카로운 자극. 이런, 바보같이 굴지 말자. 플로리다에 어디 중고차 판매소가 한둘이던가? 교차로가 나올 때마다 하나씩만 찍더라도, 예언자의 수준을 훌쩍 뛰어넘을 것이다. 이미 수백 년 전부터 온갖 매체들이 우려먹은 속임수 아니던가.

'게다가 극장 간판도 없잖아.'

대신 다른 간판이 있었다. 성모마리아 보육원. 캐럴의 열 번째 생일날 할머니가 선물한 메달처럼, 마리아가 두 팔을 내밀고 있었다. 할머니는 메달을 손에 건네주고 체인을 목에 걸어주며 이렇게 말했었다.

"어른이 되어도 목에 늘 걸고 있으려무나. 살아갈수록 어려운 게 세상이니까."

어쨌든 목걸이를 벗지는 않았다. 천사 초등학교에서도, 중학교에서도 벗지 않았고 성 빈센트 드 폴 고등학교를 다닐 때도 걸고 있었다. 두 가슴이 일상의 기적처럼 부풀기 시작해도 걸고 있었지만 그러다 언제부터인가 보이지 않게 되었다. 햄프턴 비치로 수학여행을 떠날 때였던 것 같다. 그때 버스를 타고 돌아오면서 처음으로 혀를 교환하는 키스를 했다. 부치 수시라는 아이. 그의 입에서 솜사탕 맛이 났다.

오래전에 잃어버린 마리아와 간판에 그려진 마리아의 표정은 완전히 똑같았다. 그러니까 피넛버터 샌드위치를 먹는 것까지 죄의식을 느끼게 만드는 그런 표정이다. 마리아 아래에 다음과 같은 광고문이 적혀 있었다. '성모마리아 자선기금은 플로리다의 고아들을 돌봅니다. 여러분의 후원을 기다립니다.'

이봐요, 마리아, 도대체 하고 싶은 말이……

이번에는 목소리 하나가 아니었다. 수많은 목소리. 찬송을 부르는 유령들의 목소리. 그곳에는 일상의 기적이 있고 일상의 유령들이 있었다. 나이가 들수록 그 사실을 깨닫게 되리라.

"도대체 왜 그래?"

그런 투의 목소리는 눈썹과 보조개만큼이나 익숙했다. '정말로 걱정돼서 묻는 거야.' 식의 말투가 뜻하는 바는 오직 하나. '도대체 왜 이렇게 성가시게 구는 거야.'였다.

"아무것도 아니에요."

그녀는 최선을 다해 미소를 지어보였다.

"오늘 정말로 다른 사람 같아. 비행기에서 선잠을 자서 그런가?"

"어쩌면요."

그녀가 대답했다. 물론 이것도 맘에 없는 대답이었다. 결국 25주년 은혼 기념으로 캡티바 섬으로 두 번째 허니문을 떠나는 여자가 얼마나 되겠는가? 그것도 전세 제트기 왕복여행으로? 현찰 같은 건 아무 쓸모도 없는 곳(적어도 월말에 마스터카드가 청구서를 토해낼 때까지는 그렇다.), 마사지를 원하면 방 여섯 개짜리 비치하우스에 스웨덴 미녀가 들어와 기막힌 서비스를 해주는 곳, 그런 곳을 열흘에 한 곳씩 주유하는 여행이 아니던가.

처음엔 이렇지 않았다. 빌을 처음 만난 건 고등학교 댄스파티에서였다. 그리고 3년 후 대학에서 다시 만났다(또 하나의 일상의 기적). 결혼생활을 시작할 때 그의 직업은 고작 수위였다. 당시엔 컴퓨터 산업의 일자리가 신통치 않아서였다. 1973년. 컴퓨터는 어디에도 보이지 않았고 덕분에 그들은 리비어의 슬럼가에서 살아야 했다. 해변 근처였는데, 위층에 살고 있는 똘마니 두 사람한테 마약을 사기 위해 사람들이 밤새도록 계단을 오르내렸고, 60년대의 멍청한 음악들이 끝도 없이 터져 나왔다. 캐럴은 종종 뜬눈으로 밤을 지새우며 싸움소리가 시작되기를 기다리곤 했다. '이곳을 빠져나가지 못할 거야. 결국 이렇게 늙다가 정액과 LSD(환각제)와 범퍼카들이 널브러진 해변마을에서 죽고 말겠지.'

빌은 야간근무에 지친 탓에 그 소음 속에도 잠만 잘 잤다. 그는 모로 누워 잠을 자며 이따금 그녀의 엉덩이에 한 손을 올려놓았다. 아니, 그러지 않으면 그녀가 직접 그의 손을 올려놓기도 했다. 주로 위층 놈팡이들이 고객들과 말다툼하고 있을 때였다. 그녀에게는 빌뿐이었다. 그와 결혼했을 때 부모와도 의절한 셈이 되고 말았다. 빌의 종교는 가톨릭이었는데 그것도 이상한 종파였다. 할머니는 심지어 빌 같은 비렁뱅이와 왜 결혼하려고 하는지, 어떻게 말솜씨도 어눌한 놈한테 빠질 수 있는지, 왜 그런 식으로 아버지의 마음을 아프게 하는 건지 이해할 수 없다고까지 했었다. '그래, 도대체 날더러 어쩌라는 건지.'

이곳은 리비어의 집으로부터 멀리 떨어진 곳이다. 1만 5000미터 고도로 치솟은 사제제트기를 타고 멀리 날아온데다, 렌터카 크라운 빅토리아로도 한참을 달려왔다. 갱 영화의 신사양반들이 좋아한다는 바로 그 차, 크라운 빅. 우린 그 차를 타고 또다시 흥청망청 쏟아 붓기로 예약된 곳으로 달려가고 있었다. 이런 그 생각만 하면 벌써부터 골치가 지끈거렸다

'플로이드? ……오 빌어먹을.'

"여보? 도대체 왜 그래?"

"아무것도 아니에요."

그녀가 대답했다. 도로 위쪽으로 작은 분홍색 방갈로가 나타났다. 야자수로 둘러싸인 현관. 푸른 하늘을 배경으로 무성한 이파리를 쳐들고 있는 나무들을 보자니, 문득 저공비행 중인 일제 제로기가 생각났다. 아래날개에 매달린 기관총으로 콩을 볶아대는 비행기. 아마도 TV 앞에서 날려버린 젊은 시절의 후유증이겠다. 이제 그들이 지나칠 때쯤 안에서 흑인여자가 나오겠지? 그녀는 분홍색 타월로 손을 닦으며 무표정한 얼굴로 두 사람을 지켜볼 것이다. 크라운 빅을 타고 캡티바로 가는 부자들이 아닌가. 캐럴 셰튼도 한 때는 90달러짜리 사글셋방에서 누운 채, 뜬눈으로 위층에서 흘러나오는 레코드소리와 마약 거래하는 상소리를 들으며 살았었다는 건 꿈에도 모르겠지? 들끓는 심정으로 그 옛날 댄스파티의 휘장 옆에서 몰래 피웠던 담배 한 모금 생각을 했다는 사실을 말이야.

"정말?"

"괜찮아요. 정말이라니까. 그냥 빨리 도착해서 짧은 옷으로 갈아입고 싶어서 그래요."

그들은 방갈로를 지나쳤고 여자는 나오지 않았다. 흑인여자 대신 백인 노인이 흔들의자에 앉아 그들을 지켜보기는 했다. 노인

은 코 위에 무테 안경을 걸치고 그 집과 똑같이 생긴 낡은 핑크색 타월을 무릎 위에 펼쳐놓고 있었다.

그의 손이 그녀의 엉덩이에 닿더니(신혼에는 자주 그랬었는데.) 조금씩 안으로 파고 들어왔다. 말릴까하는 생각도 했지만(로마산 손에 러시아산 손가락) 그냥 내버려두기로 했다. 어차피 두 번째 허니문이 아니던가. 게다가 그럴 때면 그의 표정들을 보지 않아도 된다는 이점도 있다.

"이왕이면 도중에 한 번 쉬자고. 그 드레스를 벗고 짧은 옷으로 갈아입기 전에 재미도 좀 보고."

그가 말했다.

"좋은 생각이에요."

그녀도 맞장구를 치며 그의 손을 더 세게 몸에 갖다 붙였다. 머리 위로 '팜하우스 5킬로미터. 좌측 출구'라고 적힌 표지판이 지나갔다.

아니 실제로는 '팜하우스 3킬로미터. 좌측 출구'였다. 그 너머 다른 간판이 보였다. 또다시 성모마리아. 후광 대신 네온전구를 뒤집어쓴 성녀. 이번 간판의 구호는 '성모마리아 자선기금은 플로리다의 병자들을 돌봅니다. 여러분의 후원을 기다립니다.'였다.

"다음은 버마 면도기가 될 거야."

빌이 말했다.

무슨 뜻인지는 몰랐지만 그냥 농담일 거라고 생각하고 미소를 지어보였다. 다음 간판은 '성모마리아 자선기금은 플로리다의 가난한 사람들을 돌봅니다.'가 분명하지만 입 밖에 내지는 않았다. 친애하는 빌. 가끔 멍청한 표정을 연출하고 적절하지 못한 암시를 남발함에도 불구하고 내가 친애하는 빌. '그자는 분명히 널 버릴 게다. 하나 얘기해 주련? 그 일만 잘 극복하면, 그래, 그땐 네게도 큰 행운이 찾아올 거야.' 이건 아버지 말이었다. 친애하는 빌은, 그의 예언을 딱 한 번, 시의 적절하게 증명해 보였고 덕분에 그녀는 아버지보다 더 훌륭한 판단력을 얻을 수 있었다. 그녀는 여전히 할머니가 '왕뺑쟁이'라고 부른 남자와 살고 있다. 대가는 있었다. 그런데 그 속담이 뭐였더라……? 신이 이르기를, 네가 원하는 것을 가져라…… 반드시 대가가 따르리ᅳ.

머리가 간지러운 바람에 아무 생각 없이 긁었다. 다음 성모마리아 간판은 언제쯤 나타나는 걸까.

다시 꺼내기도 싫은 이야기지만, 일이 틀어지기 시작한 것은 아기를 잃을 때쯤이었다. 빌이 128번 국도에 있는 비치 컴퓨터 회사에 일자리를 얻기 바로 전이었다. 그러니까 산업 패러다임의 풍향이 바뀌고 있을 즈음의 일이다.

아기를 잃었다. 유산이었다. 빌을 제외하고는 모두 그 말을 믿었다. 친정 식구들도 모두 믿었다. 아빠, 엄마, 할머니. '유산'은 그 사람들의 말이었다. 가톨릭에서야 무조건 유산이라고 하지 않던가. '이봐요, 마리아, 그게 무슨 말이죠?' 그들은 로프를 놓치고, 용기를 내고, 죄의식을 느끼고, 수녀복 치마가 바람에 날려 못난 다리를 드러낼 때면, 늘 그 노래를 불렀다. 천사 초등학교 때였다. 벌 받는 시간에 창밖을 내다보다 걸려, 어난시아타 수녀에게 막대자로 손가락 관절을 두들겨 맞고, 영원의 시간에 비하면 지상의 수백만 년쯤은 눈 깜빡할 새에 지나지 않는다는 도마틸라 수녀의 가르침을 받던 곳. '실감이 안 나지? 지옥에서 영원히 살아 보면 쉽게 알 게다. 다들 그러지 않니? 영원히 살이 타고 뼈가 구워지는 고통을 겪으면서 살아보라니까.' 이제 그녀는 이곳 플로리다에서 남편과 함께 크라운 빅에 타고 있다. 사타구니를 찔러대는 그의 손. 드레스가 구겨지기는 하겠지만 남편의 그 표정에서 벗어날 수만 있다면 아무래도 좋았다. 그런데 왜 그 현상은 멎지 않는 걸까?

그녀는 우편함을 떠올렸다. 측면에 레건이라고 적혀 있고 앞면에 성조기가 전사되어 있는 우편함. 나중에 그 이름이 레이건이고 깃발은 그레이트풀 데드(전설적인 록그룹 — 옮긴이)의 스티커로 밝혀졌지만, 우편함은 분명 그곳에 있었다. 길 건너편에서 폴짝폴짝 뛰어다니던 작고 까만 강아지도 생각했다. 고개를 숙이고 쿵쿵거리는 개. 그러자 작고 까만 강아지가 나타났다. 그녀는 이제 간판을 떠올렸다. 그래, 간판도 있었다. '성모마리아 자선기금은 플로리다의 가난한 사람들을 돌봅니다. 여러분의 후원을 기다립니다.'

빌이 가리켰다.

"저거 보여? 저기가 팜 하우스일 거야. 아니, 간판 있는 데 말고 그 반대쪽. 도대체 왜 저런 걸 저기 매달아 두는 건지 모르겠어."

"난들 아나요?"

머리가 간지러웠다. 머리를 긁자 검은 비듬이 후두둑 떨어졌다. 얼른 손가락을 보았다. 손가락 끝마다 검은 오물찌끼들. 끔찍했다. 지문이 모두 벗겨진 것만 같았다.

"빌?"

그녀는 다시 금발머리를 헤집었다. 이번엔 더 큰 덩어리였다. 하지만 그건 박피조각이 아니라 종잇조각들이었다. 얼굴이 그려진 종잇조각. 마치 잘못 현상한 네거티브 필름처럼 어둠 속을 내다보는 얼굴.

"빌?"

"응? 세상에, 그게…… 이런 여보, 머리가 어떻게 된 거야?"

그의 목소리가 완전히 변해 있었다. 차가 뒤뚱거리는 것보다 남편의 변한 목소리가 더 무서웠다.

얼굴은 테레사 수녀였다. 단순히 천사 초등학교를 떠올렸기 때문일까? 캐럴은 드레스에서 종이를 집어 들었다. 빌에게 보여줄 생각이었지만 종이는 그 전에 손가락 사이에서 부서져버렸다. 남편을 돌아보니 안경이 두 뺨 속으로 녹아들고 있었다. 한쪽 눈이 툭 튀어나오더니 피를 가득 머금은 포도송이처럼 터져버렸다.

'난 알고 있었어. 돌아보기 전부터 알고 있었어. 느낌이 왔으니까.'

숲 속에서 새 우는 소리가 들렸다. 간판에서는 마리아가 두 팔을 내밀고 있었고 캐럴은 비명을 지르고 싶었다. 비명을.

"캐럴?"

빌의 목소리였다. 수천 킬로미터 아득한 곳에서 들리는 소리. 그리고 그의 손. 이번에는 살이 아니라 어깨였다.

"당신, 정말 괜찮아?"

두 눈을 뜨니 찬란한 햇빛과 리어젯의 조용한 엔진소리가 그녀를 맞이했다. 그리고 고막을 짓누르는 기압. 빌의 걱정스런 표정에서 눈을 떼어 온도계 아래쪽의 다이얼을 보았다. 고도가 8.5킬로미터까지 내려와 있었다.

"착륙해요? 벌써?"

그녀가 물었다. 목소리가 귓속에서 웅웅거렸다.

"빠르지, 응? 조종사 말로는 20분 후에 포트 마이어스에 내릴 거래. 짧은 여행이라고 했잖아, 안 그래?"

그는 돈을 낸 사람이 아니라 직접 조종한 사람처럼 으쓱댔다.

"악몽을 꿨나 봐요."

그가 웃었다. '이런 철없는 여자 보겠나.' 식이었지만 그것도 정말 싫어하는 웃음 중 하나였다.

"은혼 여행에 악몽이라니, 그러면 쓰나. 그래, 무슨 꿈인데?"

"기억 안 나요."

그녀가 말했다. 사실이었다. 오직 단편들뿐이었다. 안경이 녹아내리는 빌의 얼굴, 5~6학년 때 가끔 부르곤 했던 찬송 개사곡. '이봐요, 마리아, 그게 무슨 말이죠?' ……등. 나머지 가사는 기억나지 않았다. '딸랑―달랑―짤랑―쩔렁. 아빠의 커다란 덜렁이를 보았네.' 라는 노래 가사는 기억나는데, 마리아 노래가사는 도통 기억해 낼 수가 없었다.

'마리아는 플로리다의 병자들을 돌봅니다.' 문득 그 문구가 떠올랐지만 무슨 의미인지는 알 수가 없었다. 그때 마침 삐 하고 조종사가 안전벨트 등을 켜는 소리가 들렸다. 마지막 하강을 준비 중인 것이다. '어디 한 바탕 놀아 볼까나.' 그녀는 그런 생각을 하며 안전벨트를 맸다.

"정말로 기억 안 나? 대개는 깨고 나서도 기억하지 않았어? 악몽들도 기억했잖아?"

"초등학교 때 어난시아타 수녀는 기억나요. 벌 서는 장면인데."

"이런, 정말 악몽이로군."

10분 후 착륙기어를 내리는 기계음이 들리고 다시 5분 후 비행기가 착륙했다.

"비행기 바로 앞에 차를 대놓기로 했는데…… 고장이나 안 났는지 모르겠군."

빌이 중얼거리며 벌써 A 타입의 '이런 감히' 표정을 만들어내고 있었다. 그 표정도 싫기는 마찬가지였으나 적어도 느끼한 선심성 표정보다는 참을 만했다.

문득 강력한 느낌이 밀려들고 있었다.

'고장은 안 났어. 이제 창밖으로 차를 보게 될 거야. 당신의 그 잘나빠진 플로리다 휴가차, 거대하고 의대한 흰색 캐딜락, 아니, 링컨이라고 불러드릴까?'

그래, 저기 오는군. 그래서? 뭘 증명혔지? 증명? 에, 이따금 데자뷰가 밀어들면, 머릿속에 떠오른 일이 그 다음에 정말로 일어난다는 사실은 증명했다. 하지만 그건 캐디도 링컨도 아닌, 크라운 빅토리아였다. 마틴 스콜세지 영화의 갱들이 크라운 빅이라고 부른다는 그 차.

"후."

남편의 도움으로 비행기 계단을 내리면서 중얼거렸다.

"왜 그래?"

"아무것도 아니에요. 데자뷰가 왔어요. 아마 악몽의 잔재겠죠. 전에 여기 온 것 같은 그런 느낌 말이에요."

"여긴 처음이야. 자, 그러니 신나게 즐겨보자고."

그가 이렇게 말하고 뺨에 키스했다.

그들은 차로 갔다. 빌은 차를 몰고 온 젊은 여자에게 운전면허증을 보여주었다. 그러고는 여자의 치맛자락부터 점검하고 나서야 클립보드의 서류에 사인했다.

저 여잔 서류를 떨어뜨릴 거야. 그럼 빌은 '이런'이라고 내뱉으며 서류를 집어줄 것이고 그러면서 여자의 다리를 좀 더 자세히 들여다보겠지?

그 느낌은 너무나 강해서 마치 유원지의 빠른 청룡열차에 올라탄 기분이었다. 이제 곧 흥분의 대지를 지나 욕지기의 왕국에 도착하시겠습니다. 헤르츠 여인은 서류철을 떨어뜨리지 않았다. 그리고 그녀를 버틀러 항공터미널까지 데려갈 하얀 송영차가 도착했다. 그녀는 빌에게 마지막 미소를 짓고는(캐럴은 완전히 무시해 버렸다.) 조수석 문을 열고 차 안으로 미끄러져 들어갔다.

"이런, 조심하셔야지."

빌이 갑자기 중얼거리더니 그녀의 팔꿈치를 잡고 부축해 주었다. 그녀는 그에게 미소와 함께 잘빠진 다리를 작별 인사처럼 전시해 보였다. 그리고 캐럴은 점점 쌓여만 가는 짐 앞에 서서 생각했다. 이봐요, 마리아…….

"셸튼 부인? 괜찮으세요? 혈색이 안 좋아 보이시는데."

부조종사가 걱정스러운 눈빛으로 그녀를 보았다. 마지막 가방을 내리던 참이었다. 빌의 노트북 컴퓨터가 들어 있는 가방.

빌도 그 소리를 듣고 떠나가는 밴으로부터 고개를 돌렸다. 그도 걱정된다는 표정이었다. 만일 빌에게서 얻을 수 있는 게 그에 대한 이런 식의 감정뿐이었다면, 25년 동안이나 붙들고 있지는 못했을 것이다. 그 비서에 대해 알아낸 순간 그를 떠나고 말았을 거다. 너무나 어려서 '내게 인생이 하나뿐이라면'으로 시작하는 클레롤의 슬로건조차 기억 못하는 금발의 클레롤. 하지만 다른 요인들도 무시할 수는 없었다. 예를 들어 사랑. 아직 사랑이 남아있기는 했다. 가톨릭학교 여고생이라면 사랑은 정말로 맹신에 가깝다. 너무나 간절해 죽일 수도 없는 추하고 역겨운 종족.

게다가 꼭 사랑이 있어야 함께 살라는 법도 없다. 비밀도 있고, 또 그 비밀을 지키기 위해 지불해야 할 대가도 있다.

"캐럴? 여보, 괜찮아?"

그가 물었다. 그녀는 괜찮지 않다고 말할까 하는 생각도 해보았다. 질식할 것 같고 아파죽을 것 같다고 말하고 싶었다. 하지만 그녀는 가까스로 미소를 지으며 다른 대답을 했다.

"더워서 그래. 괜찮아요. 조금 기운이 없을 뿐이니까. 차에 타서 에어컨 바람 좀 쐬면 괜찮을 거예요."

빌이 그녀의 팔꿈치를 부축하고('하지만 내 다리를 훔쳐보지는 않겠지? 그 여자가 어디로 갔는지도 분명 알아두었을 거야.') 폭삭 늙은 노파를 다루듯 크라운 빅으로 데려갔다. 차문이 닫히고 차가운 바람이 얼굴에 퍼붓기 전부터 기분이 좋아지기 시작했다.

그래, 데자뷰는 정상은 아니다. 부분적으로는 꿈이고 부분적으로는 약물중독이며, 게다가(이 내용은 책에서 읽었을 것이다. 아마도 부인과 의사가 52년 묵은 그녀의 음부를 시굴해 주기를 기다리던 진료실에서였을 것이다.) 부분적으로는 두뇌의 자장이 비틀려, 새로운 경험을 옛날 자료로 분류하도록 처리하기 때문이었다. 요컨대, 파이프에 구멍이 생겨 뜨거운 물과 찬물이 섞인 것이다. 그녀는 두 눈을 감고 느낌이 사라지기를 기다렸다.

'오, 마리아, 죄 없이 잉태하신 분이시여, 당신께 의지하는 저희를 위해 기도하소서.'

오, 제발("오, 죄발" 그들은 그렇게 발음했다.), 미션스쿨만은 싫어. 지금은 방학이잖아. 절대로 거기엔……

'플로이드, 저쪽에 있는 게 뭐지? 오, 젠장! 빌어먹을!'

플로이드가 누구지? 빌이 아는 플로이드라고는 플로이드 도닝(아니 달링이었던가?)뿐이었다. 함께 캐나다의 스낵바로 달려갔던 친구, 자기 여자 친구와 뉴욕으로 뺑소니친 친구. 빌이 언제 그 친구 얘기를 했는지는 기억나지 않지만 어쨌든 들은 건 분명했다.

'그만두자. 그래봐야 무슨 소용이 있다고. 이젠 이 지겨운 생각의 터널에서 나가고 싶어.'

이번에는 먹혀들었다. 마지막으로 "무슨 생각?"이라는 속삭임이 들리더니 그녀는 다시 캡티바 섬으로 떠나는 캐럴 셸튼으로 돌아와 있었다. 저명한 소프트웨어 디자이너인 남편과 함께 팜하우스와 해변과 럼주가 있는 곳, 그리고 거리의 악사들이 「마가리타 빌」을 연주하는 곳으로.

두 사람은 퍼블릭스 마켓을 지났다. 한 늙은 흑인이 길가에서 과일 가판대를 돌보고 있었는데, 마치 케이블 영화 채널의 30년대 영화와 영화배우를 보는 듯했다. 멜빵식 작업복에 둥근 챙의 밀짚모자를 쓴 하인들 말이다. 빌이 짧은 얘기를 했고 그녀도 곧바로 대꾸해 주었다. 10세에서 16세까지 하루도 안 빼고 마리아 메달을 매달고 다닌 꼬마애가 어떻게 도나 카란(세계적으로 유명한 패션디자이너 — 옮긴이)의 드레스를 입은 귀부인이 되었으며, 리비어 다주택의 가난에 찌든 부부가 울창한 야자수 길을 드라이브하는 중년의 부자 부부가 되었는지, 실감은 나지 않았지만 그건 피할 수 없는 사실이었다. 리비어 시절 술에 취해 들어온 그의 얼굴을 주먹으로 때려 눈 밑에 피를 낸 적이 있었다. 그때도 그녀는 지옥을 두려워 했고 그래서 반쯤 넋이 나간 채 철제 등자에 누워 끝없이 중얼거리기도 했다. '난 저주 받았어. 지옥에 떨어지고 말 거야. 백만 년이 찰나에 불과한 불구덩이에 떨어질 거야.'

자동차가 둑길 톨게이트에 멈춰 섰을 때에도 캐럴의 생각은 계속 이어졌다. '요금징수원 왼쪽 이마에 딸기 모양의 반점이 눈썹까지 이어져 있어.'

반점은 없었다. 징수원은 40대 후반이나 50대 초반으로 보이는 평범한 남자였다. 짧은 이브머리의 진회색 머리, 뿔테 안경, 그리고 '긍께, 고거이 당최 뭔 말이당가요?' 식으로 말할 것 같은 남자. 하지만 그때 느낌이 돌아오고 있었다. 캐럴은 알고 있다고 생각한 일들이 사실은 전혀 모르는 일임을 깨달았다. 처음엔 전부까지는 아니었는데 41번국도 오른쪽의 작은 슈퍼마켓에 다다를 때쯤엔 거의 전부가 되어 있었다.

'슈퍼마켓의 이름은 코슨 슈퍼마켓이고 가게 앞에 어린소녀가 있었어. 빨간색 앞치마를 입었고, 인형도 하나 있었는데 더럽고 낡은 노란색이지. 하지만 지금 인형은 가게 계단 위에 버려져 있고 아이는 스테이션 웨건 뒷좌석에 탄 개를 구경하러 갔어.'

가게 이름은 코슨이 아니라 카슨이었지만 그밖에는 모두 맞았다. 크라운 빅이 지나가자 빨간 치마의 소녀애가 캐럴을 돌아보았다. 시골아이의 얼굴인데, 저런 천한 신분의 여자애와 노랑머리 인형이 도대체 이곳 부자들의 관광지에서 뭘 하고 있는지는 캐럴도 알지 못했다.

'이쯤에서 얼마나 더 가야 하는지 물어야겠지만 하지 않겠어. 왜냐하면 이 악순환의 쳇바퀴에서 탈출해야 하니까. 어떻게든 빠져나가야 하니까.'

"얼마나 남았죠?"

그녀가 물었다. '도로 하나만 지나면 되니까 염려 붙들어 매라고 하겠지. 아무 문제없이 팜 하우스에 도착할 거라는 약속도 함께. 그런데, 도대체 플로이드가 누구야?'

빌의 눈썹이 올라가고 입 끝 보조개도 다시 등장했다.

"일단 둑길에 올라서면 사니벨 섬이라고 봐야 해. 길 하나만 지나면 되니까."

그가 말했지만 캐럴은 그 말을 거의 듣지 못했다. 그는 계속해서 길 얘기를 지껄여댔다. 2년 전 어느 주말 비서 년과 침대에서 뒹구는 바람에, 두 사람이 함께 이루고 갖게 된 모든 것을 벼랑 끝으로 내몰았던 남자. 빌은 그때 가면을 쓰고 그 짓을 했다. 엄마 말처럼, 언젠가 내 심장을 찢어놓을 그 얼굴로. 그가 어쩔 수 없었다고 말했을 때, 그녀는 비명이라도 지르고 싶었다. '난 당신 때문에 아이도 죽였어. 미래의 우리 아이를 말이야. 그 대가가 도대체 뭐지? 이게 그 대가야? 50대가 되니까 남편이란 작자가 비서 년하고 농탕질을 치는 게 겨우 그 대가냐고? 말 해. 차를 세우라고 말하고, 너를 자유롭게 해달라고 하란 말이야. 하나를 바꾸면 만사가 바뀌는 법이야! 넌 할 수 있어. 두 발을 박차에 넣고 있

154

는 힘껏 걷어차라니까!' 그녀가 마음속으로 외쳤다.

하지만 그녀는 아무 말도 할 수 없었다. 그리고 그 모든 것이 더 빨리 지나가기 시작했다.

실컷 포식을 마친 두 마리 까마귀가 정찬의 폐허를 버리고 하늘로 날아올랐다. 왜 그런 식으로 앉아 있느냐고 남편이 물었다. 답답하냐고. 그렇다고 대답했다. 에, 등이 조금 걸리지만 조금씩 나아지고 있어요. 마치 데자뷰 속에서 질식이라도 하듯 그녀는 쉴 새 없이 꺽꺽거렸다. 크라운 빅은 리비어 비치의 잔인한 범퍼카처럼 질주했다. 오른쪽으로 팜데일 모터스가 보였다. 그럼 왼쪽에는? 지방 극장 간판 「오만한 마리에타」

'아냐, 저건 마리아야. 마리에타가 아니라. 예수의 어미. 신의 어미. 그녀가 의지를 발하여……'

캐럴은 있는 힘을 다해 빌에게 무슨 일인지 물었다. 왜냐하면 온전한 빌이 운전대를 잡고 있고, 온전한 빌이 그녀에게 귀를 기울여주기 때문이었다. 얘기를 들어줄 사람이 있다는 것. 부부가 함께 산다는 게 또 뭐가 있겠는가.

아무 대답도 없었다. 마음속에서 할머니의 말씀이 들렸다. '고난의 날이 오고 있단다.' 마음속에선 그녀가 플로이드에게 저쪽에 무슨 일이냐고 묻고는 곧바로 비명을 지르기 시작했다.

"오, 빌어먹을, 이런 세상에."

계기반을 보니 시속이 아니라 고도로 표기되어 있었다. 지금 고도 8.5킬로미터에서 하강하는 중이었다. 비행기에서 잠들면 어떡하냐고 빌이 꾸중을 했고, 그녀도 그 말에 동의했다.

분홍빛 집이 가까워지고 있었다. 방갈로 수준의 허름한 집. 주위를 둘러싼 야자 숲이 2차 세계대전 영화의 한 장면 같았다. 기관총을 난사하며 달려드는 리어젯의 동체를 수놓은 설치류 식물들.

'반짝 반짝 뜨거운 불빛. 그가 들고 있는 잡지가 갑자기 횃불로 바뀐다. 거룩하신 마리아. 신의 어머니여. 이봐요, 마리아, 그게 무슨 말이죠?'

그들은 그 집을 지나쳤다. 현관에 앉아 있던 노인이 두 사람이 지나가는 모습을 지켜보았다. 그의 무테안경 렌즈가 햇빛에 반짝였다. 빌의 손가락이 그녀의 엉덩이에 교두보를 마련하고는 무슨 말인가를 했다. 드레스를 벗고 반바지로 갈아입기 전에 잠시 재미 좀 보는 게 어떻겠냐는 내용의 얘기였는데 그녀도 동의했다. 하지만 그들은 팜 하우스에 도착하지 못하리라. 두 사람은 그 길을 따라 내려가고 또 내려갈 것이다. 두 사람은 흰색 크라운 빅을 향해 질주하고 또 흰색 크라운 빅이 그들을 향해 질주하리라. 영원히 그리고 아멘.

다음 간판엔 팜 하우스 3킬로미터라고 쓰여 있을 것이다. 그 뒤로 구호단체의 어머니가 플로리다의 병자들을 돌본다는 내용의 간판이 보였다. 그들이 그녀도 도울까?

너무 늦기는 했지만 조금씩 이해되기는 했다. 해수면을 비추는 아열대 태양을 보듯 빛을 보기 시작한 것이다. 평생 얼마나 많은 잘못을 저질렀는지…… 아니, 그 단어가 맘에 들지 않는다면, 얼마나 많은 죄를 저질렀는지, 라고 해도 좋다. 아무튼 그건 하느님도 알고 부모님과 할머니도 알고 있었다. 이것도 죄, 저것도 죄. 그러니 사내놈들의 더러운 시선이 머무는 더러운 젖통 사이에 이 메달을 매달지어다. 그리고 몇 년 후 어느 더운 여름날 그녀는 새

남편과 침대에 누웠다. 이제 결정할 때가 되었다. 시계바늘이 똑딱이고 담배꽁초가 타들어가고 있었다. 그때 그녀는 결심했었다. 침묵을 지킬 수 있는 한은 그에게 아무 얘기도 하지 말자고.

머리가 간지러웠다. 머리를 긁었다. 검은 박편들이 얼굴을 가로지르며 떨어져 내렸다. 크라운 빅의 계기반 속도계가 5킬로미터를 치더니 터져버렸다. 그래도 빌은 의식조차 못하는 듯 보였다.

드디어 우편함이 나왔다. 앞면에 그레이트풀 데드의 스티커가 붙은 우편함. 고개를 숙이고 터벅터벅 걸어가는 작고 검은 개도 있다. 맙소사, 왜 이렇게 가려운 거지? 낙진처럼 허공을 부유하는 검은 눈송이들. 눈송이 속에서 밖을 내다보는 테레사 수녀의 얼굴.

'성모마리아 자선기금은 플로리다의 가난한 사람들을 돌봅니다. 여러분의 후원을 기다립니다.'

플로이드, 저쪽에 뭐가 있지? 오, 이런, 맙소사.

그녀는 무언가 커다란 물체를 보았다. 그리고 '델타'라고 적힌 글자.

"빌? 빌?"

그의 대답. 우주의 저편에서 들리는 듯 또렷하면서도 아련한 목소리.

"맙소사, 여보, 당신 머리가 왜 그래?"

그녀는 무릎 위에 떨어진 테레사 수녀의 얼굴 파편을 주워 그에게 건넸다. 그녀가 결혼한 남자의 늙은 버전. 그녀와 결혼하고 비서와 놀아난 남자. 그럼에도 불구하고, 수없이 많은 촛불을 밝히고, 파란색 블레이저를 입고, 죽어라 찬송가에 매달리면, 영원히 천국에서 살 수 있다고 믿는 사람들에게서 그녀를 구해준 남자. 어느 무더운 여름날 밤, 마약중독자들이 계단을 오르내리고 아이언 버터플라이가 「이너가다 다비다」를 수십억 번이나 불러대는 건물에 함께 누워, 그녀는 그에게 사후세계가 어떤 건지 아느냐고 물었다. 인생의 쇼가 끝나고 말이다. 그는 그녀를 꼭 안아주었다. 해변 저 아래에서 딸랑딸랑 하는 소리와 범퍼카들이 충돌하는 소리가 들렸다. 그런데 빌은……

빌의 안경이 얼굴 위로 녹아내렸다. 눈동자 하나가 툭 튀어나오고 입은 핏구덩이로 변해갔다. 숲 속에서 새 한 마리가 울었다. 캐럴도 그 새와 함께 비명을 지르기 시작했다. 테레사 수녀의 사진이 그려진 다 타버린 종잇조각들을 붙들고 비명을 지르며, 그의 얼굴이 까맣게 타들어가고 이마가 오그라들고 목이 독 오른 종기처럼 벌어지는 것을 지켜보았다. 그녀는 비명을 지르고 또 질렀다. 어딘가에서 아이언 버터 플라이의 「이너가다 다비다」가 들렸고 그녀는 비명을 질렀다.

"캐럴?"

빌의 목소리였다. 수천 킬로미터 밖에서 들리는 소리. 그의 손이 그녀를 건드렸지만 그건 이미 욕정이 아닌 걱정의 손길이었다.

그녀는 두 눈을 뜨고 리어 35의 밝은 운전석을 둘러보았다. 그리고 잠시 후 모든 것을 이해했다. 요컨대 최초의 각성에 미치는 꿈의 엄청난 영향력에 대한 이해와 같은 것이겠다. 그에게 사후세계에서 우리가 뭘 얻게 되는지 아냐고 물었고 그는 자신들이 언고자 하는 것을 얻게 될 거라고 대답했다. 록가수 제리 리 루이스가 지옥에 가서 부기우기를 기도하고 싶다면, 그곳에 가게 될 거라는 뜻이란다. 천국으로 가든 지옥으로 가든, 아니면 그랜드 래피드로 가든 그건 선택의 문제다. 그게 당사자의 선택인지, 그에게 무엇을 믿어야 할지 가르친 사람들의 선택인지는 몰라도 말이다. 결국 인간 정신의 궁극적인 착시현상일 뿐이다. 영원을 날려보내리라 믿었던 바로 그곳에서 비로소 영원을 깨닫는 것.

"캐럴, 당신 괜찮아?"

한 손에 그가 읽던 잡지가 있었다. 테레사 수녀를 표지로 한 《뉴스위크》. '그녀, 성녀가 되다.'라는 제목이 하얀색 활자로 박혀 나왔다.

그녀는 운전석을 둘러보면서 생각했다. '비극은 8.5킬로미터 상공에서 일어나. 이들에게 알려야 해. 경고해 주어야 해.'

하지만 그 모든 것이 바래지고 있었다. 그 느낌들은 늘 그랬다. 꿈같기도 하고, 혀에 닿자마자 달콤한 안개로 변해버리는 솜사탕과도 같았다.

"착륙해요? 벌써?"

그녀는 완전히 잠이 깨었지만 목소리는 여전히 탁하고 갈라진 채였다.

"빠르지, 응? 플로이드 말로는 우리가 이제 곧 대지에⋯⋯"

그의 목소리에는 자긍심이 담겨 있었다. 돈을 낸 것이 아니라 비행기를 직접 몰기라도 한 사람 같았다.

"누구요?"

그녀가 물었다. 소형 제트기의 운전석은 따뜻했지만 그녀의 손은 차가웠다.

"플로이드. 알잖아, 조종사. 그 사람 말이 20분 후면 포트 마이어스에 착륙할 수 있대. 당신, 깜짝 놀라 깨던데, 괜찮아? 신음소리까지 내뱉더라고."

그가 조종석을 엄지로 가리키며 말했다. 비행기가 구름 막을 뚫고 내려가며 조금 흔들렸다.

캐럴은 그 느낌이라고 말하려고 했다. '부' 또는 '뷰' 따위의 불어로밖에 표현할 수 없는 그 느낌을 얘기하고 싶었으나 느낌은 순식간에 시들어져버리고 그녀가 말한 건 고작 '악몽을 꾸었어요.' 수준이었다.

조종사 플로이드가 안전벨트 스위치를 넣자 기계에서 삐 소리가 들렸다. 캐럴이 고개를 돌렸다. 저 아래엔 헤르츠에서 온 백색 자동차가 지금 그리고 영원히 그들을 기다리고 있다. 갱들의 자동차, 마틴 스콜세지 영화의 주인공들이 크라운 빅이라고 부르는 자동차. 그녀는 잡지 표지를 보았다. 테레사 수녀의 얼굴. 그리고 그 순간 천사초등학교에서 끊어진 기억이 끊어진 찬송가로 건너뛰는 것을 보았다. '이봐요, 마리아, 그게 무슨 말이죠? 제발 연옥에서 날 구해줘요.'로 시작되는 노래.

고난의 날이 오고 있단다.

할머니의 목소리였다. 그는 캐럴의 손바닥에 메달을 전해주었다. 손가락을 감싸는 체인.

고난의 날이 오고 있단다.

이건 지옥에 대한 이야기다. 그러니까 같은 일을 영원히 반복해야 하는 저주를 개작한 셈이다. 실존주의, 대단한 철학이다. 삐삐를 치는 알베르 까뮈. 타인이 바로 지옥이라는 말이 있다. 내 생각에 지옥은 반복이다.

1408

생매장의 테마를 비롯해 공포 이야기를 쓰는 작가들은 최소한 여인숙의 유령객실에 대해 하나 정도는 써야 한다. 이것도 역시 그런 유형의 이야기이다. 조금 다른 점이 있다면 난 이 이야기를 끝낼 생각이 전혀 없었다는 사실이다. 이 글의 처음 3~4쪽은 나 책 『유혹하는 글쓰기』의 부록에 포함시킬 생각으로 썼다. 초안에서 두 번째 원고까지 어떤 식으로 이야기가 전개되어 가는지를 독자들에게 보여주기 위한 글이었다. 대체로 나는 텍스트를 통해 자잘한 원칙들 대한 구체적인 예들을 보여줄 생각이었다. 하지만 뭔가 멋진 일이 일어났다. 이야기에 매료되고 만 것이다. 그래서 난 이야기를 끝냈다. 공포를 주는 대상은 사람마다 다르겠지만(페루의 붉은 꼬리 초록뱀이 왜 무서운 건지 이해할 수가 없다.) 이 이야기는 집필하는 내내 나를 두렵게 만들었다. 이 책은 처음에 『피와 연기』라는 오디오 편집선에 수록되었는데 오디오는 훨씬 더 무서웠다. 정말로, 정말로 무서웠다. 하지만 호텔방은 원래 소름끼치는 장소가 아니던가?

예를 들어, 당신이 눕기 전 얼마나 많은 사람들이 그 침대에 누웠을지 생각해 보라. 그들 중 얼마나 많은 사람들이 환자이고 얼마나 많은 사람들이 미친놈이며, 또한 경대서랍에서 성경을 꺼내 시편 몇 개를 읽은 다음 갑자기 TV옆 옷장에 들어가 목을 매달았을 사람이 얼마나 될 것인지 생각해 보라. 부르르르. 어쨌든 체크인은 해보기로 하자. 여기 당신의 열쇠가 있다…. 이제 당신은 저 네 개의 무고한 숫자에 어떤 일이 일어날지 목격하게 될 것이다.

그 방은 복도 아래쪽에 있다.

마이크 엔슬린이 돌핀 호텔의 매니저 올린을 본 것은 그가 회전문 안에 있을 때였다. 매니저는 푹신한 로비의자 하나를 골라 앉아 있었다. 마이크의 심장이 꺼졌다. '아무래도 변호사를 데리고 올 걸 그랬나봐.' 그런 생각도 들었지만 아무튼 이미 떠난 기차였다. 게다가 올린이 마이크와 1408 사이에 바리케이드를 치려 한다 해도 별로 나쁠 것도 없다. 그에 대한 보상이 따를 테니 말이다.

마이크가 회전문을 빠져나가자 올린이 통통한 손을 내민 자세로 홀을 가로질러 왔다. 돌핀 호텔은 5번 애버뉴 모퉁이를 돌아 61번가에 위치해 있는, 작지만 깔끔한 호텔이다. 그가 작은 세면가방을 왼손으로 옮겨들고 올린과 악수를 나눌 때 이브닝드레스 차림의 남녀가 그의 옆을 지나쳤다. 여자는 금발에 검은색 옷을 입었는데 가벼운 꽃 향수냄새가 이곳이 뉴욕임을 재확인시켜주는 듯했다. 그의 재확인에 날인이라도 찍듯 2층 발코니 바에서 누군가 「밤과 낮」을 연주하고 있었다.

"엔슬린 씨, 안녕하십니까."

"올린 씨, 무슨 문제가 있던가요?"

올린은 괴로운 표정이었다. 그는 도움이라도 구하듯 작고 깨끗한 로비를 잠시 둘러보았다. 관리 데스크에는 한 남자가 아내와 극장 티켓에 대해 논쟁을 하고 있었고 관리인은 끈기 있는 미소로 그들을 지켜보았다. 프런트에서도, 지금 막 비즈니스 클래스 여행을 마치고 들어온 더러운 인상의 남자가 이브닝드레스 겸용의 검은색 고급정장 여자와 토론 중이었다. 돌핀 호텔의 일상적인 모습이다. 어디에나 고객을 돕는 손길이 있지만 지금 올린을 위한 도움은 어디에도 없었다. 개떡 같은 작가에게 단단히 코를 꿰고 만 것이다.

"올린 씨?"

마이크가 그를 다시 불렀다.

"엔슬린 씨…… 잠시 제 사무실에서 얘기를 하시죠."

뭐, 안 될 것 없다. 오히려 1408의 에피소드를 다채롭게 해주고 독자들이 바라마지않는 음울한 색조를 더욱 맛깔스럽게 만들어주리라. 아니, 그뿐만이 아니다. 지금껏 모아놓은 자료와 정보에도 불구하고 의식하지 못했지만 이젠 확실히 알 수 있었다. 올린은 정말로 1408호실을 무서워하고 있었다. 오늘밤 마이크에게 일어날 일에 대해서도 무서워했다.

"물론입니다, 올린 씨."

훌륭한 지배인 올린이 먼저 마이크의 가방을 집어 들었다.

"제가 들죠."

"괜찮습니다. 옷가지하고 세면도구뿐인 걸요."

마이크의 대답이었다.

"정말입니까?"

"그럼요. 행운의 셔츠는 입고 있으니까요. 유령 박멸에 영험한 옷이죠."

그가 미소 지었다.

하지만 올린은 미소가 아니라 한숨을 내쉬었다. 땅딸막한 체구의 그는 짙은 색 모닝코트에 깔끔한 넥타이를 매고 있었다.

"잘 됐군요, 엔슬린 씨. 따라오시죠."

로비에서의 매니저는 머뭇거리고 심지어 상심한 사람처럼 보였다. 하지만 호텔 사진으로 벽을 도배한(돌핀 호텔은 1910년에 문을 열었다. 앞으로도 잡지 리뷰와 대도시 신문의 도움을 받지는 못하겠지만 나름대로 조사는 해왔다.) 오크 장식의 사무실에 들어서자 이내 본래의 자신감을 회복했다. 바닥에는 페르시아 카펫이 깔려 있고, 스탠딩 램프 두 개가 그 위로 부드러운 노란빛을 뿌려주었다. 책상 위의 데스크 램프가 담배상자 위로 녹색의 그림자를 드리워주었다. 그리고 담배상자 옆에, 엔슬린이 쓴 최신작 세 권이 놓여 있었다. 페이퍼백이고 하드커버는 보이지 않았다. '지배인 나리께서도 어느 정도는 조사를 해주셨군그래.'

마이크는 책상 앞에 앉았다. 올린이 자기 자리에 앉을 거라고 생각했는데, 그는 놀랍게도 마이크 옆에 의자를 끌어다 앉았다. 그가 다리를 꼬더니, 포동포동한 배가 가슴기에 닿을 정도로 깊숙이 상체를 숙였다.

"시거 태우시겠습니까, 엔슬린 씨?"

"아닙니다. 전 담배 안 합니다."

올린의 눈이 마이크의 오른쪽 귀에 꽂힌 담배를 노려보았다. 껄렁껄렁한 기자가 다음에 피울 담배 개비를 중절모 밴드의 똑딱 단추 바로 아래 꼽아두고 다니던 옛날처럼, 꽤나 멋스런 연출이었다. 하지만 그 담배가 거의 일상처럼 여겨진 탓에, 마이크는 솔직히 올린이 뭘 보고 있는지조차 몰랐다. 그러다 그는 웃으면서 담배를 꺼내보고는 다시 올린을 올려다보았다.

"9년 동안 한 번도 안 피웠어요. 폐암으로 죽은 형이 있는데 그때 이후로 끊었죠. 귀에 꽂은 담배는…… (어깻짓) ……위장이나, 미신 같은 겁니다. 이 하와이 셔츠처럼요. 왜, 가끔 사람들의 책상이나 벽을 보면 '비상시에 깨뜨릴 것'이라고 적힌 유리 상자 안에 이런 식으로 담배를 전시해 놓고 있지 않던가요? 1408은 흡연실입니까, 올린 씨? 행여 핵전쟁이 일어날까봐 묻습니다만?"

"예, 그렇습니다."

"에, 그럼 걱정 하나는 덜었군요."

마이크가 진심으로 말했다. 올린이 다시 한숨을 내쉬었으나 이번에는 로비에서처럼 슬픈 한숨은 아니었다. 그래, 아무튼 자기 사무실이니까. 올린의 사무실. 그의 특별한 공간. 마이크가 변호사 로버트슨과 함께 왔을 때도 올린은 사무실에 들어온 순간 덜 당혹스러워 했었다. 당연한 얘기인가? 사실 자신만의 공간이 아니라면, 또 어디에서 진짜 책임감을 느낄 수 있겠는가? 올린의 사무실은, 벽에 멋진 그림이 붙어 있고 바닥에는 멋진 카펫이 깔려 있으며 담배상자에는 멋진 시거나 들어 있는 곳이다. 1910년 이후로 수많은 지배인이 수없이 많은 일을 했을 것이다. 그건 어깨를 드러낸 검은색 드레스 차림의 금발 미녀가, 향수냄새와 함께 뉴욕 식의 깔끔한 새벽 섹스에 대한 은밀한 약속을 날리며 흘러온 뉴욕 역사와도 같은 세월이었다.

"여전히 물러날 생각은 없는 거로군요, 그렇죠?"

올린이 물었다.

"아시잖습니까?"

마이크가 담배를 귀 뒤에 돌려놓으며 대답했다. 그는 과거의 중절모 기자들과 달리, 비탈리스나 월드로트 크림오일로 머리를 넘기지는 않았지만, 매일 아침 속옷을 갈아입듯 담배를 바꾸기는 했다. 귀 뒤에도 땀이 차기는 마찬가지다. 하루가 끝나고 피우지도 않은 담배를 화장실에 버리기 전에 검사라도 해봤다면, 마이크는 얇은 백색 포장지에서 황갈색의 땀자국을 발견해 냈을 것이다. 물론 그렇다고 불을 붙이는 유혹으로 고통받거나 하지는 않았다. 20년 가까이 얼마나 많은 담배를 피웠는지는 알 수 없다. 하루에 30개비? 40? 차라리 왜 피웠는지가 더 나은 질문이리라.

올린은 장부에서 페이퍼백 세 권을 집어 들었다.

마이크는 여행가방의 옆 주머니 지퍼를 열어 소니 미니코더를 꺼냈다.

"대화를 녹음해도 괜찮겠죠, 올린 씨?"

올린이 한 손을 들어 맘대로 하라는 표시를 전했고 마이크는 '녹음' 버튼을 눌렀다. 작고 붉은 별이 켜지며 테이프가 돌아가기 시작했다.

그동안 올린은 천천히 책을 들춰보거나 제목을 읽었다. 그의 책이 다른 사람의 손에 들린 걸 볼 때마다 마이크 엔슬린의 감정은 무척이나 복잡 미묘해졌다. 자긍심, 불편함, 즐거움, 반발심과 수치심. 사실 그 책들을 부끄러워해야 할 이유는 없었다. 지난 5년 간 그 책들로 인해 잘 먹고 잘 살았으며 기획자들과(그의 에이전트는 그 책들을 '창녀 도서'라고 불렀다. 부분적으로 질투 때문일 것이다.) 이문을 나눠먹을 필요도 없었다. 그는 스스로 아이디어를 개발했다. 최초의 책이 꽤나 짭짤한 마당에 그 아이디어를 포기할 이유가 어디 있단 말인가? 「프랑켄슈타인」이 있으면 「프랑켄슈타인의 신부」 역시 없을 이유가 없다.

그는 아이오와로 가서 제인 스마일리와 함께 수학했고, 스탠리 엘킨과 함께 창작을 가르치기도 했다. 한때는 예일의 젊은 시인의 꿈을 꾼 적도 있었다(하지만 그의 친구들과 지인들은 이런 사정을 전혀 모르고 있다.). 그리고 호텔 매니저가─책 제목들을 큰 소리로 읽고 있는 동안 마이크는 괜히 녹음기를 들이댔다는 생각을 했다. 후에 레코드를 틀게 되면 올린의 또탁또박한 목소리와 그 속에 담긴 경멸의 뉘앙스를 모두 듣게 될 것이기 때문이었다. 그는 아무 생각 없이 귀 뒤의 담배를 매만졌다.

"『10개의 유령의 집에서 지낸 열흘 밤』, 『10개의 유령 공동묘지에서 지낸 열흘 밤』, 『10개의 유령 성에서 지낸 열흘 밤』이라. 그러려면 스코틀랜드는 물론 비엔나 숲에도 가야겠군요. 모두 세금공제를 받으셨을 테고. 결국 유령놀음이 직업인 셈일 테니 말입니다."

그는 입가에 엷은 미소를 지으며 마이크를 올려다보았다.

"무슨 말씀을 하고 싶은 겁니까?"

"내 말이 신경 쓰입니까?"

"신경이 쓰이는 건 사실이지만 그렇다고 켕기는 건 없습니다. 만일 내 책을 공격하는 식으로 날 떨어낼 생각이라면……"

"아니, 아닙니다. 그저 호기심이 생긴 것뿐이에요. 이틀 전 주간 담당인 마르셀을 시켜서 책을 사오게 했죠. 그러니까 당신이 나타나 그…… 부탁을 했을 때죠."

"그건 부탁이 아니라 요구였습니다. 지금도 그렇고요. 로버트슨 씨의 말씀은 들으셨겠죠. 뉴욕 주의 법은, 시민권을 규정한 두 개의 연방법과 더불어, 내가 어떤 특정한 방을 원하고 그 방이 비어 있을 경우, 접수 거부는 있을 수 없는 일이라고 말하고 있습니다. 1408호실은 비어 있죠. 요즘엔 늘 비어 있으니까."

하지만 올린은 아직 마이크의 신작에서 벗어나고 싶지 않았다. 모두 《뉴욕 타임스》 베스트셀러였다. 부드러운 조명이 유광의 표지를 비추고 있었다. 책 표지에는 보라색이 많이 들어갔는데, 다른 책은 몰라도 공포를 주제로 한 책이라면 보라색의 매상이 더 좋다고 들은 적이 있었다.

"오늘 이른 저녁이 되어서야 이 책들을 살펴볼 수 있었죠. 늘 바쁘니까요. 뉴욕 기준으로 보면 돌핀 호텔은 작은 규모이지만 우린 90퍼센트의 객실점유율을 유지하고 있습니다. 게다가 문제는 대개 손님이 문을 들어서는 순간 생기는 법이죠."

올린이 말했다.

"제 경우군요."

올린이 작은 미소를 지었다.

"당신의 경우는 좀 특별한 문제라고 해야겠군요. 엔슬린 씨. 당신과 로버트슨이라는 변호사, 그리고 온갖 협박들."

마이크는 다시 짜증이 났다. 로버트슨이 위협이 되면 모를까 그가 협박을 한 적은 없었다. 그가 변호사를 들이댄 것은 열쇠가 맞지 않는 녹슨 자물쇠에 쇠파이프를 들이미는 것만큼이나 자연스런 행위였다.

'네 자물쇠가 아니잖아?' 양심은 그렇게 말했지만 주와 나라의 법은 그걸 다른 식으로 말했다. 요컨대 1408호실이 비어 있고 그가 원한다면 그 방은 그의 것이라는 요지다.

문득 올린의 시선을 느꼈다. 그는 여전히 모호한 미소를 짓고 있었다. 마치 그의 내면의 대화를 단어 하나하나까지 엿듣고 있는 것만 같았다. 그건 불편한 감정이었다. 마이크는 이 모임이 예상 외로 불쾌한 만남이라는 생각을 했다. 미니코더를 꺼내 녹음 버튼을 누른 이후로(솔직히 그 과정이 늘 공격적이기는 했다.) 갑자기 수세에 몰리는 기분이 든 것이다.

"올린 씨, 무슨 뜻으로 하는 말씀인지는 몰라도 솔직히 다 챙길 여력도 없습니다. 나도 오늘은 힘든 하루였죠. 아무튼 1408호실에 대한 문제가 해결되었다면 전 그만 위층으로 올라가……"

"하나는 읽었습니다……. 에, 이런 걸 뭐라고 부르죠? 에세이? 동화?"

마이크는 돈줄이라고 불렀다. 하지만 테이프가 돌아가는데 그 말을 하고 싶은 생각은 추호도 없었다. 아무리 그의 테이프라고 해도 마찬가지다.

"이야기라고 해두죠. 세 곳에서 이야기 하나씩을 읽었습니다. 『유령의 집』에서는 캔자스의 릴스비 저택이었죠."

올린이 말했다.

"아, 예. 도끼 살인이었죠."

유진 릴스비 가족 여섯 모두를 찍어버린 친구는 아직 잡히지 않았다.

"그렇더군요. 그리고 알라스카에서 자살한 연인의 무덤도 재미있었죠. 시트카 주변에서 자주 목격된다는 사람들 말입니다. 가츠비 성에서의 철야도 읽었는데 다들 놀랍고 흥미로운 얘기들이더군요."

마이크에게는 「열흘 밤 시리즈」에 대한 가장 온건한 논평에서도 경멸의 어투를 직감할 수 있는 귀가 있었다. 물론 그 때문에 이따금 존재하지도 않는 경멸을 듣기도 했겠으나(최근에 깨달은 사실이지만, 마음속 깊숙이 못매를 맞고 있다고 믿는 작가만큼이나 편집적인 사람은 없을 것이다.), 그의 말속에는 정말로 일말의 멸시도 느껴지지 않았다.

"고맙습니다."

그가 미니코더를 내려다보았다. 대개의 경우 미니코더의 작고 붉은 눈은 상대방을 노려보는 것처럼 보였다. 그에게 거짓을 말하도록 도발하는 것인데 오늘 저녁은 오히려 마이크 자신을 감시하는 것만 같았다.

"오, 예, 진심으로 드리는 말씀입니다. 저도 이 일을 내 편에서 마무리 짓고 싶지만…… 하지만 저술에 관해서라면…… 이건 제가 좋아하는 유형의 글입니다. 가츠비 성에서 당신이 겪었다는 그 현실적인 경험을 읽으며 나도 모르게 웃기도 했으니까요. 그리고 당신이 좋은 사람이고, 섬세한 사람이라는 것도 알았죠. 사실 어느 정도는 사기꾼 냄새를 기대했었거든요."

올린이 책을 두드리며 말했다.

마이크는 오히려 그 다음 말에 촉각을 곤두세워야 했다. 이건 '이런 곳에서 당신같이 멋진 여자가 뭘 하는 거요.'의 올린식 각색이었다. 올린은 세련된 호텔리어이자, 긴은 밤 검은 드레스 차림으로 출근하는 금발 여인들의 주인이며, 호텔 바의 「밤과 낮」처럼, 턱시도와 낡아빠진 원칙으로 무장한 잡초 같은 은퇴 노인들의 고용주였다.

"하지만, 당혹스런 부분들도 없지는 않군요. 만일 이 책을 읽지 않았다면 오늘 저녁 당신을 기다릴 필요도 없었을 겁니다. 변호사의 서류가방을 본 순간 당신이 정말로 그 빌어먹을 방에서 묵을 것임을 알고 있었고, 어차피 당신을 갈릴 방법도 없었을 테니까요. 하지만 이 책들은……"

마이크는 결국 손을 내밀어 미니코더를 끄고 말았다. 그놈의 붉은 눈에 기어이 소름이 돋고 만 것이다.

"내가 왜 이러는지 진짜 이유를 알고 싶은 겁니까? 예?"

"돈 때문이라고 생각합니다. 제 생각에 당신의 작가정신은 다른 곳에 있습니다……. 물론 이런 식으로 방향전환을 모색한 것도 솔직히 영리한 선택이겠습니다만."

마이크의 두 뺨이 벌겋게 달아올랐다. 아니, 이건 그의 생각과 달랐다. 대화 도중에 미니코더를 끈 적이 한 번도 없지 않았던가. 문제는 올린이 보통내기가 아니라는 사실이다. '이 자는 나를 조종하고 정신을 흐트려놓고 있어. 손톱에 하얀 초승달 같은 매니큐어를 칠한 저 작고 통통한 손으로 말이야.' 그가 속으로 중얼거렸다.

"내가 걱정하고 불안해하는 건, 자기가 쓴 글에 대해 눈곱만큼도 믿지 않는, 한 지적이고 재능 있는 작가의 글을 읽고 있다는 생각 때문입니다."

그건 어느 정도 사실과 달랐다. 그의 글 중에는 자신이 믿는 내용도 열두 개는 되었고, 실제로 몇 개는 출판까지 했다. 뉴욕에 오고 처음 18개월 동안은 시도 무수히 써냈다. 『마을의 목소리』의 인세로 쪼들리고 있을 때였다. 하지만 캔자스의 유진 릴스비 유령이 달밤에 황량한 농장을 걸어 다닌다는 사실을 믿느냐고? 아니. 농장 부엌 마루 장판 위에서 쪼그리고 앉아 하룻밤을 지냈지만, 벽 옆을 지나가는 생쥐 두 마리보다 무서운 건 본 적이 없다. 드라큘라 백작 블라드 쩨뻬쉬가 지키고 있다는 트란실바니아의 성터에서 뜨거운 여름밤을 지새웠지만, 실제로 등장한 흡혈귀라고는 유럽 모기들뿐이었다. 연쇄살인범 제프리 다머의 무덤에서 쪼그리던 밤에는, 실제로 피에 얼룩진 하얀 형체가 새벽 2시의 어둠을 뚫고 칼을 휘두르면서 달려오기도 했었다. 유령 친구들의 키득거리는 웃음소리에 쫓겨나긴 했지만, 그들이 고무 칼을 휘두르는 십대 유령이라는 사실 정도는 알고 있었다. 하지만 이런 이야기들까지 올린에게 할 생각은 없었다. 그럴 여력이……

아니, 할 수는 있다. 미니코더가(이제야 깨달았지만 그건 처음부터 실수였다.) 다시 가방 속에 들어간 이상 이 모임은 철저히 오프 더 레코드로 진행될 것이다. 게다가 묘하게도, 그도 올린을 찬양해 마지 않았다. 찬양하는 사람에게는 진실을 말해야 하는 법이다.

"예, 귀신도 유령도 늑대인간도 믿지 않습니다. 그런 것들로부터 우리를 보호해 줄 착한 신이 있다고 믿지 않기 때문에 그런

게 없는 세상이 더 낫다고 생각하기도 하죠. 그게 내 신앙입니다. 하지만 난 처음부터 열린 마음으로 시작했습니다. 마운트 호프 공동묘지에서 개처럼 짖는 유령을 조사했다고 해서 퓰리처상을 주지는 않겠지만, 만일 유령이 나타난다면 그에 대해 정확하고 정당하게 쓸 생각이었죠."

올린이 어떤 단어 하나를 내뱉었지만 너무 작아 알아들을 수가 없었다.

"예?"

"아니라고 했소."

올린은 거의 사과하다시피 그를 바라보았다. 마이크가 한숨을 쉬었다. 올린은 그를 거짓말쟁이로 생각하고 있다. 그 시점에 이르면 남은 선택은 토론을 끝내고 짐을 싸는 것뿐이다.

"이런 얘기는 다음으로 미루는 게 어떻겠습니까, 올슨 씨? 숙소에 올라가 양치질부터 하고 싶군요. 어쩌면 욕실 거울로 케빈 오말리가 부활하는 걸 볼 수 있을지도 모르겠지만요."

마이크가 의자에서 일어서려고 하자 올린이 통통한 매니큐어 손을 내밀어 그를 말렸다.

"거짓말이라는 게 아닙니다. 하지만 엔슬린 씨, 믿지 않으시잖습니까? 유령을 믿지 않는 사람들에게 유령이 나타나는 경우는 거의 없습니다. 나타난다 해도 보이지 않겠죠. 유진 릴스비가 잘린 목을 집 앞 복도에 걸어놓는다 해도 당신은 필경 찍 소리 하나 못 들을 겁니다."

마이크가 자리에서 일어나며 옷가방을 집어 들었다.

"그렇다면 1408호실에 대해서도 걱정할 일 하나 없겠군요, 아닙니까?"

"아니, 해야 합니다. 당연히 해야 합니다. 1408호실엔 유령이 없으니까요. 한 번도 있어본 적이 없습니다. 하지만 그곳엔 분명 뭔가가 있고(제가 직접 느꼈죠.) 그건 초자연적 존재 따위가 아닙니다. 흉가나 낡은 성에서는 당신의 불신이 일종의 보호막으로 작용했을 겁니다. 1408호실에선 그 때문에 더욱 무력해지고 말 겁니다. 그러지 마세요, 엔슬린 씨. 그 방에 속하지 않는 지구인들 중에서, 그런 식의 유쾌하고 탐구적인 진짜 유령 책을 쓰는 사람이야말로 가장 위험하니까요."

마이크도 그 말을 들었고 동시에 듣지 못했다. 분노가 치솟은 탓이었다. '빌어먹을, 미니코터를 꺼버리다니! 나를 홀려서 그걸 끄게 만들고는 갑자기 보리스 카를로프(「프랑켄슈타인」의 괴물 역을 연기한 공포영화의 대부 — 옮긴이)로 변신해서 「올스타 유령쇼」를 진행하고 있잖아? 좋아, 네 놈 말을 인용해 주겠어! 배알이 꼴리면 고소하라고.'

갑자기 위층에 올라가고 싶어 미칠 것만 같았다. 하지만 호텔 구석방에서 긴 밤을 지새우기 위해서가 아니라, 아직 기억에 남아 있을 때 올린의 말을 옮겨 적고 싶어서였다.

"한 잔 하세요, 엔슬린 씨."

"아뇨, 난 지금……"

올린이 코트주머니에 손을 넣더니 기다란 청동주걱에 매달린 키 하나를 꺼냈다. 낡은 청동엔 금도 흠도 많았다. 그 위에 양각으로 1408이라는 숫자가 보였다.

"부디, 제 말을 들어주시기를. 앞으로 10분 정도만 시간을 내주시면(기껏해야 그 작은 스카치를 마실 시간 정도랍니다.) 이 키를 건네드리죠. 당신 마음을 돌리기 위해 무슨 짓이든 하겠습니다만, 그래도 어쩔 수 없다면 저도 인정할 수밖에요."

"아직도 진짜 열쇠를 사용하십니까? 아주 멋진 열쇠군요. 골동품이고."

"돌핀 호텔도 맥카드 시스템을 도입했습니다, 엔슬린 씨. 1979년, 제가 매니저로 일하기 시작했을 때였죠. 1408호실은 열쇠로 문을 여는 유일한 방입니다. 문에 맥카드 자물쇠를 설치할 이유가 없으니까요. 그 방에 마지막 손님이 든 것은 1978년입니다. 그 후로는 내내 비어 있었죠."

"맙소사!"

마이크는 다시 미니코더를 꺼내 녹음 버튼을 눌렀다.

"호텔 매니저 올린은 지난 20년간 1408호실에 유료손님을 받아본 적이 없다고 증언하였다."

"당연한 말이겠지만 1408호실은 맥카드 시스템을 달 필요가 없습니다. 쓸모가 없을 거라는 사실을 100퍼센트 확신하고 있으니까요. 디지털 손목시계도 1408호실에선 작동하지 않습니다. 뒤로 가기도 하고 꺼지기도 하는데, 어쨌거나 시간을 확인할 수는 없습니다. 1408호실은 그런 곳입니다. 소형계산기나 휴대폰도 마찬가지예요. 만일 호출기를 차고 있다면, 엔슬린 씨, 꺼두는 것이 좋을 겁니다. 1408호에 들어서는 순간 제 멋대로 울어댈 테니까요. (잠시 침묵) 아니, 꺼둔다고 해도 별 소용은 없겠군요. 제멋대로 켜질 테니. 결국 배터리를 빼놓는 수밖에 없는 건가요?"

그는 허락도 받지 않고 미니코더의 정지 버튼을 눌렀다.

"엔슬린 씨, 방법은 하나뿐입니다. 그 방에 들어가지 않는 것이죠."

"그럴 수는 없습니다. 하지만 잠시 술을 마실 시간은 낼 수 있을 것 같군요."

마이크는 이렇게 말하고는 미니코더를 다시 가방에 집어넣었다.

세기 말 5번가를 그린 유화 액자 아래, 불에 그슬린 바에서 올린이 술잔을 따르는 동안, 마이크는, 만일 1978년 이후로 방에 든 사람이 아무도 없다면, 어떻게 하이테크 기기들이 작동하지 않는지 알 수 있느냐고 묻고 있었다.

"1978년 이후로 그 방에 발을 디딘 사람이 아무도 없다는 뜻은 아니니까요. 예를 들어 한 달에 한 번 정도는 하녀들에게 가벼운 손질을 시키죠. 그러니까……"

마이크는 벌써 4개월째 『유령이 나오는 10곳의 호텔방』을 집필 중이었기 때문에 그의 말뜻을 알고 있었다.

"무슨 뜻인지는 알고 있습니다."

비어 있는 방을 손질한다는 건, 창문을 열어 환기도 시키고, 먼지를 털어내고, 변기에 청정제를 넣고, 수건을 갈아주는 등의 일을 뜻한다. 시트와 베갯잇은 건들지 않을 것이기 때문에, 문득 슬리핑백을 가져올걸 그랬나 하는 생각이 들었다.

마실 것을 들고 돌아오면서 올린도 마이크의 얼굴표정을 읽은 모양이었다.

"침대보는 오늘 오후에 교환했답니다, 엔슬린 씨."

"편하게 대해도 됩니다. 마이크라고 부르세요."

"내겐 이게 더 편합니다. 자, 당신 잔입니다."

올린이 마이크에게 술잔을 건넸다.

"당신을 위해."

마이크가 술잔을 들어보였다. 올린의 잔과 부딪칠 생각이었으나 올린이 자기 잔을 피했다.

"아뇨, 당신을 위한 겁니다, 엔슬린 씨. 오늘 밤만은 우리 둘 다 당신의 행운을 빌어야 할 겁니다. 행운이 필요한 건 당신이니까요."

마이크는 어깻짓을 해보이곤, 술잔을 올린의 잔에 갖다 댔다.

"나를 위해. 아무튼 공포영화에 나가면 한 인기하시겠는데요? 젊은 신혼부부에게 절대로 저주의 성에 가지 말라고 경고하는 암울한 집사 역할에 딱이겠어요."

올린이 자리에 앉았다.

"다행히도 그 역할까지 떠맡을 필요는 없었습니다. 1408호실은 초현실현상이나 초심리 지역 등을 다루는 웹사이트에 등재되어 있지 않으니까……"

'내 책이 출간되면 달라질 거요.' 마이크는 잔을 홀짝이며 이런 생각을 했다.

"……게다가 돌핀 호텔이 유령 체험 여행의 명승지도 아니죠. 사람들은 주로 셰리-네버랜드, 더 플라자, 레인 공원 등을 쫓아다니지만, 우린 어떻게든 1408호실을 숨기려 했습니다. 물론 역사까지 어쩔 수는 없었기에, 고집스런 조사자들까지는 역부족이었죠."

마이크는 자그마한 미소를 지었다.

"오늘 베로니크가 침대보를 바꿨습니다. 나도 그녀와 함께 들어

갔었죠. 엔슬린 씨, 그건 우리가 당신을 특별대접하고 있다는 뜻입니다. 게다가 최고급 침대보와 베갯잇이이기도 하죠. 베로니크와 그녀의 여동생이 돌핀 호텔의 여종업원으로 일하기 시작한 건 1971년이나 72년입니다. 우린 그녀를 비라고 부르는데, 돌핀 호텔에서 가장 오래된 일꾼이죠. 나보다도 6년은 위일 겁니다. 지금은 하녀장이기 때문에 시트를 갈아본 것도 6년 만에 처음이겠군요. 하지만 1992년까지 1408호실 관리는 모두 그녀와 그녀 동생의 몫이었죠. 베로니크와 셀레스테는 쌍둥이 자매였는데, 둘의 유대감이…… 그러니까 뭐라고 할까요? 1408에 면역까지는 아니더라도, 최소한 가벼운 손질을 할 정도는 저항할 수 있게 만드는 것 같더군요."

"설마 베로니크의 쌍둥이 자매가 그 방에서 죽었다고 말씀하시는 건 아니겠죠?"

"아니, 아닙니다. 그녀는 1988년쯤에 그만 뒀죠. 건강이 나빴어요. 물론 1408호실이 그녀의 심신을 망가뜨리는데 일익을 담당했다는 생각까지 부정하는 건 아닙니다."

올린의 말이었다.

"그 점에선 저와 생각이 같군요. 바보 같은 소리 말라는 식으로 모처럼의 의견일치를 훼손할 생각은 없습니다."

올린이 웃었다.

"유령 세계의 학생이 되기엔 너무 고집불통 아닌가요?"

"다 독자들 덕분이죠."

마이크가 가볍게 응수했다.

"1408을 있는 그대로 방치할 수도 있었을 겁니다. 문을 잠그고 불을 끄고 차양을 내려서 햇볕에 카펫이 바라는 것도 막고, 또 덮개를 씌우고, 침대에는 손잡이에 거는 아침메뉴를 올려놓는 거죠……. 하지만 그 방 공기가 밀폐된 골방처럼 썩어간다는 생각을 참을 수가 없더군요. 먼지가 쌓여 사막이 되는 것도 불만이었습니다. 예, 지나치게 까다롭고 편집적이라는 건 나도 압니다."

"호텔 지배인다운 거죠."

"예, 어쩌면요. 어쨌든 비와 시가 그 방을 손질했습니다. 거의 들어갔다 나올 정도로 순식간에 해치웠죠. 그러다가 시가 은퇴하고 비는 벼락진급을 했죠. 그 후로도 다른 하녀들에게 짝을 이루게 해서 그 일을 시켰습니다. 사이좋은 사람들만 골랐죠……"

"유대감으로 악령을 물리치자는 건가요?"

"예, 유대감으로. 물론, 엔슬린 씨, 당신은 원하는 대로 1408의 존재들을 귀찮게 만들 수 있을 겁니다, 엔슬린 씨. 하지만 들어가자마자 느끼시게 될 겁니다. 그건 약속드리죠. 그 방에 있는 게 뭔지는 모르지만 은둔형은 아니니까요. 할 수만 있다면 하녀들과 함께 가서 작업을 감독하는 쪽입니다. 말하자면, 정말로 끔찍한 일이 일어나기 전에 얼른 그들을 끄집어내는 역할이겠죠. 다행히 그런 일은 없었습니다. 발작적으로 우는 사람들이 몇 있었고, 그런 식으로 웃는 사람이 하나(통제가 불가능한 웃음이 왜 우는 것보다 소름끼치는지는 모르겠지만 그렇더군요.), 그리고 실신한 사람도 여럿 있었죠. 하지만 큰 비극은 없었습니다 그래서 몇 년 동안 몇 가지 기초적인 실험을 한 겁니다. 예를 들어 호출기나 휴대폰 같은 건데 그 역시 끔찍한 정도는 아니었습니다. (잠시 침묵) 갑자기 눈이 먼 사람이 하나 있긴 합니다."

"예?"

"여자였죠. 로미 반 겔더, 예 맞아요. 텔레비전 위쪽을 청소하고 있다가 갑자기 비명을 지르는 겁니다. 무슨 일인지 물었죠. 그녀는 먼지걸레를 떨어뜨리고 두 손으로 얼굴을 가리더니 눈이 안 보인다고 비명을 질렀습니다……. 소름끼치는 색깔들만 보인다더군요. 아무튼 그녀를 문 밖으로 끌어내자마자 그 색들은 사라졌고, 엘리베이터까지 부축해 올 때쯤 시력도 회복되기 시작했죠."

"올린 씨, 지금 겁주자는 겁니까? 내가 겁을 먹고 달아날까 봐서요?"

"그럴 리가 있나요? 이 방의 역사를 알고계시잖습니까. 최초의 투숙객이 자살한 사건부터요."

그랬다. 재봉틀 외판원 케빈 오말리는 1910년 10월 13일 목숨을 끊었다. 아내와 일곱 아들이 있는 팔팔한 종마가 말이다.

"다섯 남자와 한 여자가 하나뿐인 창에서 뛰어내렸습니다, 엔슬린 씨. 세 여자와 남자 하나가 그 방에서 약을 먹었죠. 둘은 침대에서 둘은 욕실에서 발견되었습니다. 욕조에 하나, 화장실에 앉은 채로 하나. 1970년엔 벽장에서 목을 맨 남자도……"

"헨리 스토킨. 그 사람은 어쩌면 우연이었을 겁니다. 색정 질식사."

마이크가 항변했다.

"그럴 수도 있겠죠. 하지만 랜돌프 하이드도 있었습니다. 손목을 그었는데 출혈로 죽어가면서도 기어이 생식기를 끊어냈죠. 그 사람은 색정질식사가 아니었습니다. 엔슬린 씨, 요는, 68년 동안 12인의 자살기록으로도 꿈쩍 않는 분이, 하녀 몇 명의 호흡장애와 섬유성 연축 정도로 물러나시리라고 생각지는 않습니다."

'호흡장애와 섬유성 연축이라.' 기가 막히는군. 아마 책에서 읽은 거겠지?

"수년간 1408호실을 돌본 2인조 하녀 중, 그 방을 다시 맡기를 원한 경우는 거의 없었습니다."

"그 프랑스 자매만 예외군요."

"비와 시. 예, 그렇습니다."

올린이 끄덕였다.

마이크는 하녀들과 그들의…… 올린이 뭐라고 했지? 그래 호흡곤란과 섬유성 연축 따위에 대해선 개의치 않았다. 올린이 자살자들을 열거할 땐 조금 짜증나기도 했다……. 이건 숫제 마이크가 돌대가리라 그 의미조차 이해 못한다는 식이 아닌가? 도대체 거기 무슨 의미가 있다는 거지? 아브라함 링컨과 존 케네디의 부통령 이름은 둘 다 존슨이었다. 링컨과 케네디는 모두 일곱 개의 영어철자로 되어 있다. 링컨과 케네디는 끝자리가 60인 해에 대통령으로 선출되었다. 그런 우연의 일치들이 뭘 증명한다는 건가? 빌어먹을 개소리.

"자살 얘기들이야 좋은 에피소드가 되어주긴 하겠죠. 하지만 미니코더가 꺼져 있으니 드리는 말입니다만, 그들은 결국 통계그룹의 이른바 '집합효과'로 볼 수 있을 겁니다."

"찰스 디킨스는 그걸 '포테이토 효과'라그 불렀죠."

올린의 대꾸였다.

"뭐라고 하셨죠?"

"제이콥 말리의 유령이 처음 나타났을 때, 스크루지는 그를 머스터드 덩어리나 으깬 감자 조각 같다고 몰아붙였습니다."

"웃어야 하는 대목인가요?"

"웃을 만한 내용은 못 됩니다, 엔슬린 씨. 전혀 아니죠. 하지만 잘 들어보세요. 비의 여동생 셀레스테는 심장마비로 죽었습니다. 죽기 전엔 심한 알츠하이머로 투병 중이었는데 나이에 비해 너무 빨랐죠."

"하지만 언니는 잘 있다고 하지 않았나요? 아, 어쩌면 미국적 성공담의 표본일 수도 있겠군요. 보아하니 그쪽도 그렇고. 아무튼, 1408호실에 드나든 건 몇 번이나 되었습니까? 백 번? 천 번?"

"그래봐야, 잠깐 들어갔다 나오는 수준입니다. 독가스 실에 들어가는 식이죠. 그동안 숨만 멈추면 아무 일 없으니까요. 비유가 맘에 안 드시죠? 과장되고 터무니없을지도 모르지만 그래도 그것보다 좋은 예는 없을 겁니다."

그는 손으로 턱을 쓰다듬었다.

"어쩌면, 그 방의 존재에 대해 더 빨리 그리고 더 격렬하게 반응하는 사람도 있을 겁니다. 스쿠버다이빙을 하는 사람 중에도 색전증에 잘 걸리는 사람이 있듯이 말입니다. 돌핀 호텔의 100년 가까운 운영기간 동안 호텔 직원들도 1408이 독가스 실이라는 사실을 인식하고는 있지만, 그건 가문의 역사와도 같은 겁니다, 엔슬린 씨. 아무도 그 얘길 하는 사람은 없어요. 대개의 호텔과 마찬가지로 이곳에서도 13층은 14층으로 표기되고…… 그건 다들 알고 있습니다. 그 방과 관련된 모든 기록과 자료들을 볼 수만 있다면 더욱 놀라운 얘기들을 알게 되겠죠……. 당신 책의 독자들조차 불편하게 여길 그런 이야기들 말입니다.

예를 들어, 뉴욕의 호텔 어디든 자살자는 있습니다. 하지만 같은 방에서 십여 명이 목숨을 끊은 곳은 돌핀뿐이에요. 그리고 셀레스테 로만도 말고도, 1408 호실로 인해 자연사를 당한 사람이 또 얼마나 되겠습니까? 그런 건, 우습게도 자연사로 분류되겠습니다만."

"얼마나 되죠?"

1408로 인한 자연사 가능성이 있다는 생각은 해보지 못했다.

"서른. 최소한 서른입니다. 내가 파악한 것만."

"거짓말!"

그 말은 나도 모르는 사이에 나오고 말았다.

"사실입니다, 엔슬린 씨. 맹세하죠. 설마 그 방을 비워두는 이유가, 정말로 허무맹랑한 미신이나 말도 안 되는 뉴욕식 전설 때문이라고 생각하는 건 아니시겠죠? 그러니까 유서 깊은 호텔 어디든, 소란스런 영혼이 보이지 않는 스위트 감옥을 쩔그렁거리며 돌아다니고 있다는 식의 얘기요?"

마이크 엔슬린은 실제로 그런 식의 사고방식이, 『열흘 밤』 신작 주변을 떠돌고 있음을 깨달았다. 노골적이지는 않지만 분명한 사실이었다. 마치 과학자들이 브루야(마녀를 뜻하는 스페인어 ─ 옮긴이)를 믿는 원주민들을 비웃는 식의 초조한 어투로, 그의 책을 비웃는 올린의 말투에 반감이 일지 않은 것도 그 때문일 것이다.

"우리 호텔 역시 미신과 전통을 갖고 있습니다만 그렇다고 그런 것들이 사업에 방해가 되도록 두지는 않습니다, 엔슬린 씨. 내가 처음 이 일을 시작한 미드웨스트에 이런 속담이 있었죠. '목동들이 나타나면 호텔은 창문을 닫는다.' 빈 방이 있으면 당연히 손님을 받는다는 뜻입니다. 지금껏 그 규칙에 대한 유일한 예외는 물론, 이런 식의 얘기를 하는 것도 13층에 존재하는 14층 방인 1408호실이 유일합니다."

올린이 무표정한 시선으로 마이크 엔슬린을 보았다.

"그건 자살의 방일뿐 아니라 발작과 심장마비와 간질의 방입니다. 1973년 그 방에 투숙한 한 남자가 스푸 접시에 코를 처박고 질식한 적도 있었죠. 말도 안 되는 얘기라고 비웃어도 좋습니다. 하지만 그 당시 경비대장과도 얘기해 봤고 그 사람이 갖고 있는 사망증명서도 확인했었죠. 그 방에 투숙해 있는 존재가 뭔지는 모르지만, 그 힘이 한낮에는 좀 덜한 것 같습니다. 그래서 청소는 늘 그쯤에 이루어지죠. 그럼에도 불구하고, 그 방을 담당한 하녀들 몇이, 심장질환, 폐기종, 당뇨 등으로 고생한다는 사실을 알고 있습니다. 3년 전 난방장치가 고장 나서, 당시 수석 엔지니어이던 닐이라는 사람이 객실 몇 곳의 난방기를 확인한 적이 있었습니다. 1408도 그 중 하나였죠. 그 방에 들어가기 전만 해도 건강했는데, 그 다음 날 오후 대규모의 뇌출혈로 사망하고 말았습니다."

"우연의 일치일 뿐입니다."

마이크가 항변했다. 하지만 이미 올린의 말이 옳다는 사실을 부인할 수가 없었다. 만일 그가 호텔 지배인이 아니라 캠핑 조교였다면, 캠프파이어 유령 얘기가 한 순배 돌기도 전에 아이들 90퍼센트가 집으로 달아나고 말았을 것이다.

"우연의 일치라. 엔슬린 씨, 당신 심장은 튼튼합니까? 혈압이나 심리상태도 건강하고요?"

올린의 말은 부드러웠고 경멸의 의도도 없었다. 그의 손에 낡은 청동 주걱에 매달린 낡은 열쇠가 들려 있었다.

사실 손을 들 기운조차 없었다. 아니, 일단 기운을 내자 조금 나아지기는 했다. 적어도 키를 만질 때까지 손가락이 떨거나 하지는 않았으니 말이다. 적어도 겉으로 보기엔 그랬다.

"문제없습니다. 게다가 전 행운의 하와이 셔츠를 입고 있다고 했잖습니까."

그가 허풍을 치며 청동주걱을 움켜쥐었다.

올린은 엘리베이터로 14층까지 동행하겠다고 고집을 부렸고 마이크도 반대하지 않았다. 일단 매니저 사무실에서 나와 복도를 내려가자, 그가 원래의 지배인다운 공손한 태도를 회복하는 모습을 보는 것도 흥미로웠다. 다시 작가의 손아귀에 떨어진 정복의 직원, 올린 씨가 된 것이다.

턱시도 차림의 사내(레스토랑 매니저이거나 지배인처럼 보였다.)가 두 사람을 막더니 올린에게 얇은 서류다발을 건네며 프랑스말로 중얼거렸다. 올린도 고개를 끄덕이며 대꾸해 주고는 얼른 서류에 사인을 갈겼다. 바의 악사는 이제 「뉴욕의 가을」을 연주하고 있었다. 에코가 들어가서인지 음악소리가 마치 꿈속인양 아련했다.

턱시도 남자가 '메르시 비엥(감사합니다.)'이라며 작별인사와 함께 자리를 떴고 올린과 마이크도 가던 걸음을 재촉했다. 올린은 다시 마이크의 작은 가방을 들어주겠다고 했으나 마이크는 재차 거절했다. 엘리베이터엔 버튼이 깔끔하게 세 줄로 배열되어 있었다. 모든 것이 제자리였고 빠진 버튼은 없었다……. 아니 자세히 들여다본다면 빈 버튼을 볼 수 있을 것이다. 12라고 적힌 버튼 다음에 14층 버튼이 있었던 것이다. '엘리베이터의 제어판에서 숫자를 빼버림으로써 그 층이 없어질 거라고 생각하는 사람들 같군.' 멍청한 짓이었다. 하지만 올린의 말대로, 그건 전 세계에서 행해지는 철칙과 같은 것이다.

승강기가 오르기 시작할 때 마이크가 입을 열었다.

"궁금한 게 있습니다. 그렇게 겁이 난다면 차라리 1408호실에 가상의 투숙객을 만들어놓는 게 낫지 않습니까? 아니면, 올린 씨 자신을 투숙객으로 등록할 수도 있었을 텐데요."

"그랬다가는 사기죄로 고발당했을 겁니다. 시민권이 어떻고 하는 주법이나 연방법까지는 아니더라도(사실 호텔 사람들은 시민권을, 당신 독자들이 한밤에 쩔그렁거리는 쇠사슬에 대해 느끼는 만큼이나 끔찍하게 생각하고 있답니다.) 윗사람들은 솔직히 신경 쓰이거든요. 1408호실에 들어가지 못하도록 당신을 설득할 수 없다면, 유령들이 여행 중인 세일즈맨을 창문으로 내쫓아 61번 도로에 오징어포를 만들고 있다는 이유로, 아무 문제없는 방 하나를 내가 독차지하고 있다는 사실을 스탠리 사의 위원회에게, 납득시킬 자신도 당연히 없겠죠."

지금까지 올린이 한 말 중에서 가장 난감한 얘기였다. '이 사람 더 이상 날 설득할 생각도 없어. 이젠 사무실에서 보여준 영업사원의 힘마저 소진되고 만 거야(아니면 그 힘은 오직 페르시아 카펫에서만 나오는 건가?). 지배인의 보고서에 서명하는 모습만 봐도 여전히 유능한 사람임을 알 수는 있지만 더 이상 설득력은 없어진 거야. 인간적 흡인력도 마찬가지고. 그러니까, 이 사람 정말로 자기 얘기를 믿고 있어. 정말로.'

12층 버튼의 조명이 꺼지고 14층에 불이 켜졌다. 엘리베이터가 멈춰 섰다. 문이 미끄러지듯 열리며 그저 그런 호텔 복도가 모습을 드러냈다. 적색과 금색의 카펫(여긴 페르시아 산이 아니었다.)과 19세기 가스등처럼 보이는 조명장치들.

"다 왔습니다. 당신의 객실이죠. 더 이상 모실 수 없음을 용서하시기 바랍니다. 1408호실은 왼쪽 복도 끝에 있지만, 글쎄요, 굳이 필요가 없다면 더 가까이 가고 싶은 생각은 없군요."

마이크 엔슬린은 엘리베이터 밖으로 나왔다. 평소보다 훨씬 더 무거운 발걸음이었다. 그는 올린을 향해 돌아섰다. 검은 코트에 정교하게 맨 와인색 타이 차림의 땅딸막한 남자. 올린의 매니큐어 손은 이제 뒷짐을 지고 있었으나 얼굴은 여느 때보다도 창백해 보였다. 그의 높은 이마에도 작은 땀방울들이 송골송골 맺혀 있었다.

"물론 방 안엔 전화기가 있습니다. 문제가 생기면 시도야 해보실 수 있겠지만, 글쎄요, 작동할 것 같지는 않군요. 방이 원한다면 몰라도."

마이크는 가벼운 대답을 해주고 싶었다. 그러니까 그렇다면 최소한 룸서비스 비용은 깎아줘야 한다는 식의 대답 말이다. 하지만 그의 혀는 두 다리와 마찬가지로 헛바닥에 뿌리박혀 좀처럼 움직일 기색을 보이지 않았다.

올린이 갑자기 한 손을 내밀었다. 그 손은 떨고 있었다.

"엔슬린 씨. 아니, 마이크, 포기해요. 제발……"

그가 말을 끝내기도 전에 엘리베이터 문이 닫혔다. 그는 기어이 혼자가 되고 말았다. 마이크는 그 자리에서 꼼짝하지 않았다.

돌핀 호텔의 완벽한 침묵 속에 그렇게 한참을 서 있었다. 머릿속에는 지금이라도 늦지 않았으니 엘리베이터의 호출버튼을 눌러야 한다는 생각뿐이었다.

하지만 그렇게 되면 올린에게 지고 만다. 그리고 신작에도 커다란 여백이 생겨 그를 잡아먹으려 할 것이다. 독자들이야 모르겠지만, 어쩌면 편집장과 에이전트도 모르고 변호사 로버트슨도 눈치채지 못하겠지만…… 적어도 그는 모를 수가 없다.

그는 호출 버튼을 누르는 대신에 그의 귀 뒤의 담배를 건드렸고 행운의 셔츠 깃도 매만졌다. 둘 다 간절한 행운에의 갈망이었으나 그는 그 행동조차 의식하지 못했다. 마침내 1408호실이 있는 복도를 따라 내려가기 시작했다. 그의 옆에서 소형 여행 가방이 그와 함께 흔들렸다.

마이클 엔슬린이 1408호실에 머문 짧은 시간 중(70분 정도) 가장 흥미로운 소품은 아무래도 미니코더에 녹음된 11분간의 테이프이겠다. 조금 그슬리기는 했으나 완전히 파괴되지는 않은 테이프. 그 녹음 테이프가 흥미로운 가장 중요한 이유는 녹음된 내용이 거의 없다는 점이었다. 얼마나 기이한 일인가.

미니코더는 전처의 선물인데, 5년 전 이혼한 이후로도 두 사람은 가깝게 지냈다. 최초의 '사례조사'인 캔자스의 릴스비 농장을 다녀오자마자, 제일 아쉬웠던 것이 녹음기였다. 그는 다섯 개의 황색 공용지 패드와, 잘 깎인 연필로 가득 찬 가죽 필통도 구입했다. 그 후 세 권의 책을 출간했고 이제 돌핀 호텔까지 오게 되었다. 지금은 연필과 노트 각각 하나뿐이다. 나머지는 아파트를 떠나기 전에 기계 안에 끼워놓은 테이프까지 포함한 공테이프 여섯 개로 채워 넣었다.

메모보다 녹음이 훨씬 유용하다는 사실을 깨달은 건 오래 전이다. 상황이 생길 때마다 실시간으로 녹음하는데도 이따금 대박이 걸릴 때가 있다. 예를 들어 가츠비 성의 유령 탑에서 그를 덮쳤던 박쥐 떼들 같은 경우다. 그는 유령 집에 처음 들어온 여자애처럼 비명을 질러댔는데 친구들도 그 스리를 듣고 완전히 뒤집어졌었다.

뉴브런즈윅의 음산한 공동묘지에서도, 새벽 3시에 폭우와 폭풍이 텐트를 두들겨 댈 때에도 소형 녹음기는 필기도구보다 유용했다. 그런 상황에서 성공적인 기록은 어렵지만 그래도 말은 할 수 있기 때문이다. 마이크는 펄럭거리는 텐트를 빠져나오면서도 계속해서 중얼거렸는데, 그때만큼은 미니코더의 붉은 눈이 오히려 위로가 되어주었다. 수년간의 '사례 조사'를 거치면서 소니 미니코더는 확고한 친구로 자리를 굳혔다. 하지만 정말로 초자연적인 사건에 대한 일차적인 설명을 테이프리본에 담은 적은 한 번도 없었다. 그건 1408에서의 횡설수설도 마찬가지였는데, 그렇다고 기계에 대한 애착 자체가 놀랄만한 일은 아니었다. 켄워스와 지미 피트 같은 트럭을 선호하는 대형 화물트럭 운전사들도 있고 특정한 펜이나 고물 타자기를 고수하는 작가들도 물론 있다. 전문적인 청소원들은 일렉트로룩스 제품을 죽어도 포기하지 않으려 할 것이다. 마이크 역시 실제 유령이나 염력 현상에 접했을 경우에 미니코더가 그를 보호해 줄 거라는 생각을 해본 적은 없지만,

녹음기는 그 수많은 춥고 불편한 밤들을 그와 함께 했다. 그는 고집불통이지만 그렇다고 비인간적인 것은 아니다.

1408과의 마찰은 방 안에 들어가기 전부터 시작되었다.

문이 기울어져 있었다.

전체는 아니지만 어쨌든 그랬다. 왼쪽으로 아주 조금 기울어진 것이다. 그러니까 카메라를 관찰자 시점으로 비틀어 인물의 정신적 스트레스를 표현하는 것과 같은 이치였는데, 문제는 거기서 끝나지 않았다. 마치 우울한 날 보트에 탄 것처럼 문이 변덕을 부리기 시작한 것이다. 앞뒤좌우로 흔들리며 틱톡 소리를 낼 때에는 정말로 머리와 뱃속이 몽롱해지고 니글거리기까지 했다. 물론 정말로 그렇다는 것은 아니다. 절대로 그럴 리가……

'아냐, 사실 속이 거북해. 조금은.'

유령 기사라는 철저히 주관적인 영역에서 그가 공정하지 못한 이유가, 바로 그 영역에 대한 태도 때문이라는 올린의 비아냥 때문이라도 그는 그렇게 대답할 것이다.

그는 여행가방의 주머니 지퍼를 벗겨 미니코더를 꺼내기 위해 그 비뚤어진 문에서 시선을 떼었다. 그리고 문득 뱃속의 거북한 느낌이 사라졌다는 사실을 느끼며, 녹음 버튼을 눌렀다. 기계가 붉은 눈을 뜨기 시작했다. 그가 허리를 세운 다음 천천히 입을 열었다.

"1408호실의 문은 독특한 스타일로 나를 환영해 주었다. 살짝 왼쪽으로 기울어진 것처럼 내 눈을 호도하고 나선 것이다."

아니, 정말로 그가 한말은 '1408의 문'뿐이었다. 테이프를 재생하면 그 두 단어만 들을 수 있을 것이다. '1408의 문', 그리고 정지 버튼을 누르는 딸깍 소리. 이유는 문이 휘어지지 않았기 때문이다. 문은 똑바로 서 있었다. 마이크는 고개를 돌려 맞은편의 1409호를 보고 다시 1408의 문을 보았다. 똑같이 생긴 문 두 개. 금색 숫자판과 금색 손잡이가 부착된 흰색 문. 둘 다 완전히 정상이었다.

마이크는 미니코더를 든 손으로 여행 가방을 집어 들고 열쇠를 다른 손으로 옮겨 자물쇠로 가져가다가 다시 멈춰 섰다.

문이 다시 일그러져 있었다.

이번에는 오른쪽.

"희한하군."

마이크는 이렇게 중얼거렸지만 뱃속은 벌써부터 거북해지고 있었다. 그건 뱃멀미 비슷한 증세가 아니라 진짜 뱃멀미였다. 2년 전 험악한 날씨에 엘리자베스 2호를 타고 영국으로 건너간 적이 있었다. 분명히 기억하는 건 그가 특별실 침대에 누워 있을 때였다. 구토를 할 것 같으면서도 나오지 않을 때의 고통. 문, 테이블, 의자 따위를 볼 때마다 쏠리는 극도의 욕지기와 현기증. 그리고 앞뒤로, 좌우로 흔들리며 틱톡거리는 선실집기들……

'이건 올린의 음모야. 그자가 원하는 대로 움직이는 거라고. 놈이 현상을 조작하고 널 끌어들인 거란 말이야. 이봐, 그가 지금쯤은 배꼽을 잡고 웃고 있을걸? 이런 바보……'

올린이 정말로 보고 있을지도 모른다는 생각에 정신이 똑바로 들었다. 마이크는 엘리베이터 쪽 복도를 돌아보았다. 문에서 시선을 떼는 순간 뱃속의 거북함도 사라졌지만, 그는 그 사실조차 거의 의식하지 못했다. 엘리베이터의 왼쪽 상단. 생각대로였다. 폐쇄

회로 카메라. 이 순간에도 호텔 개자식들이 화면을 지켜보고 있고, 올린도 바로 그 옆에서 히죽거리며 서 있을 것이다. 원숭이 같은 놈들. '얼마든지 오라고 해. 아예 변호사 놈까지 뒤집어놓을 걸 그랬지?' 올린의 말. 그리고 경비의 대꾸. '저 자 좀 보십쇼! 완전히 유령처럼 창백하지 않습니까? 아직 열쇠도 끼지 못 했는걸요. 우리가 놈을 잡은 겁니다요. 완전히 헤매는 저 꼬락서니 좀 보세요!'

'개자식들, 꿈 깨시지 그래. 이래봬도 난 가족 여섯이 살해된, 릴스비 저택에서 잠까지 잔 사람이야. 믿든 말든 사실이라고. 제프리 다머의 무덤 바로 옆에서 밤을 지새운 적도 있었지. 거긴 H. P. 러브크래프트의 무덤에서 두 개밖에 떨어지지 않은 곳이란 말이야. 그뿐인 줄 알아? 데이비드 스미스 경이 아내 둘을 익사시킨 욕조 바로 옆에서 양치질도 해봤어. 캠프파이어의 괴담 따위에 끄떡도 않는 건 벌써 오래 전이라 이거야! 알았으면 꺼져버려!'

문을 돌아보니 다시 정상이었다. 입에서 절로 끙 소리가 새어나왔다. 열쇠를 자물쇠에 끼우고 돌리자 문이 열렸다. 안으로 들어갔다. 전기 스위치를 더듬는 동안, 열린 문을 통해 복도의 빛이 스며들었고, 더욱이 창문을 통해 옆 주택 건물의 불빛도 비추고 있었다. 그가 스위치를 켜자, 모빌식 크리스털 장식으로 덮인 조명에 불이 들어왔다. 방 반대편 책상 위의 스탠드에도 불이 켜졌다.

책상은 창문 아래 있었다. 누군가 그곳에 앉아 글을 쓴다면 잠시 쉬면서 61번가를 내다볼 수 있을 것이다. 아니면 61번가로 뛰어내리거나. 하지만…….

마이크는 문을 닫은 다음, 문 바로 안쪽에 가방을 내려놓고 녹음 버튼을 눌렀다. 붉은 눈이 켜졌다.

"올린에 따르면 내가 보고 있는 창에서 여섯 명이 뛰어내렸다. 하지만 오늘 밤은 누구도 돌핀 호텔 14층, 아니 13층에서 뛰어내릴 수 없을 것이다. 창밖으로 금속철망이 쳐 있기 때문인데, 솔직히 말해서 유감은커녕 크게 마음이 놓였다. 1408호실은 소위 준 스위트급으로 보인다. 내가 있는 방에는 의자 둘, 소파 하나, 책상 하나가 있고, TV가 담긴 캐비닛과 미니바 같은 시설도 있다. 바닥에 깔린 카펫은 평범하지만 올린의 사무실에서 본 깔개보다는 훨씬 컸다. 벽지, 역시 마찬가지…… 저건…… 잠깐……"

이 시점에서 우리는 딸깍 소리를 듣는다. 마이크가 다시 정지 버튼을 누른 것이다. 테이프에 담긴 드문 대사는 모두 이런 식의 단편들뿐이었다. 그건 그의 에이전트가 보유한 150여 개의 다른 테이프들과도 완전히 달랐다. 게다가 그의 목소리도 조금씩 흔들리기 시작했다. 그러니까 자기 일을 하는 남자가 아니라, 부지불식간에 혼잣말을 지껄일 만큼 당혹감에 빠진 남자의 목소리처럼 들린 것이다. 단편적인 녹음내용과 흔들리는 목소리는, 듣는 사람으로 하여금 막연한 불안감을 불러일으켰다. 대개의 사람들은 다 듣기도 전에 녹음기를 끄라고 요구한다. (정신까지는 아니더라도) 실세계를 향한 의지를 조금씩 잃어가고 있는 사람의 목소리를 듣는다는 게 어떤 의미인지, 글자만으로 전달하는 것 자체가 어쩌면 불가능한 일일지도 모르겠다. 하지만 이런 평범한 시도나마 독자들이 뭔가 일어나고 있다는 느낌이나마 공유할 수 있기를 바란다.

그 시점에 마이크가 목격한 것은 벽에 걸린 그림들이었다. 그림은 모두 세 점이었다. 20년대 스타일의 이브닝드레스 차림으로 계단에 서 있는 숙녀, 쿠리어 앤 아이브스(19세기 미술품 인쇄 회사 ─ 옮긴이) 풍으로 그린 선박, 그리고 과일 정물화였다. 정물화는 오렌지와 바나나뿐만 아니라 사과들까지 지저분한 황색물감을 섞어 칠해 넣었다. 그림들은 모두 유리 액자에 들어 있고 또 모두가 기울어져 있었다. 그는 그 모습을 녹음하려 하다가 그만두었다. 특별한 게 없잖아? 기울어진 그림 세 개, 그게 어쨌게? 그럼 문이 기울어진 것은? 에, 그럼 「칼리가리 박사의 밀실」(1920년 독일 표현주의 영화 ─ 옮긴이) 분위기를 느낄 수야 있겠으나 불행히도 문은 기울어지지 않았다. 잠시 착시현상이 일어난 것뿐이었다.

계단의 여자는 왼쪽으로 기울었다. 판탈롱 바지 차림의 영국 선원들이 난간에 매달려 날치 떼를 구경하는 배도 마찬가지였다. 더러운 귤색의 정물화는 오른쪽에 걸려 있었는데, 마치 폴 볼스(1940~50년대 소설가 겸 작곡가 ─ 옮긴이) 식의, 이글거리는 적도의 태양 빛으로 과일그릇을 그린 듯 보였다. 까다로운 성품까지는 아니었지만 그는 방 안을 돌아다니며 그림들을 똑바로 해놓았다. 그런 식으로 기울어진 그림들 때문에 또다시 가벼운 구토증을 느낀 때문이었다. 그렇다고 놀라거나 한 것은 아니다. 그런 기분에 익숙해질 수 있다는 건 엘리자베스 2호를 탈 때 이미 깨달은 바였다. 일단 고비만 넘기면 사람들은 무엇이든 적응하게 된다. 몇몇 늙은 선원의 말마따나 '갈매기의 다리를 얻는 것이다.'(뱃멀미를 이겨낸다는 의미 ─ 옮긴이) 마이크는 뱃멀미에 익숙해질 만큼 바다생활을 오래 하지도 않았고 또 그럴 생각도 없었다. 요 근래에는 땅을 떠나본 적도 없다. 때문에 1408호실의 평범한 응접

실에 걸린 그림 세 개를 바로 하는 것으로 속이 편해질 수만 있다면, 그것으로 족했다.

그림을 덮은 유리엔 먼지가 끼어 있었다. 정물화를 손가락으로 긁으니 두 개의 평행선이 그어졌다. 먼지는 미끈미끈한 기름기 같았다. '썩기 전의 비단' 같다는 생각이 제일 먼저 들었으나 그 역시 테이프에 기록할 만한 내용은 못 되었다. 솔직히 썩기 바로 전의 비단이 어떤 감촉인지 어떻게 알겠는가? 한마디로 개소리였다.

그림을 모두 똑바로 세운 다음 그는 뒤로 물러나 차례로 살펴보았다. 침실 문 옆의 이브닝드레스 여인, 7대양을 가로질러 책상 왼쪽으로 질주하는 선박, 마지막으로 TV 캐비닛 옆에 걸린 역겨운(그리고 조잡한 화풍의) 과일들. 그 그림들을 보면서 또 기울거나 비뚤어질 거라는 생각을 했지만(「헌티드 힐」이나 「환상특급」 같은 데 보면 늘 그렇지 않은가?) 그림은 그가 고정해 놓은 대로 똑바로 걸려 있었다. 행여 원래의 비뚤어진 상태로 돌아간다고 해서 초자연적이거나 비과학적이라고 할 수는 없잖아? 경험으로 볼 때 귀소본능은 만물의 법칙이었다. 금연을 한 사람은(그 생각을 하면서 그는 자신도 모르게 귀 뒤의 담배를 건드렸다.) 계속해서 담배를 피우고 싶어 하고, 닉슨이 대통령이 된 이후로, 비스듬히 걸린 그림들은 계속해서 비스듬히 있기를 원했다. '그래, 저 그림들도 오랫동안 저렇게 있었잖아? 그게 맞을 거야. 저들을 벽에서 떼어내면 벽지에 하얀 자국이 남아 있을 테니까. 아니, 어쩌면 바위를 들춰냈을 때처럼 벌레들이 버글거릴지도 모르지.'

이런 생각은 왠지 끔찍하고 역겹기까지 했다. 액자 반창고로 덮어둔 하얀 상처에서 고름처럼 삐져나오는 눈먼 구더기들이라니!

마이크는 미니코더를 꺼내 녹음 버튼을 눌렀다.

"올린이 내 머릿속에 생각의 물줄기를 터놓기 시작한 모양이다. 아니면 상념의 물꼬라고 해줄까? 그는 내가 안절부절 못하도록 흉계를 꾸몄고 그 점에서라면 성공한 셈이다. 하지만 난 결코……"

'결코'라니? 무슨 말을 하려고 했지? 결코 인종주의자는 아니다? '안절부절'을 희랍어로는 뭐라고 할까? 헤브류-제브류? 개떡 같은 소리. 그건……

그리고 그때 마이크 엔슬린의 단조롭고 또박또박한 테이프 목소리가 이어졌다.

"아무래도 정신을 단단히 차려야겠다. 지금 당장."

다시 레코드를 끄는 딸각 소리가 들렸다.

그는 두 눈을 감고, 길고 규칙적인 숨을 네 번 연속 들이마셨고, 그때마자 다섯까지 수를 센 다음에야 밖으로 내뱉었다. 이런 적은 한 번도 없었다. 귀신이 들렸다는 집에서도 이러지는 않았다. 유령의 공동묘지나 유령의 성에서도 아니었다. 이거야 귀신들린 것도 아니고(귀신들린 게 어떤 건지는 알고 있나?) 싸구려 마약에 취해 멍한 기분이 아닌가?

'올린의 짓이야. 올린이 최면을 건 거야. 아무튼 이 최면에서 빠져나와야 해. 기어이 이 방에서 빌어먹을 밤을 지새우고 말겠어. 이곳이 최고의 장소여서가 아니라(하긴, 올린의 짓이 아니라면, 여긴 앞으로 10년간은 우려먹을 만큼의 유령이야기로 가득 찬 셈이다.) 올린에게 지고 싶지 않으니까. 30명이 여기서 죽었다는 개소리 따위에 질 수는 없으니까 그런 거란 말이야. 내가 이 개떡 같은 방을 지배하겠어. 그러니 숨을 들이쉬고…… 내쉬고. 들이 쉬고…… 그리고 내쉬고. 들이쉬고…… 내쉬고. 들이쉬고 내쉬 고……'

그는 거의 90초 동안 이런 식으로 애쓰다가 눈을 떴다. 다시 정상으로 돌아온 기분이다. 벽의 그림들은? 여전히 똑바로 걸려 있었다. 그릇의 과일들? 여전히 노란색이고 전보다 더 역겨웠다. 분명히 디저트용 과일 같은데, 저런 걸 잘못 먹었다간 피똥이 날 때까지 설사를 해야 할 것이다.

녹음 버튼을 누르자 붉은 눈이 켜졌다.

"1~2분 정도 현기증이 났다. 올린의 음모로 인한 후유증일 수도 있겠으나 어쩌면 정말로 다른 존재가 있다는 생각도 든다."

그는 이렇게 말하곤 방을 가로질러 철망을 설치한 창문 쪽으로 다가갔다. 존재 따위를 믿지는 않지만 일단 녹음을 해두었다가 나중에 고쳐 쓰면 될 것이다.

"공기에서는 썩은 내가 났다. 곰팡이나 음식냄새는 아니다. 올린 말로도 청소할 때마다 환기도 이루어진다고 했으니까. 하지만 청소 시간은 짧다고 하지 않았던가? ……그래 ……그래서 공기가 탁해진 거야. 이봐, 이런, 이게 뭐지?"

책상 위에 재떨이가 있었다. 유리로 된 것이고 어느 호텔에나 있을 법한 그런 종류였다. 그리고 그 안에 종이성냥도 하나 들어 있었다. 호텔의 전경을 인쇄한 것인데 그 앞에 구식 복장의 수위 가 미소를 짓고 서 있었다. 견장과 금줄을 매단 어깨. 무엇보다도 구식 모자가 인상적이었다. 온몸에 피어싱 고리를 하고 게이 바를 찾는 폭주족 두목한테나 어울릴 법한 모자가 아닌가? 그림 속의 자동차들이 호텔 앞의 5번 애버뉴를 앞뒤로 지나다니고 있었다. 팩커드, 허드슨, 스투드베이커, 그리고 잘 빠진 크라이슬러의 뉴욕커들.

"종이성냥은 대략 1955년에 제작된 것으로 보인다. 일단 기념품으로 챙길 생각이다. 우선 환기부터 시켜야겠다."

마이크는 이렇게 말하곤 성냥을 행운의 하와이 셔츠 주머니에 찔러 넣었다.

그가 미니코더를 내려놓는 소리가 덜컹 하고 들렸다. 책상 쪽인 모양이다. 그리고 잠시 침묵이 있었고 이내 모호한 잡음과 힘에 겨운 듯한 끙 소리가 두 번 연이어 흘러나왔다. 그 후 잠시 두 번째 침묵이 따르더니 갈라진 목소리로, "성공했어!"라는 탄성이 들렸다. 처음엔 아주 작은 소리였는데, 그 다음엔 좀 더 또렷하게 들렸다. 이윽고 책상에서 미니코더를 집어 드는 소리.

"성공했어! 아래쪽은 꿈쩍도 하지 않았다……. 못으로 박힌 게 분명했다……. 하지만 위쪽은 쉽게 열렸다. 5번 애버뉴의 자동차 소리가 들린다. 경적소리가 이렇게 반가울 수가! 어디선가 색소폰 소리가 들리는데 광장 앞쪽일 것이다. 그러니까 거리를 건너 두 블록 정도 내려가면 된다. 그러고 보니 형 생각이 나는군."

마이크는 갑자기 말을 끊고 붉은 조명을 내려다보았다. 불빛이 그를 비난하는 것 같았다. 형? 형은 죽었다. 담배전쟁에서 패배한 낙오자. 그는 고개를 저었다. 그래서 어쨌다고? 이건 유령과의 전쟁이다. 그 전쟁에서 마이클 엔슬린은 언제나 승자였다. 하지만 도널드 엔슬린 얘기라면……

"형은 어느 겨울날 코네티컷의 고속도로에서 늑대들한테 먹혔다."

그가 말했다. 웃음소리와 정지 버튼. 테이프에는 다른 얘기도 조금 더 있었으나, 나머지는 전혀 의미가 통하지 않았다……. 요컨대 뜻을 유추해 낼 수 있는 마지막 진술인 셈이다.

마이크는 자리에서 일어나 그림들을 보았다. 아직 정상이었다. 훌륭한 그림들이긴 하지만, 저놈의 정물화는…… 보면 볼수록 재수 없다는 생각뿐이다.

그는 녹음 버튼을 누르고 세 단어를 녹음했다. '연기에 그을린 오렌지들.' 그리고 다시 녹음기를 끄고 방 반대편의 침실 문으로 걸어갔다. 그는 이브닝드레스 여자 옆에 멈춰 서서 어둠 속으로 손을 내밀었다. 조명 스위치를 찾을 참이었다. 곧이어

('마치 오래전에 죽은 시체의 피부 같아.')

……라는 생각이 뇌리를 스쳤다. 손바닥에 닿는 벽지의 감촉은 확실히 이상했다. 이윽고 손에 스위치가 걸렸다. 또다시 모빌식 유리 장식에 뒤덮인 전구들로부터 연노랑 불빛이 침실을 가득 채웠다. 밝은 오렌지색 시트 아래 더블침대가 숨어 있었다.

"왜 숨어 있다고 말했을까?"

마이크가 미니코더에 대고 묻고는 다시 정지를 눌렀다. 그는 안으로 들어갔다. 황량한 느낌의 시트도, 그 아래 혹처럼 불쑥 튀어나온 베개도 매혹적으로 느껴졌다. '잠자고 싶나? 아뇨, 싫습니다요, 나리!' 아마도 그 엿 같은 정물화 안에서 잠자는 기분일 것 같았다. 실제로 한 번도 본 적도 없는 폴 톨스의 지옥처럼 뜨거운 방에서 잠드는 기분이리라. 제 어미를 범하다 걸린 매독 때문에

눈이 먼 영국인 추방자. 로렌스 하베이나 제레미 아이언스처럼 늘 기벽의 의심이 따라붙는 배우들이 나오는 버전의 영화들……

마이크는 녹음을 눌러 붉은 조명을 깨우고는 '오르피움 순회극단의 오르페우스'라고 말하고 다시 정지버튼을 눌렀다. 그는 침대로 향했다. 시트는 밝은 오렌지색으로 반짝거렸다. 대낮에 크림색이었을 벽지도 지금은 시트의 노란빛을 담고 있었다. 침대 양쪽엔 작은 나이트테이블이 하나씩 놓여 있었다. 한쪽은 전화기였다. 검은색의 커다란 다이얼식 전화기인데 다이얼의 손가락 구멍이 잔뜩 겁에 질린 눈동자처럼 보였다. 다른 쪽 테이블엔 서양자두가 담긴 접시가 놓여 있었다. 마이크는 녹음을 누르고 말했다.

"진짜 자두가 아니라 플라스틱 모조품이다."

다시 정지 버튼.

침대에는 손잡이에 거는 식사메뉴가 놓여 있었다. 마이크는 침대 한쪽으로 다가가, 메뉴를 집어 들었다. 되도록 침대도 벽도 건드리지 않으려 했다. 시트도 피하려 했으나 손끝이 슬쩍 그 위를 스치는 바람에 그의 입에선 신음소리가 배어나왔다. 시트는 소름이 끼칠 정도로 부드러웠다. 그는 메뉴를 집어 들었다. 프랑스어. 그 나라 말을 들어본 지 몇 년이 지났으나, 아침 메뉴 중 하나는 똥통에 튀긴 새 이름 같았다. '적어도 프랑스 놈들이 군침을 흘릴 만한 메뉴로는 보이는군.' 그는 그런 생각을 하며 신경질적인 웃음을 토해냈다.

그가 눈을 감았다가 다시 떴다.

메뉴는 러시아어였다.

그가 눈을 감았다가 다시 떴다.

메뉴는 이태리어로 되어 있었다.

눈을 감았다가 떴다.

메뉴 따위는 없었다. 그곳엔 나무꾼 아이의 그림이 있었다. 왼발을 무릎까지 삼켜버린 나무꾼 늑대를 돌아보며 비명을 지르고 있는 아이. 늑대의 귀가 뒤로 젖혀진 게 마치 좋아하는 장난감을 만난 테리어처럼 보였다.

'이건 환각이야.' 물론 환각이었다. 이제는 눈도 뜨지 않았건만 산뜻한 영어 단어들이 보였다. 맛있는 아침식사로 가득한 메뉴. 계란요리, 와플, 신선한 과일. 물론 똥통에 튀긴 새 요리는 없었다. 하지만……

그는 (아주 천천히) 돌아서서 벽과 침대 사이의 작은 공간을 빠져나왔다. 지금은 무덤 속만큼이나 비좁게 느껴지는 공간이다. 심장이 어찌나 세게 뛰는지, 가슴뿐 아니라 목덜미와 팔목에서도 맥박이 느껴졌다. 지끈거리는 두 눈. 14〇8호실은 잘못된 곳이다. 그렇다, 잘못 돼도 크게 잘못됐다. 올린이 독가스 얘기를 했는데 마이크 생각도 그랬다. 거미의 독을 가미한 독한 해시시(인도 대마초로 만든 마취제 ─ 옮긴이). 당근, 올린의 짓이다. 놈이 공모자 문지기들과 함께 키득거리고 있었다. 구멍다다 특수 독가스를 펌프질해 대고 있었다. 구멍이 보이지 않는다고 구멍이 없다고 할 수는 없지 않은가?

마이크는 겁먹은 눈으로 침실을 둘러보았다. 침대 왼쪽 탁자에 있던 자두가 보이지 않았다. 접시도 없었다. 소탁자는 텅 빈 채였다. 그는 거실 문을 향해 돌아섰다가 그 자리에 멈춰 서고 말았다. 벽에 그림이 있었다. 확신할 수는 없지만(그 상황에서는 자기 이름조차 확신할 수 없을 것이다.) 처음 안에 들어왔을 때 그림 따위는 분명 없었다. 정물화였다. 낡은 목재 테이블 위 양은접시에 놓여 있는 자두 한 알. 자두와 접시를 향해 더러운 황색 빛이 비스듬하게 꽂혔다.

탱고의 불빛. 무덤에서 죽은 자를 깨워 탱고 춤을 추게 만들 불빛. 아니면……

"여기서 나가야겠어."

그가 중얼거리며 뒷걸음질로 침실을 빠져나갔다. 언제부턴가 발밑에서 철벅거리는 소리가 들렸다. 바닥이 물컹거렸다.

거실의 그림들이 모두 기울어진데다 모습도 모두 달라져 있었다. 먼저 계단의 여자 가운이 벗겨져내려 가슴이 모두 드러났다. 그녀는 한쪽 가슴을 움켜쥐고 있었고 양쪽 젖꼭지에 피가 한 방울씩 매달려 있었다. 지금은 마이크의 눈을 노려보며 끔찍한 웃음을 짓고 있다. 야수처럼 날카로운 저 이빨들. 선박 난간에 매달려 있던 선원들도 이제는 창백한 유령들의 모습이었다. 맨 끝, 그러니까 이물 제일 가까이에 있는 사내는 한가운데 가르마를 탔고, 갈색 울 정장 차림에 한 손에는 중산모자가 들려 있었다. 충격으로 넋을 잃은 저 표정……. 마이크는 그의 이름을 알고 있다. 케빈 오말리. 이 방의 첫 번째 투숙객이자, 1910년 10월 창문으로 뛰어내린 재봉틀 세일즈맨이다. 오말리의 왼쪽에 있는 사람들도 모두 이곳에서 죽은 이들이었다. 똑같이 겁에 질리고 넋이 나간 표정들. 그 표정은 그들 모두를 가족처럼 보이게 만들었다. 근친상간의 저주로 영혼조차 없이 태어난 저능아 가족들.

정물화에는 이제 과일 대신 참수된 사람의 머리가 놓여 있었다. 움푹 팬 두 뺨과 축 늘어진 입술, 까뒤집힌 두 눈을, 밝은 오렌지 불빛이 비추어 주었다. 오른쪽 귀 뒤에 꽂힌 담배 한 개비.

마이크는 비틀거리며 문으로 향했다. 두 발이 물컹거려 이젠 걸을 때마다 바닥에 달라붙는 느낌마저 들었다. 당연히 문은 열리지 않았다. 체인이 풀려 있고 빗장도 6시를 알리는 시침처럼 똑바로 서 있었지만 그래도 문은 열리지 않았다.

그는 숨을 몰아쉬며 돌아서서 책상이 있는 곳으로 향했다. 시냇물을 건너는 기분. 그가 열어놓은 커튼이 유혹하듯 손을 흔들어댔지만 얼굴에는 바람 한 점 느껴지지 않았다. 마치 방이 바람을 삼켜버리기라도 한 것 같았다. 5번가의 자동차소리가 너무나도 아련하기만 했다. 색소폰 소리도 들렸던가? 만일 그랬다면 그 방은 색소폰의 부드러운 멜로디마저 삼켜버리고 대신 단조로운 비명소리만 토해냈을 것이다. 마치 잘린 손가락을 가득 채운 시체의 목이나 콜라병 안에 풀무질을 해대는 소리 같은. 아니면……

'그만 해!' 이제는 비명소리조차 뱉어낼 수가 없었다. 심장이 너무 빠르게 방망이질 치고 있었다. 이런 식이라면 언제라도 터져버리고 말리라. 그 무수한 '사례 조사'를 통해 성실한 동반자가 된 미니코더도 어디로 달아났는지 손에 없었다. 어디에 두었지? 침실에? 침실에 두었다면 지금쯤 어디론가 사라져버렸을 것이다. 방이 삼켜버렸겠지. 소화를 끝내고나면 이제 그림으로 배설해 낼 것이다.

마이크는 마라톤 완주를 끝낸 주자처럼 헐떡거렸다. 한 손을 가슴으로 가져갔는데, 행운의 셔츠(개소리!) 왼쪽 주머니에서 미니코더의 작은 육면체가 만져졌다. 그 단단하고 익숙한 느낌에 조금은 마음이 진정되고 제 정신을 찾은 듯도 했다. 문득 자신이 콧노래를 부르고 있음을 깨달았다……. 그 방도 허밍으로 답가를 들려주었다. 썩은 시체의 살갗만큼이나 역겨운 저 벽지 아래 수없이 많은 입술이 숨어 있기라도 한 것 같았다. 속이 어찌나 거북한지 흔들리는 해먹 위에 서 있는 기분이었다. 고름처럼 응고된 공기가 두 귀를 부드럽게 막아주었다. 문득 이 공기가 소프트볼처럼 단단해지기라도 하면 그의 귀에 대고 얼마나 허튼 소리를 지껄여댈지 지레 겁부터 났다.

다행인 것은 조금이나마 정신을 차렸다는 점이다. 하나만은 확신할 수 있었다. 늦기 전에 도움을 청해야 한다는 것. 올린이 (뉴욕 호텔 매니저 특유의) 능글맞은 웃음으로 '내가 뭐라고 했습니까?'라고 비아냥거린대도 상관없다. 그자가 화학약품을 써서 이기이한 지각과 끔찍한 공포를 자아냈다는 가설은 처음부터 개소리였다. 좋다. 범인은 이 방이다. 이놈의 빌어먹을 방.

그는 구식 전화기(침실에 있는 것과 똑같이 생긴 전화기)를 집어들려고 했다. 그런데 테이블로 향하는 팔이 느린 동작으로 흐물거리는 게 아닌가! 물속에 뛰어든 다이버의 팔 같은. 정말로 그 손에서 물방울이 뽀로록 하고 올라올 것만 같았다. 정신착란?

그는 손가락으로 수화기를 집어 들었다. 다른 손이 첫 번째 손처럼 슬로모션으로 다이빙하더니 다이얼 0을 돌렸다. 수화기를 귀에 대자 다이얼이 원래 위치로 돌아가는 일련의 기계음이 들렸다. '드르륵.' 행운의 수레바퀴가 돌아가고 있는 건가? 이봐, 너도 한 바퀴 돌려줄까? 아니면 스핑크스의 퍼즐이라도 풀어보겠어? 수수께끼에 도전했다가 실패하는 날에는 눈 쌓인 코네티컷 고속도로 옆에 버려지고 늑대들이 와서 머릿속을 파먹을 거라는 사실을 잊지는 않았겠지?

귓속에서는 벨소리 대신 거칠고 커다란 목소리가 들렸다.

"여기는 아홉! 아홉! 여기는 아홉! 아홉! 여기는 열! 열! 우리가 네 친구들을 죽였다! 네 친구는 모두 죽었다! 여기는 여섯! 여섯!"

마이크는 점점 더 두려움에 휩싸였다. 전화 내용이 아니라 불길한 공허감 때문이었다. 그 소리는 기계음도 아니고 그렇다고 인간의 목소리도 아니었다. 그건 바로 방의 목소리였다. 벽과 바닥에서 일제히 쏟아져 나오는 존재. 전화기를 통해 그에게 말을 건네는 존재. 이곳은 지금까지 읽은 어떤 유령이나 초현실 이야기와도 달랐다. 이곳엔 무언가 이질적인 존재가 살고 있다.

'아냐, 아직은…… 하지만 오고 있어. 굶주린 존재가 오고 있어. 네가 그 먹이가 될 거야.'

수화기가 맥없이 손에서 떨어져 내렸다. 그가 돌아섰다. 수화기가 (뱃속의 위장이 앞뒤로 흔들리듯) 전화선 끝에 매달린 채 흔들렸지만, 검은색 주둥이에서는 여전히 꽥꽥거리는 목소리가 흘러나왔다.

"열여덟! 이제 열여덟이야! 사이렌이 울리면 얼른 커버를 치워! 여기는 넷! 넷!"

귀에서 담배를 빼내 입에 물고 있다는 사실조차 의식하지 못했다. 아니, 밝은 색 셔츠의 오른쪽 가슴 주머니에서 종이성냥(금줄을 매단 구식 유니폼의 수위가 인쇄되어 있는)을 뒤지고 있다는 것도, 9년 만에 결국 담배를 피우기로 결심했다는 것도 전혀 깨닫지 못했다.

눈앞에서 방이 녹아들고 있었다.

방 오른쪽의 각도와 직선이 (곡선이 아닌) 무어족의 기이한 활 모양으로 휘어 두 눈을 희롱했다. 천장 가운데의 유리 샹들리에 도 가래덩어리처럼 뭉치기 시작했고, 그림들도 휘어져 낡은 자동 차의 창유리처럼 녹아내렸다. 침실 문 옆의 액자 유리에 갇힌, 피 흘리는 젖꼭지에 야수의 이빨을 지닌 20대 여자가 돌아서더니 느 닷없이 계단을 뛰어오르기 시작했는데, 마치 무성영화의 흡혈귀 가 무릎 높이로 날아가는 것처럼 보였다. 전화는 계속해서 직직 거리는 소음을 뱉어냈다. 그 소리가 마치 막 말하는 법을 배운 전 기바리캉의 목소리처럼 들렸다.

"아홉! 여기는 아홉! 사이렌을 무시하라! 이 방을 떠난다 해도 절대 이 방을 떠날 수 없다! 여덟! 여기는 여덟!"

침실문과 복도문이 무너지며 가운데를 열어주기 시작했다. 이 제 곧 실체를 회복할 존재를 위해 길을 내주고 있는 것이다. 불빛 이 점점 밝고 뜨거워지며 밝은 오렌지색 광휘로 방을 채워나갔다. 이제 벽지의 균열까지 볼 수 있었다. 검은 구멍들이 빠르게 입으 로 변해가고 있었고 바닥은 움푹한 웅덩이를 드러냈다. 마이크는 존재가 다가오는 소리를 들었다. 방 뒤의 방에 거주하는 자. 벽 속 의 존재이며 붕붕거리는 소음의 주인이 되는 자.

"여섯! 여기는 여섯! 이런 젠장, 여기가 바로 여섯이란 말이야!"

전화기가 빽빽거렸다.

그는 손에 든 종이성냥갑을 내려다보았다. 침실 재떨이에서 꺼 내온 성냥. 우습게 생긴 수위 영감, 커다란 크롬 그릴을 매단 낡고 우스꽝스런 자동차들……. 아래쪽에 문장 하나가 길게 적혀 있었다. 정말로 오래간만에 보는 문구로군. 요즘엔 거슬리는 문구를 모두 뒤쪽으로 빼내기 때문에 그런 경고문은 잘 눈에 띄지 않는다.

뚜껑을 덮은 후 성냥을 켜세요.

마이크 엔슬린은 아무 생각 없이(생각은 더 이상 불가능했다.) 성냥 하나를 뜯어냈다. 그리고 성냥을 그어 불을 붙이곤 즉시 다른 성냥들에 갖다 댔다. 그 순간 '푸르륵!' 하는 소리가 들렸다. 얼음송곳처럼 뇌리를 파고드는 강한 유황냄새, 잡음과 함께 커가는 밝은 불꽃. 마이크는 불꽃을 셔츠 앞자락에 갖다 댔다. 중국이나 캄보디아, 아니면 보르네오 같은 곳에서 만든 싸구려라 옷은 쉽게 불이 붙었다. 눈앞에서 피어오른 화기에 방이 더 크게 흔들려 보였다. 바로 그 전에 마이크는 결국 보고 말았다. 마치 악몽에서 깨어 더 끔찍한 악몽을 본 것 같은 기분.

이제 그의 정신은 말짱해졌다. 유황 냄새와 셔츠에서 전해지는 갑작스런 열기 덕분이었다. 하지만 방은 여전히 기이한 무어 풍으로 왜곡되고 있었다. 아니, 무어 풍은 잘못된 비유다. 전혀 비슷하지도 않았다. 하지만 그곳에서 벌어진(그리고 벌어지고 있는) 상황을 묘사할 만한 다른 정당한 방법이 없었다. 그는 병적인 왜곡과 질곡으로 녹아들고 썩어가는 동굴 속에 있었다. 침실 문은 어느 분묘의 내실 문으로 변해 있었다. 정물화가 걸려 있던 왼쪽 벽이 그를 향해 부풀어 오르다가 아가리를 벌리듯 길게 찢어졌다. 그곳으로 다가오고 있는 무언가를 기다리는 것이리라. 마이크 엔슬린은 놈이 흐느끼는 소리와 탐욕스런 숨소리를 듣고, 위험천만한 냄새를 맡았다. 사자토굴과도 같은 냄새……

그때 불꽃이 턱 아래쪽을 덮쳐 그의 의식을 흔들어 깨웠다. 불타는 셔츠에서 피어올라 세상을 뒤흔드는 불꽃. 가슴 털에 불이 붙으며 오그라드는 냄새를 맡을 수도 있었다. 그리고 그 순간, 그는 움푹 들어간 카펫 위를 달리기 시작했다. 복도 문이 있는 방향이다. 벌레들의 지글거리는 잡음이 마치 진땀처럼 벽에서 배어나오고 있었고, 누군가의 보이지 않는 손이 조작이라도 하듯, 오렌지 불빛도 점점 밝아지기만 했다. 손잡이를 돌리자 신기하게도 문이 열렸다. 불에 탄 남자 따위는 안중에도 없다는 뜻인가? 아니면 존재가 좋아하는 것이 생고기뿐이라는 걸까?

50년대의 대중가요들은 사랑이 세상을 움직인다고 떠들어대지만 보다 정확한 대답은 우연이다. 엘리베이터 근처의 1414호실에서 하룻밤을 보낸 루퍼스 디어본은 싱어 재봉틀 회사의 세일즈맨이고 관리직 승진 문제로 텍사스의 한 마을에 가던 참이었다. 1408의 첫 투숙객이 창문에서 투신자살한 후로 90여 년, 우연히도 또 다른 재봉틀회사 직원이 소위 유령의 방에 대해 글을 쓰는 남자의 생명을 구한 것이다. 아니, 어쩌면 그 말은 과장일 수도 있겠다. 그때 복도에 아무도 없다 해도 마이크 엔슬린은 살았을 것이다. 게다가 디어본은 막 제빙기에서 얼음을 채우고 돌아가는 중이 아니던가. 어쨌거나 셔츠에 붙은 불은 장난이 아니다. 때문에 디어본이 아니었다면, 그리고 디어본이 빨리 판단하고 빨리 행동하지 않았다면, 적어도 훨씬 더 심한 화상에 시달려야 했을 것이다.

디어본도 상황을 정확히 기억하지는 못했다. 신문지상과 TV 카메라를 위해 이야기의 앞뒤를 적절히 맞추기도 했고(그는 영웅이 되었다는 생각에 사뭇 고무되어 있었고 또 그 일이 관리직 승진에 해가 되지도 않을 것이다.), 불붙은 사내가 복도로 뛰어나오는 장면도 생생히 기억했다. 하지만 그 후로는 모든 것이 모호했다. 마치 낮술에 곤드레만드레 된 채 그 상황에 던져진 기분이었다.

아니 스스로 확신하고 있으면서도 기자들에게 말하지 않은 것도 있었다. 이유는? 처음부터 말이 안 되기 때문이었다. 그러니까 불타는 사내의 비명소리가 점점 커지는 것이 아닌가? 목소리 볼륨을 누군가 점점 키우고 있는 것처럼 말이다. 그는 디어본 바로 앞에 있었고 비명의 고음은 전혀 변하지 않았는데, 희한하게도 볼륨만 계속해서 커져갔다. 그 바람에 그는 이 세상 어느 누구보다도 목소리가 큰 외계인이 공습했다는 생각까지 했었다.

디어본은 얼음을 가득채운 그릇을 들고 복도를 따라 달렸다. 불타는 사내는("불에 탄 건 셔츠뿐이었어요. 난 그걸 한 눈에 알아봤죠."라고 그가 기자에게 말했다.) 방 맞은편 문에 부딪쳐 튀어나오더니 앞뒤로 비틀거리다가 결국 무릎을 꿇었다. 디어본이 달려간 건 바로 그때였다. 그는 비명을 지르는 사내의 불타는 어깨부분을 발로 밀어 복도 카펫 쪽으로 뒤집은 다음 얼음을 그의 위에 쏟아 부었다.

그 일들도 모호하긴 했지만 그래도 기억은 났다. 그는 불타는 셔츠가 너무 밝은 빛을 뿜어댄다는 생각을 했다. 밝은 오렌지 빛이 어찌나 눈부신지, 2년 전 동생과 함께 호주로 놀러갔던 때가 생각나기도 했다. 둘은 전륜구동차를 빌려 호주 대사막(나중에 안 사실이지만 원주민들은 그 사막을 호주 대지옥이라고 불렀다.)을 향해 출발했다. 죽이는 여행이었지만 잔뜩 겁나기도 했다. 특히 한가운데 있는 에어스록(카타추타 국립공원안에 있는 거대한 바위덩어리 — 옮긴이)은 장관 중의 장관이었다. 두 사람은 석양 무렵에 도착했는데, 그때 바위의 사람 얼굴에 비친 빛이 이런 식이었다. 뜨거운 오렌지색 화염…… 하지만 이건 도무지 현실적인 빛이…….

그는 얼음조각을 뒤집어 쓴 채 죽어가고 있는 사내 옆에 무릎을 꿇고 몸을 뒤집어 셔츠 등을 휘감아돌고 있는 불꽃을 껐다. 왼쪽 목덜미 부분엔 이미 빨간 물집이 잡혀 있었고 왼쪽 귓불에도 조금 녹아내린 흔적이 보였다. 하지만 그밖에는…… 그밖에는…….

디어본이 고개를 들었다. 미친 소리 같지만, 남자가 뛰쳐나온 방 문이 실제로 호주의 석양이 뿜어내는 불빛으로 가득했다. 전대미문의 존재가 살고 있을지도 모를 텅 빈 공간의 광휘. 전기바리캉의 단발마 같은 고함소리……. 그건 정말로 끔찍했지만 동시에 매혹적이기도 했다. 그는 그 안으로 들어가고 싶었다. 그 안에 무엇이 있는지 보고 싶었다.

어쩌면 그런 점에선 마이크가 디어본의 목숨을 구한 셈이었다. 디어본이 일어나려는 것을 느꼈다. 마이크 따위는 아예 안중에도 없는 듯한 그의 얼굴엔, 1408호실에서 분출하는 꿈틀거리는 빛이 가득 담겨 있었다. 그 상황에 대해서만은 마이크가 디어본보다 더 정확하게 기억해 낸 것도 그 때문이었다. 덕분에 루퍼스 디어본은 생존을 위해 자기 몸에 불을 붙일 필요까지는 없었다.

마이크가 디어본의 잠옷 자락을 잡았다.

"그 안에 가면 안 돼. 절대 못 나와요."

그가 갈라지고 터진 목소리로 외쳤다. 디어본은 동작을 멈추고 카펫 위에 쓰러져 있는 남자의 벌건 물집투성이 얼굴을 물끄러미 내려다보았다.

"유령이 있어."

마이크가 말했다. 그리고 그 말이 부적이라도 되듯 1408호실의 문이 격렬하게 닫혔다. 그와 동시에 빛이 사라졌고 말소리에 가까운 잡음도 끊어졌다.

싱어 재봉틀 회사의 최우수 직원 루퍼스 디어본이 엘리베이터로 달려가 화재경보기를 눌렀다.

돌핀호텔 1408호실의 투숙 이후 16개월. 학술지 「화상 치료: 진단적 처치」 16호에는 마이크 엔슬린의 흥미로운 사진이 실렸다. 사진은 상체부위만 보여주었지만 그래도 그건 마이크가 분명했다. 가슴 왼쪽의 하얀 사각형만으로도 그를 알아볼 수 있으니까 말이다. 그 주변의 살갗은 심하게 부어올랐고 2도 화상에 준하는 물집도 다수 확인되었다. 흰색 사각형은 행운의 셔츠 왼쪽 가슴 주머니 부분인데, 바로 미니코더가 들어 있던 자리였다.

미니코더는 모퉁이가 모두 녹아버렸으나 작동에는 이상이 없었다. 그 안의 테이프도 무사했다. 오히려 정상이 아닌 건 그 안에 녹음된 내용이다. 마이크의 에이전트인 샘 패럴은 테이프를 서너 번쯤 들어보고는 벽 금고에 처박아버렸다. 그의 앙상한 두 팔을 뒤덮은 소름을 세상에 알리고 싶지 않았던 것이다. 그 이후로도 테이프는 벽장에서 나오지 못했다. 패럴은 물건을 다시 꺼내고 싶지 않았다. 자신은 물론, 친구들을 위해서도 옳은 판단이라고 생각했다. 아마 그 사실을 안다면 사람들이 좀비처럼 달려들겠지만 말이다. 뉴욕 출판계는 좁은 곳이고 소문은 돌게 마련이다.

그는 테이프에 실린 마이크의 목소리가 맘에 안 들었다. 그 목소리가 말하는 개소리도 싫었다. '형은 어느 겨울날 코네티컷의 고속도로에서 늑대들한테 먹혔다.' 라니? 도대체 그게 무슨 말도 안 되는 소리란 말인가? 게다가 무엇보다 소름끼치는 건, 테이프에 실린 배경음이었다. 물이 철버덕거리는 소리 같기도 하고, 고장난 세탁기 안에서 옷감이 도는 소리나, 낡은 전기바리캉 소리 같기도 했는데…… 이따금 기이하게 사람 목소리처럼 들렸던 것이다.

마이크가 입원해 있을 때, 올린이라는 남자가(그 빌어먹을 호텔 매니저라고 했다.) 찾아와 샘 패럴에게 녹음테이프를 들었는지 물었다. 패럴은 아니라고 대답했다. 그럴 수가 없었다고. 결국 올린이 할 수 있는 일이라곤, 황급히 에이전트 사무실을 빠져나와 호텔로 돌아오는 내내, 마이크가 호텔이나 그를 상대로 고소하지 않기만을 비는 것뿐이었다. 책임방기니 뭐니 하면서 말이다.

올린은, 피곤한 여행객들과 까다로운 손님들이 미주알고주알 조잘대는 소리를 듣는데, 근무시간의 대부분을 투자하는 베테랑이므로 패럴의 분노에 대해서는 크게 동요하지 않았다.

"그에게 포기하라고 설득했어요. 할 수 있는 일은 다 했습니다. 패럴 씨, 그날 밤 책임을 방기한 사람이 있다면 그건 바로 당신

고객이었습니다. 아무것도 믿으려 하지 않았으니까요. 아주 어리석은 행위이고 위험천만한 태도였죠. 그 점에서는 이제 어느 정도 정신을 차렸을 거라고 믿습니다만."

테이프에 대한 기피증에도 불구하고 패럴은, 마이크가 테이프를 듣고 상황을 정확히 알기를 원했다. 어쩌면 패럴도 그 물건을 신간의 발판으로 이용하려 했을 것이다. 마이크가 겪은 일 속에는 분명히 책이 들어 있었다. 그것도 40쪽짜리 사례보고 챕터 따위가 아니라 완전한 책의 형태였으며, 지금까지 나온 『열흘 밤』 시리즈 모두의 판매고를 뒤집을 만큼의 대박이었다. 패럴은 그 점을 확신했다. 그래서 이제 유령이야기는 물론, 책 쓰는 일까지 그만두겠다는 마이크의 선언을 믿을 생각 따위는 추호도 없었다. 작가들이란 이따금 그런 변덕을 부린다. 그뿐이다. 그런 류의 프리마돈나식 변덕이야말로 작가를 작가답게 만드는 요건이 아니던가?

마이크 엔슬린 자신에 대해서라면, 여러 가지 상황을 고려해볼 때 억세게 운이 좋았다고 해야겠다. 그건 그도 알고 있다. 최소한 훨씬 더 심한 화상을 당할 수도 있었다. 디어본과 그의 얼음그릇이 아니라면, 그가 받은 4회 정도가 아니라 20, 30회의 갖가지 피부 이식 수술을 치러야 했을 게 분명했다. 이식수술에도 불구하고 목의 흉터는 남았지만 보스턴 화상 센터의 의사들은 그 상처도 저절로 없어질 거라고 말해주었다. 그후 수주일 또는 수개월 동안 고통을 겪긴 했어도, 그 상처들이 목숨을 구해주었다는 사실만큼은 그도 잘 알고 있다. 만일 '뚜껑을 덮은 후 성냥불을 켜세요.' 라고 적힌 성냥이 아니라면, 그는 1408에서 죽었을 것이고 이렇게 결말을 얘기해 줄 수도 없었으리라. 검시관에게야 발작이나 심장마비 정도로 보였겠지만, 그가 죽는 과정은 훨씬 더 끔찍하고 역겨웠을 게 분명했다.

훨씬 더.

진짜 유령이 출몰하는 곳에 들어가기 전에, 유령과 신들림에 대한 인기 저서를 세 권이나 출간할 수 있던 것도 분명 행운이었다. 그것도 그는 알고 있다. 샘 패럴은 마이크의 작가 생명이 끝났음을 믿고 싶지 않겠지만 사실 믿을 필요도 없었다. 두 사람 몫을 상회할 만큼, 마이크의 결심이 단단하고 확고했기 때문이다. 우편엽서 같은 데 글을 쓰려 해도 당장 살갗에 소름이 돋고 배꼽 근처에서는 욕지기가 일렁이니 어렵하겠는가. 때로는 펜이나 미니코더만 봐도 '그림이 비뚤어졌어. 그래서 내가 똑바로 세워놓았지.'라는 생각이 들었다. 그게 무슨 뜻인지는 그도 모른다. 그림은커녕 1408호실에서 있었던 일은 하나도 기억하지 못했고, 그는 그 점도 다행으로 생각한다. 그건 신의 자비였다. 요즘에는 혈압이 좋지 않다(의사는 화상환자들에게 종종 혈압문제가 발생한다며 처방을 해주었다.). 눈도 속을 썩인다(안과의사가 눈 건강제인 아큐바이트를 복용하라고 했다.). 척추도 지속적으로 그를 괴롭히고 전립선도 심하게 부어올랐다……. 하지만 그런 문제들은 이겨낼 수 있다. 그도 이제는 1408을 탈출했으되 탈출하지 못한 최초의 인물이 아니라는 사실 정도는 알고 있었다(올린이 말해주었다.). 그래도 기억을 못한다는 점에서 그다지 나쁜 편은 아니다. 이따금 악몽을 꿀 때도 있지만(비교적 자주 꾸는 편이다. 아니, 솔직하게 말하면 거의 매일 밤 악몽을 꾼다.) 깨고 나면 거의 아무것도 기억나지 않는다. 대개는 사물의 모서리들이 둥글게 변해간다는 느낌 정도만 남아 있다. 미니코더의 모퉁이가 녹은 것처럼 세상이 녹아내리는 그런 기분 말이다. 그는 현재 롱아일랜드에 살고 있고, 날씨가 좋을 때면 해변으로 오랜 산책을 나가기도 한다. 1408호실에서의 기이한(너무나도 기이한) 70분에 대해, 입을 열 수 있을 정도로 기억해 낸 것도 그곳을 산책하던 중이었다.

"그건 사람이 아니었어. 유령들…… 그래, 한 때는 그들도 사람이기는 했겠지. 하지만 그 벽의 존재는…… 그건……."

그는 불어오는 바람에 숨을 헐떡이면서 중얼거렸다.

시간이 지나면 좋아지겠지. 그는 그렇게 생각하고 싶어 한다. 시간이 지나면 그 일도 목의 흉터처럼 저절로 잊히리라. 하지만 그때까지는 침실에 들 때마다 환하게 불을 밝혀놓을 것이다. 악몽에서 깨어날 때 어디에 있는지 알기 위한 고육지책이다. 집에 있는 전화기는 모두 없애버렸다. 의식이 닿지 않는 심층 어딘가에서, 수화기에서 흘러나온 벌레 비슷한 목소리를 기억하고 있고 또 두려워 하고 있기 때문이다.

"여기는 아홉! 아홉! 우리가 네 친구들을 죽였다! 친구들은 이제 모두 죽었어!"

그리고 청명한 저녁하늘이 저물기 시작하면 그는 집에 있는 커튼과 차양과 휘장을 모두 잡아당긴 다음, 어둠 속에 앉아 빛이 완전히 사라질 때까지 기다린다. 저 지평선에 마지막 남은 여명까지도.

석양 무렵의 불빛을 견딜 수가 없어서다.

오렌지색으로 짙어지는 황색. 마치 호주 사막의 석양 같은…….

총알 차 타기

이 이야기에 대해서는 소개 글에서 거의 모두 얘기했다고 생각한다. 본질적으로는 소도읍 어디에서나 들을 만한 소문을 옮겨 적은 것이다. 그리고 그전에 쓴 이야기(『스티븐 킹 단편집』 황금가지에서 출판된 스티븐 킹 걸작선의 양장본 단편집—옮긴이)의 「방 안의 여인」)와 마찬가지로, 어머니의 임박한 죽음이 사람들의 마음에 어떤 영향을 미치는 가에 대한 실험이기도 하다. 누구에게나, 사랑하는 사람들의 죽음이나, 궁극적으로는 우리 자신의 죽음을 실제로 직면해야 할 때가 법이다. 어쩌면 그건 공포소설의 유일한 대전제일 수도 있다. 미스터리와의 불가피한 조우. 그것도 긍정적 상상력의 도움이 없으면 이해조차 불가능한 미스터리와의 조우는 공포소설의 필수요건이다.

누구에게도 말한 적이 없고 또 하게 되리라고 생각조차 못한 이야기다. 남들이 믿지 않을까봐 불안해서가 아니라 수치스럽기 때문이다. 그리고 내 이야기이기 때문이다. 나는 늘 이 얘기를 입 밖에 내는 순간, 나와 이야기 모두가 싸구려가 될 거라고 생각했다. 의미를 점점 더 축소시키고 일상화시켜, 끝내는 소등 전 캠프 조교가 들려주는 유령이야기로 전락하고 마는 것이다. 더욱이 만일 내 입으로 한 얘기를 내 귀로 듣게 된다면, 그때는 나조차도 믿지 못하게 될 것만 같았다. 하지만 어머니가 돌아가신 후, 제대로 수면을 취하지 못한다. 꾸벅꾸벅 졸다가 목이 꺾이기라도 하면 화들짝 깨어 몸을 부르르 떨기가 일쑤다. 침대 맡에 불을 켜보아도 생각보다 별 도움이 되지 못했다. 밤의 그림자가 너무 많다는 사실을 눈여겨본 적이 있는가? 불을 켜놓는다 해도 그림자는 줄어들지 않는다, 게다가 그림자들은 당신이 두려워하는 어떤 괴물로도 변신할 수 있다.

그 어떤 것으로라도.

맥커디 부인이 전화로 어머니 소식을 전해준 건 메인 대학 3학년 때였다. 아버지는 내가 너무 어릴 때 돌아가셔서 얼굴도 모른다. 게다가 독자인 탓에 이 세상엔 오직 나 앨런과 어머니 진 파커뿐이었다. 맥커디 부인은 도로 바로 위쪽에 살고 있었다. 그녀의 전화를 받은 것은 다른 남학생 셋과 공동으로 사는 셋방에서였는데, 어머니가 냉장고에 붙여둔 자석메모판에서 번호를 찾아냈다고 했다.

"뇌졸증이라더구나. 식당에서 그랬다. 하지만 서둘러서 날아올 필요는 없어. 의사도 심각한 상황은 아니라고 했으니까. 정신도 말짱하고 얘기도 하고 그래."

그녀는 특유의 느리고 기다란 억양으로 주절거렸다.

"예, 그런데 얘기가 조리 있기는 한 건가요?"

내가 물었다. 애써 대수롭지 않은 척하려 했으나 갑자기 심장 박동도 빨라졌고 실내 공기도 뜨겁게만 느껴졌다. 집에는 나 혼자였다. 수요일이기 때문에 둘은 하루 종일 수업이 있었다.

"오, 그래. 제일 먼저 한 말이 너한티 전화를 걸어달라는 부탁이었는데 쓸데없이 겁주지는 말까지 덧붙였단다. 그 정도면 제 정신이라고 할 수 있지 않니?"

"예."

당연히 난 겁이 났다. 누군가 전화를 걸어 어머니가 직장에서 쓰러져 앰뷸런스에 실려 병원으로 갔다는데 어떻게 담담할 수 있겠는가?

"어머니는 네가 주말까지는 학교생활에 충실했으면 하신다. 그때에도 공부가 밀리면 안 와도 된다고 하셨어."

말도 안 돼. 어머니가 수백 킬로미터 떨어진 병원에 누워 죽어가는 판에 이 더럽고, 맥주 냄새 찌든 하꼬방에 죽치고 있으라고?

"아직 젊으신 분이야. 네 어머니 말이다. 요 몇 년 새 살도 많이 찌고 고혈압에 시달려서 그래. 이런 담바가 있구나. 이제 금연도 해야겠어."

맥컬리 부인이 말했다.

어머니는 담배를 끊지 못할 것이다. 뇌졸중이든 아니든 그건 안 될 말이다. 담배를 제 몸과 같이 사랑하시니. 아무튼 나는 부인한테 전화 고마웠다고 인사를 했다.

"집에 오자마자 전화한 거야. 그래, 언제 올 거니, 앨런?"

그녀의 목소리에는 밍기적거리면 못쓴다는 식의 핀잔이 은근히 담겨 있었다.

창문을 내다보았다. 티 없이 맑은 10월의 오후. 뉴잉글랜드의 바다 빛 하늘 아래, 밀 스트리트의 가로수들이 노란 낙엽들을 흩뿌리고 있었다. 시계를 보았다. 3시 20분. 전화벨이 울렸을 때 막 4시에 있는 철학 세미나를 위해 나가려던 참이었다.

"그럴 수는 없어요. 오늘밤에 곧바로 가겠습니다."

내 대답이었다. 그녀가 다소 건조하고 갈라진 웃음을 흘렸다. 맥커디 부인이야 말로 금연을 심각하게 고려해야 할 당사자였다. 입에 윈스턴을 달고 사는 여자.

"착하구나. 그럼 곧바로 병원에 갔다가 집에 올 거니?"

"그래야겠죠, 예."

내 대답이었다. 고물차 트랜스미션에 문제가 있어 끌고 갔다간 당장 길거리에 퍼지고 말 거라고 변명해 봐야 무슨 소용이겠는가. 아마도 루이스턴까지 히치하이크를 하고 거기서 다시 할로의 코딱지만 한 집으로 이동해야 할 것이다. 그것도 너무 늦지 않을 경우의 일이다. 까딱하면 어디든 병원 라운지를 찾아 새우잠을 청해야 할 판이다. 하기야 엄지를 세워 집에 가거나 코카콜라 자판기에 머리를 기대고 잠을 청한 게 어디 한두 번이던가.

"열쇠는 빨간 수레 밑에 두마. 어딘지 알지?"

그녀가 물었다.

"예, 알아요."

어머니는 뒷마당 창고 문 옆에 늘 외바퀴 수레를 세워두셨는데, 여름이면 둘레를 따라 꽃들이 잔뜩 피어나곤 했다. 생각이 거기에 미치자, 집으로 돌아오라는 맥커디 부인의 전언이 실감나기 시작했다. 어머니는 병원에 있다. 따라서 오늘 밤 할로의 집은 너무나도 썰렁할 것이다. 해가 져도 불을 켤 사람이 없지 않은가. 맥커디 부인은 어머니가 젊다고 했지만 스물한 살의 내게 마흔여덟의 나이가 이팔청춘으로 들릴 리는 만무하다.

"조심해라, 앨런. 과속하지 말고."

물론 과속은 누구의 차를 얻어 타느냐에 달린 문제다. 하지만 그게 누구이든 솔직히 열나게 밟았으면 하는 심정이었다. 나로서야 센트럴메인 메디컬센터까지 달려갈 재간이 없으나, 그 역시 맥커디 부인에게 할 말은 못 되었다.

"그럴게요. 고맙습니다."

"아니다, 네 어머니는 괜찮을 테니 너무 걱정 말고. 널 보면 얼마나 좋아하시겠니?"

그녀의 대답이었다.

나는 전화를 끊고, 일이 생겨 집에 내려간다는 메모를 남겼다. 책임감이 제일 강한 헥터 패스모어에게는, 사정이 생기는 바람에 수업에 못 들어가게 되었으니 그 사정을 학과 사무실에 알려줄 것을 부탁했다. 출석에 목을 매는 골통선생 한둘이 있어서다. 나는 갈아입을 옷가지를 배낭에 넣고 책장 모서리가 접힌 『철학입문』 책도 챙긴 다음 집을 나섰다. 철학과도을 열심히 파고들긴 했지만 강의는 지난주에 포기해 버렸다. 그날 밤 세계관이 바뀐 덕분이었다. 생각은 근본적으로 뒤집어졌건만 철학책 어디에도 내 변화를 설명해 주는 내용은 없었다. 나는 땅 밑에도 뭔가 있다는 사실을 알게 되었다. 말 그대로 땅 밑 말이다. 그런데 그들이 어떤 존재인지 어느 책에도 나와 있지 않았다. 가끔 그곳에 그들이 있다는 생각 자체를 잊는 게 속편하다는 것 정도는 나도 알고 있다. 문제는 그게 가능하냐는 것이다.

오로노의 메인 대학에서, 앤드로스코긴 카운티의 루이스턴까지는 200킬로미터 정도이고 가장 빠른 길은 I-95 고속도로다. 하지만 히치하이킹이 목적이라면 고속도로는 그다지 좋은 선택이 못 된다. 주 경찰이 히치하이커가 보이는 족족 내쫓아버리기 때문이다. 그들은 램프에 서 있기만 해도 쫓아내는데 그러다가 같은 경찰한테 연거푸 걸리는 날엔 딱지까지 각오해야 한다. 내가 선택한 코스는 68번 국도였다. 뱅고르에서 남서쪽으로 우회하는 길인데, 상당히 잘 닦인 길인데다, 미치광이 사이코로 보이지만 않는다면, 차를 얻어 타기도 수월했다. 게다가 짭새들도 웬만하면 신경 쓰지 않는 편이다.

첫 번째 천사는 무뚝뚝한 보험인이고 뉴포트까지 태워주었다. 나는 68번과 2번국도의 교차로에서 20분 정도 서 있다가 보우도인햄으로 가는 초로의 남자 차를 얻어 탔다. 그는 운전을 하며 계속 사타구니를 움켜쥐었는데 마치 그 안을 뛰어다니는 쥐새끼라도 잡으려는 사람 같았다.

"여편네 말이 히치하이커들을 뻔질나게 태우다간 등에 칼침을 맞고 도랑에 처박히고 말거라는 거야. 아 물론, 너 같은 얼라들이 길에 서 있는 걸 보면, 옛날 생각이 나긴 한다. 나도 왕년에 엄지 좀 세웠더랬지. 하지만 봐라. 마누라는 4년 전에 뒈져버렸고 난 아직 낡은 다지를 몰고 다니잖아. 가끔 그놈의 여편네가 끔찍이도 보고 싶긴 하지만 말이다. 그래, 어디로 가냐?"

그가 다시 사타구니를 움켜쥐었다. 나는 루이스턴으로 간다고 했고 이유도 말해주었다.

"안됐구나. 네 모친 말이다. 그래도 힘내야지."

노인의 동정이 어찌나 강하고 즉각적이던지 눈 꼬리까지 찔끔거렸다. 나는 눈을 감아 눈물을 안으로 밀어 넣었다. 행여 노인 앞에서 울음을 터뜨릴 수는 없었다. 그것도 이 더럽고 덜컹거리고 오줌 냄새 지독한 낡은 다지라니.

"전화하신 분 말씀이 그렇게 심각한 건 아니라고 했습니다. 어머니가 아직 젊거든요. 이제 마흔여덟이에요."

"그래도 풍 아니냐? 풍은 위험한 거다. 랠프 형하고 약속만 없었다면 너를 병원 문 앞까지 데려다 줄 텐데, 안됐구나. 게이츠의 요양소까지 태우다준다고 했거든. 형수가 무슨 병으로 거기 있어서 말이야. 그, 뭐라고 하더라? 앤더슨인지 앨버레즈인지라던데……?"

"알츠하이머일 겁니다."

"그래, 맞다. 이런, 젠장, 나도 다 됐군. 아무튼 너를 데려다 주고 싶은데, 안됐다."

"그러실 필요 없어요. 게이츠에선 쉽게 차를 얻어 탈 수 있을 겁니다."

"그래, 네 어머니 얘긴 유감이다! 중풍이라니! 마흔여덟에!"

그가 갑자기 바지의 불룩한 부분을 쥐더니 비명과 웃음을 연이어 흘려댔다. 절망적인 동시에 유쾌한 웃음소리였다.

"망할놈의 병! 이럴 때 네가 망설여봐야 되는 일 하나도 없다. 하늘이 무섭지. 그래, 만사를 제쳐놓고 어머니한테 가는 거 보니 내 맘이 다 좋구나."

"어머닌 좋은 분이세요."

이렇게 말하자 다시 눈물이 찔끔거렸다. 학교생활을 할 땐 사실 향수 따위를 느낀 겨를이 없었다. 기껏해야 첫 주에 조금, 그리고 끝이었다. 하지만 지금은 달랐다. 세상엔 나와 어머니뿐이고 친척도 없다. 맙소사, 어머니 없는 세상이라니! 맥커디 부인은 심각하지 않다고 했다. 중풍이지만, 심각하지는 않다고. 빌어먹을 할망구, 차라리 솔직하게 얘기해 줄 것이지. 솔직하게.

우리는 한동안 말없이 달렸다. 내가 원했던 빠른 속도는 아니었다. 노인은 꾸준히 70킬로미터 근처에서 머물렀고, 이따금 흰선을 넘나들며 반대차선을 엿보곤 했다. 하지만 어차피 긴 여행이기 때문에 나쁠 것은 없었다. 68번 도로는, 수 킬로미터도 넘는 숲과, 양쪽으로 갈라져 어느덧 아른아른 사라져버리는 작은 마을들을 시원하게 뚫고 달려갔다. 이따금 술집과 자가 주유소들도 나타났다. 뉴 섀런, 오필리아, 웨스트 오필리아, 가니스탄(한때는 아프가니스탄이라고 불렸던 곳이다. 믿기 어렵지만 사실이란다.), 미캐닉 폴스, 캐슬뷰, 캐슬록 등…… 날이 저물며 남색의 하늘도 조금씩 어둑해져 갔다. 노인은 처음으로 주차등도 켜고 헤드라이트도 켰다. 라이트가 하이빔이고, 또 반대편에서 오는 차들이 경고용 하이빔을 깜박여도 노인은 전혀 개의치 않았다.

"형수는 자기 이름도 기억 못한다더라. 그 뭐더라, 앤더슨 병이 원래 그렇다며? 눈빛도 다르더라고. 그러니까, '나 좀 구해줘.' 그런 눈빛 있지? 그냥, 그 말이 생각 안 나 못하고 있을 뿐이라는 거야. 무슨 말인지 알겠냐?"

"예."

내가 대답했다. 나는 깊은 숨을 삼키면서, 이 오줌냄새가 노인의 것인지, 아니면 가끔 개를 태워서 그런 건지 궁금했다. 창문을 조금 내리면 기분 나빠 할까? 물론 그렇게 하고 말았지만 노인은 개의치 않는 것 같았다. 하기야 차들이 연달아 하이빔을 쏘아대도 모르는 양반이 아닌가.

7시쯤 우리는 웨스트 게이츠의 언덕을 오르고 있었다. 그때 노인이 외쳤다.

"저것 봐라! 달이다! 이야, 죽이는데!"

정말로 그랬다. 수평선 위로 둥실 떠오른 커다란 오렌지색 원반. 하지만 그럼에도 불구하고 난 왠지 두려웠다. 달이 임신을 한 것처럼 보이기도 했고 병에 걸린 것 같기도 해서였다. 떠오르는 달을 바라보고 있자니 문득 끔찍한 생각이 들었다. 병원에 갔는데 어머니가 못 알아보면 어쩌지? 완전히 기억을 잃어버렸으면?

'제 이름도 기억 못한다더라.' 남은 나날 동안 누군가 돌봐줘야 한다면 어떻게 하지? 그 누군가는 결국 나일 수밖에 없다. 달리 누가 있겠는가? 대학이여 안녕, 그럼 그단가? 친구와 이웃사람들은?

"달도 떴는데, 소원 안 비냐? 보름달에 비는 소원은 꼭 이루어진다 했다. 울 아부지 말이지.”

노인이 큰 소리로 웃었다. 그도 흥분했는지 목소리가 가늘고
거칠게 흘러나왔다. 귓속이 유리조각으로 가득 찬 기분이었다. 노
인이 또 사타구니를 거칠게 움켜쥐었는데, 이번에는 뭔가 부러지
는 소리까지 들렸다. 저런 식으로 학대하는데 불알이 뿌리 채 뽑
히지 않는 게 신기하기만 했다.

병실로 들어갔을 때 제발 어머니가 나를 알아보기를! 눈을 번
쩍 뜨고 내 이름을 불러주기를! 나는 그렇게 소원을 빌려다가 얼
른 거두어들였다. 누렇게 뜬 달에게 빈 소원이 좋은 결과를 가져
올 리 없다는 생각 때문이었다.

“나는 말이다. 할망구가 살아있음 좋겠다. 그 여자한테 쏟아 부
었던 핀잔과 짜증을 모두 용서받고 싶어서 말이다!”

20분 후, 우리는 게이츠 폴스에 도착했다. 아직은 하루의 마지
막 자락이 하늘에 걸려 있고, 커다란 달도 낮게 떠 있었다. 68번
국도와 플래전트 거리의 교차로에 노란 불이 깜빡거렸다. 노인은
교차로에 다다르기 전 길 옆에 차를 갖다 붙였다. 다지의 우측 앞
바퀴가 덜컹 하고 연석 위로 올라갔다가 다시 뒤로 떨어졌고, 그
바람에 이빨이 덜덜 떨렸다. 나를 돌아보는 노인의 눈빛이 야만적
이고 도전적으로 보였다. 처음엔 몰랐지만, 그러고 보니 그의 분위
기도 갑자기 깨진 유리처럼 거칠어졌고 말투 역시 탄성에 가깝게
들렸다.

“거기까지 데려다 주마! 좋아, 기분이다! 형이 어찌되든 나도
모르겠다! 알아서 안 하겠냐! 너만 좋으면 내가 거기까지 갈 참이
다!”

어머니한테 가고 싶은 마음이야 굴뚝같지만, 이 지린내에다, 눈이 멀 정도로 하이빔을 쏘아대는 자동차들을 외면하고 또다시 30킬로미터를 갈 일이 막막하기만 했다. 게다가 리스본 거리의 4차선을 제멋대로 휘젓고 다니는 노인이 아닌가. 아니, 무엇보다 문제는 자기 자신이었다. 사타구니를 주무르며 유리 깨진 목소리로 꽥꽥거리는 노친네와 30킬로미터를 더 갈 자신이 없었다.

"아뇨, 괜찮습니다. 형님 되시는 분도 챙기셔야죠."

내가 말했다. 그리고 문을 여는데 정말로 걱정했던 일이 일어나고 말았다. 그가 일그러진 팔로 내 손을 잡아챈 것이다. 그것도 죽어라 가랑이를 주무르던 그 손으로 말이다!

"후딱 말해라! 암, 병원 문 앞까지 데려다 준다니까! 너도 나도 초면이지만, 상관없다. 암, 그렇다고 못할 이유도 없지."

"괜찮습니다."

내가 다시 말했다. 자유를 얻을 수만 있다면 셔츠라도 벗어버리고 뛰어내리고 싶은 심정이었다. 노인은 말 그대로 물귀신처럼 보였다. 내가 움직일수록 손아귀 힘이 더욱 강해져, 이러다가는 내 목이라도 끌어안을지 모른다는 생각까지 들었다. 다행히 그러지는 않았다. 그의 손 힘이 차츰 약해지더니, 내가 땅에 발을 내딛자 스르르 물러나고 말았다. 화장실 갈 때와 나올 때의 입장이 다르다는 말이 있듯이, 그제야 도대체 뭣 때문에 그렇게 두려워했는지 도무지 이해가 가지 않았다. 그는 낡아빠진 다지의 지린내 나는 환경에서 숯검정 같은 삶을 살아온 늙은이에 불과했다. 사타구니에 약간의 문제가 있는 노인일 뿐이었다. 노인은 모처럼의 제안이 거부당하자 맥 빠진 표정을 지었다. 빌어먹을, 도대체 뭣 때문에 겁을 먹은 거지?

"태워다 주셔서 감사합니다. 친절한 제안도 고맙고요. 하지만 이젠 저 혼자도 갈 수 있어요. 금방 차도 잡을 수 있을 겁니다."

내가 플래전트 거리를 가리키며 말했다. 그는 잠시 아무 말도 않다가, 이윽고 한숨을 내쉬며 고개를 끄덕였다.

"에, 그게 좋을지도 모르겠다. 마을엔 들어가지 마라. 마을에선 아무도 차 안 태워주니까. 속도를 늦추면 뒤에서 냅다 클랙슨을 누를 텐데 누가 차를 세우겠나."

맞는 말이다. 아무리 게이츠 폴스 같은 작은 마을이라도, 시내에서 히치하이킹 하는 것은 불가능하다. 결국 젊은 시절 엄지 깨나 세워봤다는 그의 말은 사실인 셈이다.

"정말이냐? 손에 든 떡을 이렇게 차버리고 후회 안 하겠냐?"

나는 다시 망설였다. 손에 든 떡이라는 것도 맞는 말이다. 플래전트 스트리트의 교차로 서쪽으로 1.5킬로미터쯤 가면 리지 로드가 나온다. 그리고 리지 로드를 따라 20킬로미터쯤 숲 속으로 달려야 루이스턴 외곽의 196번 도로와 만나는 것이다. 그런데 날도 많이 기울었고 어두워지면 차를 얻어 타기는 더 어려워진다. 시골길에서 헤드라이트 불빛을 받으면, 아무리 머리를 빗고 셔츠를 혁대 안으로 밀어 넣는다 해도, 영락없이 윈드햄 소년원에서 탈출한 범죄자처럼 보이기 때문이다. 그래도 노인의 차를 계속 타고 가는 건 여전히 끔찍하기만 했다. 무사히 차를 탈출하기는 했는데도 소름이 끼치니 말이다. 어쩌면 그의 말이 느낌표로 가득했기 때문일지도 모르겠다. 그리고 아무리 양보한다 해도 차 얻어 타는 거야말로 내 전공이 아닌가.

"예, 괜찮습니다. 아무튼 감사드립니다."

내 대답이었다.

"됐다. 알겠다. 우리 할망구도……"

그는 말을 잇지 못했다. 나는 그의 눈 꼬리에서 반짝이는 눈물을 보았다. 나는 다시 인사를 건넨 다음 쾅 하고 문을 닫아버렸다. 그가 또 무슨 말을 할까봐 두려웠다.

나는 황급히 거리를 건넜다. 교차로 가로등 불빛 때문에 내 그림자가 나타났다 사라졌다를 반복했다. 반대편에서 돌아보니 다지는 프랭크 채소가게 앞에 서 있고, 느인은 여전히 운전대를 붙잡은 채 꼼짝도 않고 앉아 있었다. 문득 그가 죽었다는 생각이 들었다. 그의 도움을 거절함으로써 그를 잔혹하게 살해한 것이다.

모퉁이를 돌아 들어오던 차가 다지를 향해 하이빔을 먹였다. 그러자 이번에는 그도 조명을 깜빡여 자신이 살아있음을 확인해주었다. 잠시 후 그가 다지를 길 안으로 빼내 천천히 모퉁이를 돌아갔다. 나는 그가 사라질 때까지 지켜보다가 달을 올려다보았다. 그놈의 황달기는 많이 가셨지만 여전히 을씨년스러웠다. 그러고 보니 달을 향해 소원을 빈다는 소리를 들어본 적이 없다는 생각이 들었다. 저녁별은 맞지만 달은 아니었다. 나는 소원을 거두어들일 수 있기를 빌며 교차로에 서 있었다. 어둠이 조금씩 가라앉고 있었다. 소원 세 개를 헛되이 날려버렸다는 원숭이 발 얘기(W. W. 제이콥스의 단편 「원숭이의 발」—옮긴이)가 생각났다.

나는 플래전트 거리를 걸으며 지나가는 차마다 엄지를 치켜세웠다. 걸음을 늦추거나 하지는 않았다. 처음에는 길 양 옆으로 상점과 주택이 나타나더니 이윽고 인도가 끝나고, 다시 짙은 숲이 세상을 접수했다. 이따금 불빛이 도로를 가득 채우고 앞 쪽으로 그림자가 길게 뽑혀 나올 때마다 나는 돌아서서 엄지를 세워 보였고, 얼굴에는 안심해도 좋다는 미소를 그려 넣었다. 그리고 그때마다 차들은 속도도 늦추지 않고 쏜살같이 지나쳤다. 한번은 운전사가 고함을 지르기도 했다.

"꿈 깨! 이 병신 새끼야!"

그 뒤로 웃음소리가 이어졌다.

어둠이 두렵지는 않다. 적어도 그때는 그랬다. 하지만 병원까지 태워다주겠다던 노인의 제안을 거절한 것이 큰 잘못일지도 모르겠다는 생각이 들기 시작했다. 차라리 집을 떠나기 전에 '태워주세요. 어머니가 아픕니다.'라는 푯말이라도 만들어 올 걸 그랬나 하는 후회도 들었지만 별 도움이 될 것 같지는 않았다. 어쨌든 그런 걸 만드는 건 정신병자들뿐이다.

나는 계속 걸었다. 운동화 발로 길가의 자갈과 진창을 질질 끌며 걷는 동안, 밤의 소리도 점점 짙어져 갔다. 먼 곳의 개소리, 가까운 올빼미 소리. 점점 더 거세지는 바람소리까지. 하늘은 달빛으로 환했지만 내게는 달빛조차 허락되지 않았다. 키 큰 나무들이 하늘을 틀어막고 있기 때문이다.

게이츠 폴스와 멀어질수록 다니는 차들의 수도 줄어들었다. 그리고 시간이 지날수록 노인의 제안을 받아들이지 않았다는 사실이 못내 아쉽기만 했다. 병원에 누워계신 어머니의 모습까지 자꾸만 떠올랐다. 입술이 비틀리는 바람에 영원히 꽁꽁 얼어붙고 만 미소. 삶에 대한 의욕을 잃고 나를 향한 덧없는 집착에만 매달리는 어머니. 하지만 어머니 난 거기 갈 수도 없는걸요. 이유가 뭐냐고요? 노인의 깨진 유리 같은 목소리도 맘에 들지 않고 지린내 나는 차도 참을 수가 없어서예요. 웃기죠?

가파른 언덕을 오르자 다시 달빛이 비추기 시작했다. 숲이 오른쪽으로 밀려나는 대신 작은 시골묘지가 나타났다. 창백한 달빛에 반짝이는 묘비들. 가까운 묘지 뒤로 작고 검은 물체가 웅크린 채 나를 지켜보고 있었다. 나는 호기심이 생겨 그곳으로 다가갔다. 검은 물체가 움찔거리더니 마멋다람쥐로 변신했다. 놈은 빨간 눈으로 나를 흘겨보고는 아무렇게나 자란 잡초 속으로 들어가 버렸다. 갑자기 너무나 피곤하다는 생각이 들었다. 아니 이건 거의 탈진 상태였다. 다섯 시간 전 맥커디 부인의 전화를 받은 후 순전히 아드레날린의 힘으로 달려왔는데, 이제 그 기운이 모두 소진된 것이다. 그게 나쁜 소식이었다. 좋은 점은 적어도 어느 정도는 지금까지의 부질없는 초조감이 없어졌다는 사실이다. 나는 68번 국도가 아니라 리지 로드를 타기로 맘을 정했고 그 결정을 후회할 생각은 없다. 어머니가 늘 말씀하셨듯, 인생은 복불복이다. 어머니는 그런 말을 많이 알고 있었다. 알 듯 모를 듯 고개를 끄덕이게 되는 선문답들 말이다. 병원에 도착했을 때 어머니가 죽는다 해도 복불복이다. 아니, 그럴 리는 없으리라. 의사도 전혀 심각하지 않다고 했다지 않은가. 또 맥커디 부인도 어머니가 젊다고 했다. 다소 살이 찐 것도 사실이고 줄담배를 피우기도 하지만 그래도 젊다고 했다.

그런데 난 이곳 공동묘지에 버려진 채 탈진해 있는 것이다. 시멘트 반죽 위를 걷는 것처럼 발걸음이 무거웠다.

도로를 따라 낮은 돌 벽이 늘어서 있고 끊어진 벽 사이로 바퀴자국 두 줄이 이어져 있었다. 나는 벽 위에 걸터앉았다. 리지 로드의 양 방향이 모두 잘 보이는 위치였다. 루이스턴 방향으로 가는 헤드라이트가 나타나면 도로 옆으로 돌아가 엄지를 올릴 수 있을 것이다. 그동안은 배낭을 벗어 무릎에 얹고 두 다리에 힘이 돌아오기를 기다리면 그만이다.

낮은 안개가 달빛에 반짝이며 잔디 위를 기어다니기 시작했다. 삼면이 숲에 둘러싸인 묘지도 점점 거세지는 산들바람이 무서운지 여기저기에서 웅성거리는 소리가 들렸다. 묘지 반대쪽에서는 물소리가 들렸고 개구리가 개굴개굴 우는 소리도 이따금씩 들려왔다. 아름다운 곳이다. 낭만주의 시집에 나오는 그림처럼 편안하기도 했다.

길 양쪽을 둘러보았지만 차는 하나도 없었다. 지평선 위로 언뜻 비치는 불빛 같은 것도 없었다. 나는 두 발을 허공에 대고 흔들다가 바퀴자국 위에 배낭을 던져 넣고 자리에서 일어났다. 묘지 안으로 들어갈 참이었다. 가벼운 바람에 머리카락 몇 올이 이마 위로 떨어져 내렸다. 안개가 한가로이 발목을 감아 돌다가 산산이 부서져나갔다. 뒤쪽의 묘비들은 낡은데다 넘어져 있는 것도 많았지만, 앞쪽의 묘비는 그보다 훨씬 깨끗했다. 나는 허리를 굽혀 두 손을 무릎에 대고, 아직 시들지 않은 꽃으로 둘러싸인 묘비 하나를 내려다보았다. 달빛 덕분에 이름을 읽는 건 어렵지 않았다. 조지 스타우브. 그 아래 조지 스타우브의 짧은 생애를 보여주는 숫자가 적혀 있었다. 한쪽에는 1977. 1. 19. 그리고 다른 쪽에는 1998. 10. 12. 꽃이 아직 시들지 않은 것도 그 때문이었다.

10월 12일은 이틀 전이고 1998년은 불과 2년 전이니 말이다. 아직은 조지의 친구들과 친척들이 찾아와 조문을 한다는 뜻이리라. 이름과 날짜 아래 다른 글씨도 있었다. 짤막한 비문 같은 건가? 난 그것도 읽기 위해 고개를 좀 더 숙였다.

그리고 그 순간 뒷걸음질쳤다. 지금 혼자서 달빛 비추는 공동묘지에 와 있다는 사실이 갑자기 끔찍해졌다.

인생은 복불복

묘비에는 그렇게 새겨 있었다.

어머니가 죽은 것이다. 죽어서 내게 메시지를 보낸 것이다. 유모감각이라고는 완전히 제로인 끔찍한 메시지.

나는 천천히 도로를 향해 돌아가기 시작했다. 숲 속에서 바람소리가 들렸고, 개울소리가 들렸고 개구리 소리도 들렸다. 그리고 또 다른 소리도 들렸다. 아직 호흡이 남아 있는 시체가 땅속을 빠져나오기라도 하려는 듯, 땅을 헤치고 뿌리를 끊어내는 소리. 누군가 내 운동화를 향해 손을 내미는……

발이 엉키는 바람에 난 기어이 넘어지고 말았다. 팔꿈치를 비석에 부딪긴 했지만 다행히 뒤통수를 박는 건 피할 수 있었다. 나는 잔디에 누운 채로 하늘의 달을 올려다보았다. 달은 이제 막 숲을 빠져나오고 있었다. 이제는 오렌지색이 아니라 잘 닦인 뼈다귀만큼이나 창백한 색이었다.

넘어지고 나니 오히려 두려움이 사라지고 정신이 되돌아왔다. 내가 본 게 어떤 의미인지는 몰라도 착시가 분명했다. 존 카펜터와 웨스 크레이븐 영화에서는 가능할지 몰라도 실제 생활에서는 있을 수 없는 일이란 말이다.

'그래, 좋아. 좋다고. 만일 네가 그냥 이곳을 빠져나가면 넌 그 사실을 믿는다는 뜻이 되는 거야. 그러면 여생 동안 그걸 믿으면서 살아야 한다고.' 머릿속에서 누군가의 목소리가 들렸다.

"젠장!"

나는 투덜대며 자리에서 일어났다. 바닥에 닿은 청바지가 젖어 살갗에 달라붙은 부분을 손으로 떼어내야 했다. '조지 스타우브 여기 잠들다.' 라고 적힌 비석을 원망하는 것이 쉬운 일은 아니지만 그렇다고 생각만큼 어렵지도 않았다. 바람소리는 더욱 거세졌는데, 그건 날씨의 변화를 경고하는 징후가 분명했다. 그림자들이 사방에서 춤을 추고 나뭇가지들이 서로의 몸을 비벼댔다. 끽끽거리는 숲의 울음소리. 나는 허리를 굽혀 다시 비명을 읽었다.

조지 스타우브

1977. 1. 19.~1998. 10. 12.

비록 짧긴 했으나 멋진 삶이었기를

나는 두 무릎에 손을 댄 채 그대로 서 있었다. 심장이 너무 빨리 뛰어 일어설 수가 없었다. 이윽고 거친 숨소리가 잦아들기 시작했다. 그냥 값싼 죄의식 때문이야. 그뿐이라고. 비문을 잘못 읽은 게 무슨 대수란 말인가? 피로와 스트레스가 아니라 해도 착각이란 늘 있는 법이다. 아마도 달빛 때문이었을 것이다. 사건 종료.

하지만 난 분명히 읽었다. 인생은 복불복.

어머니가 돌아가신 거야.

"빌어먹을."

나는 다시 투덜거리며 돌아섰다. 잔디사이를 누비며 발목을 감아 돌던 안개가 많이 엷어져 있었다. 그리고 어디선가 모터소리가 들리고 있었다. 차가 다가오고 있었다!

나는 서둘러 돌 벽의 입구를 뚫고 되돌아갔다. 바닥에 던져놓은 배낭은 다시 어깨에 멨다. 자동차 불빛이 언덕을 반쯤 기어오르고 있었다. 나는 조명이 나를 때리기 시작할 때부터 엄지를 내밀었다. 불빛에 눈이 멀 것만 같았다. 저 친구는 분명 속도를 늦출 생각도 않고 급브레이크부터 잡을 것이다. 내가 그 사실을 알고 있다고 해서 특별한 예지력이 있다거나 한 것은 아니다. 히치하이킹을 수도 없이 해본 사람이라면 누구나 그 정도는 아니까 말이다.

자동차는 나를 지나치고는, 브레이드 조명을 터뜨리며 비포장 갓길로 꺾어 들어갔다. 그리고 리지 로드와 묘지를 가르는 돌 벽 끄트머리쯤에 멈춰 섰다. 나는 배낭을 므릎에 부딪치며 그쪽으로 달려갔다. 차는 머스탱이고 그것도 60년대 후반이나 70년대 초반의 끝내주는 모델이었다. 소음이 심하기도 했다. 머플러의 잡소리로 볼 때 아마도 다음 검사를 통과하긴 힘들 것 같았다……. 하기야 그게 나와 무슨 상관이란 말인가?

나는 문을 활짝 열고 안으로 미끄러져 들어갔다. 그리고 배낭을 두 발 사이에 내려놓았다. 그리고 그 순간 악취가 코를 진동했다. 익숙하면서도 불쾌한 냄새.

"고맙습니다. 정말 고맙습니다."

내가 말했다.

운전석의 남자는 낡은 청바지 차림에 두 팔을 뜯어낸, 검은 티셔츠를 입고 있었다. 그을린 피부에 단단한 근육. 오른쪽 이두근에는 파란색의 가시철망이 문신으로 박혀 있었다. 존 디어 모자는 뒤쪽으로 돌려쓰고 있었다. 티셔츠의 둥근 칼라 부근에 버튼이 하나 있었지만 내 위치에서 읽을 수는 없었다.

"고맙긴요. 시내로 가시나요?"

그가 물었다.

"예."

내가 대답했다. 이 지점에서 '시내'는 당연히 루이스턴을 가리켰다. 루이스턴은 포틀랜드 북쪽에서 시내로 불릴 정도의 크기가 되는 유일한 마을이다. 나는 문을 닫으면서 백미러에 매달려 있는 소나무 공기청정제를 보았다. 악취는 바로 그 냄새였다. 오늘밤 내 팔자가 냄새를 벗어날 수는 없는 모양이다. 오줌 냄새와 인공 솔향기. 아무튼 그래도 얻어 탔다. 그래, 괜히 조바심이었어. 남자가 후진으로 리지 로드 위로 돌아갈 때 늙은 머스탱의 대형엔진이 비명소리를 질렀다. 어쨌든 차를 얻어 탔잖아. 난 마음속으로 중얼거렸다.

"도시엔 무슨 일이죠?"

운전사가 물었다. 난 그가 내 또래라고 생각했다. 오번의 직업학교에 다니는 촌뜨기거나, 아니면 그 지역의 몇 개 남지 않은 섬유공장에 다니는 공돌이일 것이다. 이 머스탱 역시 손수 수리해 끌고나온 것이리라. 촌놈들이야 늘 그렇지 않은가? 맥주를 마시고, 궐련을 피우고, 직접 자동차나 오토바이를 고치는 인간들.

"형이 결혼한다네요. 내가 들러리를 서기로 했어요. 내일이 리 허설인데 내일 밤엔 총각파티도 있대요."

난 아무 생각 없이 거짓말을 해버렸다. 이유는 모르겠지만 어 머니 얘기를 하고 싶지가 않았던 것이다. 뭔가 분위기가 이상했 다. 그게 뭔지도 몰랐고 왜 그런 생각이 들었는지 이유도 없었지 만, 그래도 알 수 있었다. 분명히 뭔가 잘못되어 있었다.

"예? 그래요?"

그는 나를 돌아보았다. 큰 눈에 잘 생긴 얼굴이다. 가볍게 미소 짓는 커다란 입술. 하지만 믿을 수 없다는 표정이었다.

"예."

내가 대답했다.

나는 두려웠다. 말 그대로 두려워졌다. 분명히 뭔가 이상했다. 어쩌면 그 늙은 다지 운전사가 병든 달에 소원을 빌게 한 때부터 일그러지기 시작했을지도 모르겠다. 아니, 애초에, 나쁜 소식이 있 긴 하지만 그렇다고 겁낼 정도로 심각하지는 않다는 맥커디 부인 의 전화를 받지 말았어야 했는지도 모르겠다.

"좋은 일이군요. 형의 결혼이라. 좋은 일이에요. 그래, 이름이 뭐요?"

모자를 뒤집어쓴 청년이 갑자기 이름을 물었다.

아니, 그냥 두려운 게 아니다. 이건 겁에 질린 것이다. 모든 게 잘못되었다. 모든 것이. 도대체 왜, 어떻게 이렇게 빠르게 모든 일 이 틀어질 수가 있는 거지? 적어도 한 가지는 분명했다. 이 머스 탱 운전사에게 루이스턴에 가는 목적을 얘기해 주는 것만큼이나 내 이름을 알리고 싶지도 않다는 것. 내가 루이스턴에 가기 때문도 아니었다. 문득 깨달은 사실이지만 난 결코 루이스턴에 도착하지 못할 것이다. 그건 나를 태워줄 자동차를 아는 것과 같은 이치이다. 그리고 다시 냄새가 났는데, 그것도 마찬가지다. 그건 단순한 방향제 냄새가 아니었다. 그건 방향제로도 지워지지 않은 악취였다.

"헥터. 헥터 패스모어예요. 내 이름이죠."

나는 내 이름 대신 룸메이트의 이름을 댔다. 입이 바짝 탔음에도 불구하고 그 말은 부드럽고 차분하게 흘러나왔다. 좋은 징조다. 마음 어딘가에서, 내가 눈치 챘다는 사실을 머스탱 운전사에게 알리지 말라는 소리가 들렸다. 그게 내 마지막 기회였다.

그가 나를 향해 살짝 몸을 튼 덕분에 배지의 글을 읽을 수가 있었다. '스릴 빌리지, 라코니아에서 총알 차를 탔다네.' 아는 곳이다. 잠깐 동안이지만 가본 적도 있었다.

그의 목을 감싸고 있는 검고 두꺼운 선도 보였다. 언뜻 그의 팔뚝을 휘감은 철망 문신처럼 보였으나 그건 문신이 아니었다. 수직으로 그려진 10여 개의 작은 선. 그건 목을 다시 붙여 넣기 위해 꿰맨 바늘자국이었다.

"만나서 반가워요, 헥터. 난 조지 스타우브라고 해요."

그가 말했다.

내 손이 마치 꿈속을 떠다니는 배처럼 흔들렸다. 아, 차라리 꿈이면 좋으련만. 그때 그 모든 악몽 속에서도 후각은 어김없이 제 몫의 역할을 수행했다. 표면적인 냄새는 분명 솔향이다. 하지만 그 이면의 냄새는 화학약품이다. 포름알데히드. 요컨대 죽은 사람의 차를 얻어 탔다는 말이다.

머스탱은 시속 100킬로미터의 속도로 리지 로드 위를 달렸다. 창백한 보름달 밑을 질주하는 두 개의 하이빔. 도로 양쪽을 채운 나무들이 바람에 춤을 추다가 어둠 속으로 빨려 들어갔다. 조지 스타우브가 넋 나간 미소를 지어보이곤, 내 손을 놓고 다시 도로에 신경을 쏟았다. 고교시절 『드라큘라』를 읽은 적이 있었는데 그중 한 구절이 깨진 종소리처럼 내 머리를 때리기 시작했다. '죽은 자는 빨리 달린다.'

'내가 알고 있다는 걸 들켜선 안 돼.' 이 목소리 역시 머릿속에서 요동을 쳤다. 대단한 진리는 못 되지만 아무튼 내겐 마지막 희망이다. '들켜선 안 돼. 알게 해선 안 된다고.' 노인은 지금 어디에 있는지 궁금했다. 형 집에 잘 도착한 걸까? 아니면 아직도 내내 도로 위를 달리고 있는 걸까? 혹시 노인도 우리 뒤를 바짝 따라오고 있는지도 모르겠다. 낡은 다지의 운전대를 단단히 붙들고 이따금 사타구니를 쥐어뜯으면서 말이다. 그도 죽은 걸까? 아니겠지? 브람 스토커가 죽은 자는 빨리 달린다고 하지 않았던가. 노인은 70이상을 밟아본 적이 없었다. 나는 목구멍 저편에서 비틀린 웃음소리가 기어 나오려는 것을 억지로 내리눌렀다. 지금 그런 식으로 웃는다면 그도 눈치 챌 것이다. 아니, 알게 해선 안 된다. 그것만이 내가 살 길이다.

"결혼식은 정말 신나는 일이죠."

그가 말했다.

"예, 최소한 결혼은 두 번씩은 해야 한다고 생각해요."

나는 두 손을 비비 꼬았다. 손톱이 손가락 관절 위를 파고들고 있다는 생각은 들었지만 그마저 너무나도 아련하게 느껴졌다. 들키면 끝이다. 중요한 건 그것뿐이다. 사위가 숲으로 둘러싸여 빛이라고는 무심한 보름달뿐이었다. 표백된 뼈만큼이나 파리하게 질린 달빛. 그가 죽었다는 사실을 모른 척 해야 했다. 유령이 아니라면 위험할 일이 또 뭐가 있겠는가? 유령을 볼 수는 있다. 하지만 차를 세워 사람을 태워주는 건 또 어떤 존재란 말인가? 도대체 정체가 뭐지? 좀비? 구울? 뱀파이어? 아니면 또 다른 존재가 있는 걸까?

조지 스타우브가 웃었다.

"결혼을 두 번 해요? 예, 맞아요. 우리 가족도 다 그랬으니까."

"우리도 그래요. 장례식은 정말 죽여주죠."

내가 차분한 목소리로 대꾸했다. 승차의 대가로 차주인 말에 맞장구를 쳐주며 시간을 때우려는 전형적인 히치하이커의 목소리였다.

"결혼식이겠죠."

그가 조용한 목소리로 교정해 주었다. 계기반의 빛에 비친 그의 얼굴은 화장을 하기 전 시체 얼굴 그대로 납빛이었다. 정말로 끔찍한 건 삐딱하게 쓴 모자였다. 도대체 그 밑에 남아 있는 게 얼마나 되는 거지? 장의사들이 두개골 위쪽을 톱으로 썰어 두뇌를 꺼낸 다음 화학약품 처리된 솜을 대신 집어넣는다는 말을 어딘가에서 읽은 적이 있었다. 얼굴이 함몰하는 것을 막기 위한 조치라고 했다.

"예, 결혼식. 당연히 결혼식이죠. 말이 헛나왔어요."

나는 바짝 타는 입술로 더듬거리고는 가볍게 키득거리기까지 했다.

"실언도 늘 의미가 있다는 게 내 생각이에요. 취중진담이란 말도 그래서 있는 거고."

운전사의 대답이었다. 그는 여전히 미소를 잃지 않았다.

그래, 프로이트도 그렇게 생각했지. 《프시케》 101호에서 읽은 적이 있다. 이 친구가 프로이트를 잘 알고 있을 것 같지는 않았다. 프로이트주의자들 중에 소매 없는 티 차림에 야구 모자를 뒤로 젖혀 쓰는 치들이 얼마나 되겠는가? 하지만 그럼에도 불구하고 이 자는 알 만큼 알고 있었다. 장례식? 맙소사, 난 분명히 장례식이라고 했다. 문득 이 자가 나를 갖고 놀고 있다는 생각이 들었다. 그가 죽었다는 사실을 난 모르는 것으로 해야 했다. 그 역시 그의 죽음을 내가 알고 있다는 사실을 알고 있음을 내게 알리고 싶어 하지 않았고, 나도 그의 죽음을 내가 알고 있다는 사실을 그가 알고 있음을 내게 알리고 싶어 하지 않는다는 사실을……

언어가 눈앞에서 흔들리기 시작했다. 그런 식으로 흔들리다간 결국 돌풍처럼 휘몰아치고 결국 놓치고 말 것이다. 난 잠시 두 눈을 감았다. 어둠 속에서 달빛의 잔상이 녹색으로 퇴색해가고 있었다.

"이봐요, 괜찮아요?"

그가 물었다. 그의 목소리에 담긴 염려까지 소름끼쳤다.

"예."

내가 눈을 뜨면서 대답했다. 다시 현실로 돌아왔다. 손톱이 파고든 손등의 통증도 너무나 선명하게 느껴졌다. 그리고 악취. 청정제나 화학약품만도 아니었다. 거기에는 흙냄새도 섞여 있었다.

"정말, 괜찮은 거예요?"

그가 다시 물었다.

"그냥 약간 피곤해서 그래요. 오랫동안 차를 얻어 탔거든요. 게다가 가끔 차멀미도 하고."

그때 문득 기발한 생각이 떠올랐다.

"이봐요, 아무래도 내려야겠어요. 시원한 공기를 쐬면 속이 좀 가라앉겠죠. 조금 기다렸다가 다른 사람 차를……"

"그럴 순 없죠. 여기다 사람을 버린다고요? 말도 안 돼. 차가 한 시간에 한 대 올까말까 하는 곳인데다 그렇다고 태워준다는 보장도 없고. 그냥 타고 있는 게 좋아요. 그 노래가 뭐였더라? '늦지 않게 교회에 데려다줘요…….' 그런 노랜데. 이해하죠? 여기 내려줄 순 없어요. 창문 좀 열면 도움이 될 겁니다. 이 안에 냄새가 별로 향기롭지 못해서 그럴 거예요. 그래서 공기청정제를 달았는데 완전 개떡인 거 있죠. 여긴 그런 걸로 지울 수 없는 냄새까지 있거든요."

핸들을 돌리고 창문을 열어 신선한 공기라도 쐬어야 하겠건만 팔 근육이 마치 젤리처럼 굳어 꼼짝할 수가 없었다. 그저 그렇게 앉아 두 손을 비비꼬며 손등을 꼬집는 것 말고 할 수 있는 게 하나도 없었다. 근육 일부는 꿈쩍도 하지 않으려 했고 나머지 근육도 하던 일을 내팽개쳐버린 것이다. 맙소사!

"그 얘기 같네요. 750달러에 새거나 진배없는 캐딜락을 구입한 얼간이 얘기요. 그 얘기 들어봤죠?"

"예, 유명한 얘기잖아요."

내가 얼어붙은 입술로 간신히 내뱉었다. 모르는 얘기였지만 듣고 싶지도 않았다. 아니, 남자의 목소리 자체를 듣고 싶지 않았다.

낡은 흑백 영화처럼 흑백의 도로가 끝없이 이어져 있었다.

"예, 그렇죠. 무지 유명하죠. 그래서 그 친구는 차를 찾던 중에 어느 잔디밭에서 캐딜락 한 대를 보는 거예요. 거의 새 차였죠."

"아는 얘기라고……"

"그래요. 그런데 그 차 창문에 '팝니다. 주인에게 문의.'라고 씌어 있었죠."

그는 담배 한 개비를 귀 뒤에 꽂고 있었다. 그가 담배를 꺼내기 위해 팔을 들면서 셔츠자락이 올라갔고 나는 또 다른 바늘자국을 보고 말았다. 살갗을 수놓은 검은 철망. 그가 팔을 내리자 상처도 눈앞에서 사라졌다.

"그 친구한테는 캐딜락 살 돈이 없었어요. 근처에도 못 갔죠. 하지만, 호기심이야 누가 뭐라겠습니까? 그래서 주인을 찾아가 물은 거예요. '저런 차는 도대체 얼마나 갑니까?' 그러자 주인 친구가 들고 있던 호스의 스위치를 껐죠. 마침 세차 중이었거든요. 그가 이렇게 말해요. '이봐요. 당신 오늘 땡 잡은 거요. 750달러만 내면 타고 갈 수 있소.'"

라이터가 팍 하고 터졌다. 스타우브는 불붙은 코일을 담배 가까이에 갖다 댔다. 그리고 연기를 빨아들이는데, 세상에, 목을 한 바퀴 감은 바늘자국 틈새로 지렁이 같은 담배 연기가 스멀스멀 새어나오는 것이 아닌가?

"남자가 운전석 창 안을 들여다보았는데 겨우 이만오천 조금 더 뛴 거예요. 그래서 차주인에게 말하죠. '예, 정말, 잠수함 미닫이문만큼이나 웃기는 농담이군요.' 그랬더니 주인이 뭐랬는줄 압니까? '농담 아뇨. 돈만 내면 당신 거라니까. 이런, 젠장, 좋아 수표도 상관없소. 좋은 사람 같으니까 내 인심 쓰는 거요.' 세상에, 기가 막힐 노릇 아닌가요?"

나는 창밖을 내다보았다. 들은 적이 있는 얘기다. 몇 년 전, 그러니까 고등학교 3학년쯤이었던 것 같다. 그땐 캐딜락이 아니라 썬더버드였지만 다른 얘기는 모두 같았다. 주인이 이렇게 말한다. '겨우 이만오천밖에 뛰지 않았지만 나도 바보는 아니요. 이렇게 새 차를 750달러에 파는 사람은 어디에도 없다는 것쯤은 나도 알고 있어요.' 주인이 그러는 이유는 차에서 냄새가 나기 때문이라고 했다. 도저히 냄새를 지울 수가 없다는 얘기였다. 닦고, 닦고, 또 닦아도 냄새는 그대로였단다. 그는 사업 여행을 다녀온 참이었다. 아주 먼 여행. 최소한……

"……2주는 걸렸다고 했어요."

운전사가 이야기 도중에 미소를 지어보였다. 정말로 죽이는 얘기를 할 때 다들 짓는 그런 미소였다.

"그런데 돌아와서 차고에 차를 집어넣을 때에야 차 안에 아내가 있다는 걸 알죠. 그러니까 여행을 다녀오는 내내 그곳에 죽어 있던 겁니다. 자살인지, 심장마비인지는 모르지만 아무튼 여자는 완전히 부패한 상태였고 차는 악취로 진동을 했죠. 그래서 차를 내놓은 거예요. 어때, 죽이지 않아요?"

그가 큰소리로 웃기 시작했다.

"왜 전화를 하지 않았을까요? 2주 동안의 사업 여행이라면 한 번은 집에 전화를 걸어 와이프가 잘 지내는지 확인했을 텐데."

내가 말했지만 그건 나도 모르게 나온 말에 불과했다. 머리가 제멋대로 논다는 뜻이다.

"이런, 그건 논점에서 벗어난 질문이요, 예? 요점은 대단한 거래라는 거죠. 군침이 도는 거래 아닌가요? 차창만 활짝 열어 놓으면 차를 몰 수는 있잖아요? 게다가 그건 그냥 이야기라고요. 지어낸 얘기. 이 차 냄새 때문에 생각난 것뿐이고. 논점은 그거예요."

침묵. 문득 이런 생각이 들었다. '이 친구 내 얘길 기다리는 거야. 내가 마무리해 주길 기다리고 있다고.' 나도 그러고 싶었다. 정말로. 문제는…… 문제라고? 그래, 문제는 그가 어떻게 받아들일 거냐는 데 있었다.

그는 엄지로 셔츠의 배지를 문질렀다. '스릴 빌리지, 라코니아에서 총알 차를 탔다네.' 라고 적힌 배지.

"오늘 이곳에 갔었죠. 스릴 빌리지. 한 친구를 위해 일했더니 자유 이용권을 주더군요. 여자 친구도 같이 오려했는데 전화해서 아프다고 그러더라고요. 요맘때만 되면 가끔 그렇게 아프거든요. 정말로 개처럼 쩔쩔 매는 게 불쌍할 정드예요. 참 신기하죠? 정말 다른 해결책은 없는 걸까요? 생리 같은 거 없이요. 아무튼 그래서 문제가 생겼고 그래서 혼자 간 거예요. 자유이용권을 날릴 순 없으니까. 스릴 빌리지에 가본 적 있어요?"

그가 물었다. 생명력이라고는 하나도 느껴지지 않는 목소리.

"예," 딱 한 번. 그건 열두 살 때 일이었다.

"누구하고요? 설마 혼자 가지는 않았겠죠? 열두 살밖에 안 됐는데?"

그가 물었다.

내가 이 친구한테 그 얘기를 한 적이 있던가? 아니, 없다. 이자는 나를 갖고 놀고 있었다. 분명했다. 탁구공처럼 이리 치고 되치고…… 나는 문을 열고 밖으로 뛰어내릴까 하는 생각도 해보았다. 땅에 부딪기 전에 두 팔로 머리를 감싸면 잘하면 죽지는 않을 것이다. 하지만 이 자는 내가 달아나기 전에 팔을 뻗어 나를 붙잡을 것이다. 게다가 지금은 근육도 말을 듣지 않는 처지가 아닌가? 기껏 손등이나 꼬집고 있는 주제에.

"그렇죠. 아버지하고 갔었어요. 아버지가 데려간 거니까."

"총알 차 타봤나요? 난 그걸 네 번이나 탔는데. 세상에, 똑바로 올라갔다가 거꾸로 떨어지는 기분이라니!"

그가 나를 바라보면서 텅 비고 건조한 웃음을 터뜨렸다. 달빛이 그의 두 눈을 가득 채워 마치 흰색 원반처럼 만들었다. 조각상의 죽은 눈. 그제야 나는 그가 단순히 죽은 게 아니라는 사실을 깨달았다. 그는 미친 것이다.

"그거 타봤나요, 앨런?"

이름을 잘못 불렀다고 말할까도 해봤지만 그런다고 무슨 소용이겠는가? 이제 종점에 다다르고 있는데 말이다.

"예, 타봤어요. 총알 차."

내가 속삭이듯 대답했다. 달빛을 제외하곤 밖은 칠흑 같은 어둠뿐이었다. 나무들이 쏜살같이 달아나는 모습이 마치 다음 무대를 위해 서두르는 서커스 무희들처럼 보였다. 도로 역시 전광석화 같기는 마찬가지였다. 속도계를 보니 시속 130킬로까지 올라가 있었다. 우린 지금 총알 차를 타고 있었다. 죽은 자는 빨리 달린다.

"거짓말."

그가 이렇게 내뱉더니 담배를 꺼내 물었다. 나는 다시 연기가 새어나오는 바늘자국을 지켜봐야 했다.

"거짓말이야. 당신은 타본 적 없어. 하물며 아버지하고는 말도 안 되잖아. 그래, 줄을 서기는 했지. 하지만 그건 당신 어머니였어. 늘 그렇듯 총알 차를 기다리는 줄은 너무 길었고 당신 어머닌 뜨거운 햇볕에 서 있는 걸 죽기보다 싫어했지. 그때도 뚱뚱했거든. 당연히 더운 건 질색이었고. 그런데도 당신은 하루 종일 어머니를 괴롭혔지. 보채고 칭얼거리고 짜증내고. 이봐, 그런데 웃기는 건 말이야. 그럼에도 불구하고 당신은 끝끝내 줄 제일 앞에까지 갔다는 거야, 안 그래?"

나는 아무 말도 하지 못했다. 혀가 아예 입천장에 달라붙어 있었다.

그의 손이 몰래 기어 나오더니 엉겨 붙은 내 손을 잡았다. 머스탱의 계기반 불빛에 비친 누런 피부색, 더러운 손톱들. 그의 손이 닿자 순간적으로 비비 꼬인 두 손의 맥이 풀리며 마치 마술사의 지팡이에 닿은 매듭처럼 풀려나갔다. 그의 피부는 차갑고 미끈거렸다.

"안 그래?"

"그래요. 거의 다 와서야 너무 높다는 사실을 깨달았죠……. 꼭대기에서 뒤집어지는 것도 보았고 사람들이 떨어지면서 내지르는 비명소리도 들었어요……. 버럭 겁이 난 거죠. 어머니는 나를 때렸을 뿐 아니라 집으로 오는 내내 한 마디도 하지 않았어요. 결국 총알 차를 타지 못한 거니까요."

내가 대답했다. 모기소리만 한 목소리였다. 그렇다. 이 차를 뺀다면 지금껏 총알 차를 타본 적은 없었다.

"이봐, 그때 탔어야 했어. 최고였거든. 진짜로 타볼 만하다니까. 다른 건 다 애들 장난이야. 스릴 빌리지엔 총알 차밖에 없어. 원래는 집으로 가는 길에 주경계선에 있는 가게에서 맥주 몇 잔 하고 여자 친구 집에 들러 이 배지를 선물할 생각이었지. 그런데 보다시피 일이 이렇게 된 거야."

그가 가슴에 붙은 배지를 때리고는 창문을 내려 깜빡거리는 담배를 내던졌다.

일이 그렇게 된 것이다. 유령이야기는 늘 그런 식이다. 머스탱이 충돌하고 경찰이 왔을 땐 그는 이미 죽은 후였다. 운전대에는 박살난 몸통만 남아 있고 머리는 뒷좌석으로 날아가 있었겠지? 모자는 뒤쪽으로 돌아가고 부릅뜬 눈으로는 지붕 천장을 쳐다봤을 테고. 그 후로도 보름달이 뜨고 '휘유' 하고 스산한 바람이 부는 날이면, 우리는 이런 식으로 리지 로드에서 그를 만나는 거야. 그리고 끝내는 TV 광고에서 나올 법한 짧은 경구를 깨닫게 되지. 평생 동안 들어온 이야기가 가장 무섭다는 사실. 그래, 진정한 악몽이란 바로 그런 거야.

"맞아, 장례식은 정말 죽여줘. 그렇게 말하고 싶었던 거지? 말이 헛나온 거라고? 앨런, 넌 언제나 그랬잖아. 실언하고 실족하고 그래서 자빠지고."

"내려줘요. 제발."

내가 속삭였다.

"에, 그 문제는 조금 더 얘기해 봐야 되지 않겠어? 내가 누군지는 아나, 앨런?"

그가 나를 돌아보며 물었다.

"당신은 유령이에요."

내가 대답했다.

그는 가소롭다는 듯 코웃음부터 쳤다. 그리고 속도계의 흐린 불빛 속에서 그의 입 끝이 올라가는 것을 보았다.

"이런, 빌어먹을. 이봐, 겨우 그것밖에 안 돼? 얼뜨기 캐스퍼 같은 게 유령이야. 내가 공중을 날아다니기라도 하나? 내 속이 훤히 들여다보여?"

그가 한 손을 들고 내 눈앞에서 폈다 감았다를 해보였다. 바짝 마른 근육이 움직일 때마다 뼈마디가 부딪는 소리가 삐걱거렸다.

무슨 말인가를 하고 싶었지만 아무 생각도 나지 않았다. 아니, 생각이 나도 마찬가지였겠다. 어차피 말이 나오지 않을 터이니.

"말하자면 난 사신 같은 거야. 무덤에서 돌아온 메신저, 멋지지 않아? 사실 나 같은 존재는 얼마든지 있어. 상황만 맞는다면 말이야. 내가 무슨 생각하는지 알아? 그러니까 이런 일을 주관하는 자가 신인지 개뿔인지는 모르지만, 아무튼 장난을 좋아하는 건 분명한 것 같아. 우리가 이미 갖고 있는 걸 지키려 할 것인지, 아니면 잘 꾀서 커튼 뒤에 숨겨놓은 걸 찾으러 가게 만들 건지 따위를 무지 궁금해 하거든. 물론 상황이 딱 들어맞아야 해. 오늘 밤이 딱 그랬어. 너는 혼자고…… 어머니는 아프고…… 그래서 차를 얻어 타야 했으니까."

"그 노인하고 있었다면 이런 일은 일어나지 않았을 거란 말인가요?"

내가 물었다. 이제 스타우브의 냄새를 맡을 수 있었다. 바늘처럼 날카로운 화학약품에 감춰진, 무디고 둔탁한 고기 썩는 냄새. 어떻게 그 냄새를 놓칠 수 있었을까? 이렇게 분명한 냄새를 착각했다는 사실이 우습기만 했다.

"모르지. 네가 말하는 그 노친네도 시체였을지."

스타우브의 대답이었다.

나는 노인의 깨진 유리 같은 목소리와 고질병에 걸린 사타구니를 떠올려보았다. 아냐, 시체일 리가 없어. 그런데 난 낡은 다지의 지린내가 싫어서 더 끔찍한 악취 속으로 뛰어든 거라고.

"어쨌든 이젠 그런 타령할 시간도 없어. 7킬로미터만 더 가면 집이 나타날 테고, 거기서 10킬로쯤 가면 루이스턴 시경계가 보일 테니까. 요컨대 결정할 때가 된 거지."

"결정하다니?"

하지만 그 질문을 알 것만 같았다.

"누가 총알 차를 타고, 누가 지상에서 기다릴 것인지 말이야. 너하고 네 어머니. 둘 중 하나는 나와 함께 가야 해. 지금은 네가 여기 있으니까 네가 결정하라고. 응?"

그가 고개를 돌려 나를 보다가 운전대를 두드리기 시작했다. 질식할 것만 같은 달빛의 눈. 그가 더 큰 미소를 지었다. 이가 거의 없었다. 물론 차 사고에서 날아간 것이리라.

'농담해요?' 라는 말이 입가에 맴돌았지만 그게 무슨 소용이겠는가? 물론 농담일 리가 없었다. 그건 미치도록 선명한 진실이었다.

어머니와 함께 지낸 세월을 돌이켜보았다. 앨런 파커와 진 파커의 세상살이는 즐거운 때도 많았다. 최악의 시기도 있었다. 누더기 바지와 냄새나는 볶음밥. 대개의 아이들은 매주 25센트짜리 동전으로 뜨거운 점심을 사먹었지만 나는『왕자와 거지』에 나오는 거지처럼, 매일 피넛버터 샌드위치나 하루 묵은 빵에 둘둘 만 볼로냐소시지로 때워야 했다. 둘의 생계를 위해 어머니는 무수히 많은 레스토랑과 칵테일 바를 전전했고, 행여 노는 날이면, 결식아동 구호단체 사람과 상담을 했다. 그럴 때면 어머니도 제일 깨끗한 바지와 정장 차림이었다. 남자도 정장 차림으로 부엌 흔들의자에 앉아 있었는데, 나 같은 아홉 살짜리 애가 보아도, 어머니 옷에 비할 바가 아니었다. 그의 무릎엔 메모판이 놓여 있고 손엔 반짝거리는 펜이 들려 있었다. 어머니는 억지 미소를 띠운 채, 남자의 모욕적이고 당혹스런 질문들에 답변을 해나갔다. 심지어 커피를 더 따라주기까지 했다. 남자가 보고서만 잘 써주면 매달 50달러의 부수입을 챙길 수 있기 때문이다. 그 알량한 50달러 때문에. 그가 떠난 후 어머니는 침대에 누워 엉엉 울음을 터뜨렸다. 내가 다가가 옆에 앉으면, 어머니는 겨우 미소를 지으며 그 남자는 결식아동 구호단체가 아니라 돌대가리 구호단체에 들어가야 할 거라고 농담을 했다, 그리고 내가 웃자 따라서 킬킬거리고 웃기 시작했다. 둘 다 순전히 웃어야 한다는 의무감 때문이었다. 줄담배를 피우는 뚱땡이 어머니뿐인 내가 살아남기 위해, 웃음이란 종종 유일한 생존전략이기도 했다. 그렇지 않았다면 미쳐버리거나, 주먹으로 아무 벽이나 죽도록 두드려댔어야 했을 터였다. 아니 웃음에는 그 이상의 의미도 있었다. 우리 같은 사람들, 그러니까 만화에 나오는 쥐새끼들처럼, 종종걸음으로 세상을 헤쳐 나가야 하는 우리네 소인배들에게, 웃음은 때때로 개자식들에게 보내는 복수의 마지막 칼날이 되어주기도 한다. 어머니는 많은 것을 해주었다. 퉁퉁 부은 두 다리에 붕대를 감고 야간작업까지 하면서 돈이 생기는 대로 '앨런의 대학 입학금'이라고 적힌 항아리에 집어넣었다. 거지새끼를 왕자로 키우기 위한 몸부림이었다. 그러는 동안에도 어머니는 내내 열심히 공부할 것을 주문했다. 다른 아이들이 그 잘나빠진 프레디 미술학원에 다닐 때에도, 난 그러지 못했다. 어머니가 죽을 때까지 모아도 대학등록금을 채우는 것은 불가능했다. 결국 그건 내가 대학에 가려면 장학금과 대출금으로 연명해야 한다는 뜻이었다. 어떤 일이 있더라도 난 대학에 가야 했다. 나를 위해, 그리고 어머니를 위해, 대학은 우리 모자의 유일한 탈출구였다. 그래서 열심히 공부했다. 난 바보가 아니니까 그 말은 믿어도 좋다. 어머니가 얼마나 뚱뚱한지도 알고 있고, 얼마나 담배를 피우는지도 알고 있었다. 담배를 부정적으로 생각하는 사람들에게는 유일한 폐습이겠으나, 끽연은 어머니에게 유일하고도 은밀한 취미였다. 물론 언젠가는 우리 위치가 달라져 내가 어머니를 돌봐야 할 때가 올 것임을 모르는 바는 아니었다. 대학을 졸업하고 좋은 직장을 얻게 되면 충분히 가능하다. 난 어머니를 돌볼 것이다. 어머니를 사랑하니까 그건 당연하다. 성질 더럽고 입에 욕을 달고 사는 어머니지만(어머니가 욕설에 손찌검까지 한 게, 총알차를 기다리다 포기했을 때 뿐만은 아니었다.) 그럼에도 불구하고, 아니 어쩌면 그 때문에 더욱 어머니를 사랑한다. 어머니가 때릴 때에도 키스해 줄 때만큼이나 사랑했다. 이해할 수 있나? 이런 나를 이해할 수 있는가 말이다. 뭐, 상관은 없다. 삶이나 가족을 논리적으로 설명할 수는 없는 법이고 그리고 우린 가족이다. 어머니와 나. 이 지상에 존재하는 가장 작은 가족 단위. 공유된 비밀. 굳이 대답하라면 난 그녀를 위해 뭐든지 할 수 있다고 대답했을 것이다. 그리고 지금 이 자가 묻는 것도 정확히 그 질문이다. 어머니를 위해 죽을 수 있는가? 어머니 대신 죽을 수 있는가? 하지만 어머니는 반평생 이상을 살았고 나는 아직 시작도 못하지 않았는가?

"앨런, 어서 대답해야지. 시간이 없어."

조지 스타우브가 물었다.

"그런 문제를 내가 결정할 수는 없어요. 그건 불합리한 질문이요."

내가 쉰 목소리로 대답했다.

"나도 알고 있어. 어차피 다들 그렇게 말하니까. 하지만 말해 둘 게 있다. 첫 번째 집이 나타날 때까지 결정하지 못하면 난 둘 다 데려갈 거야. 그래, 둘이 나란히 뒷자리에 타서 옛날 얘기를 해도 좋겠지. 어차피 옛 얘기 말고는 할 얘기도 없을 테니."

목소리까지 낮추어 이죽거리는 모습이 나를 골리는 게 신이 나 죽겠다는 투였다.

"어디로 가는 거죠?"

그는 대답하지 않았다. 아니, 어쩌면 그를 수도 있겠다.

나무들이 검은 잉크처럼 번지며 지나쳤다. 헤드라이트가 질주하고 길도 마구 달려왔다. 나는 이제 스물한 살이다. 동정은 아니지만 여자와 자본 건 단 한 번 뿐이었다. 그것도 만취상태여서 어땠는지 잘 생각도 나지 않았다. 가고 싶은 곳도 수천 곳은 된다. 로스앤젤레스, 타히티, 텍사스, 어쩌면 루켄바흐까지…… 하고 싶은 일도 너무나 많다. 어머니는 마흔여덟이고 그건 늙었다고 말할 수 있는 나이다. 빌어먹을, 맥커디 부인은 아직 젊다고 했지만 그 여자도 마찬가지니까 그렇게 말했을 것이다. 어머니는 내게 잘해 주었다. 죽도록 일하면서도 나를 끝까지 돌봐주었다. 하지만 그렇게 살라고 한 게 나는 아니지 않는가? 어머니는 마흔여덟이고 나는 스물하나다. 내 앞에 파노라마 같은 인생이 펼쳐져 있다는 뜻이다. 하지만 다들 그렇게 생각하는 걸까? 사람들은 그런 일을 어떤 기준으로 결정하지? 그런 일을 어떻게 판단할 수 있지?

쏜살같이 달아나는 나무들. 텅 빈 시선으로 내려다보는 보름달.

"서두르라고, 친구. 이제 곧 인가가 나타날 거야."

조지 스타우브가 재촉했다. 나는 입을 열고 뭔가 말하려 했지만 나오는 건 한숨뿐이었다.

"아 참, 좋은 게 하나 있다."

그가 말하고는 뒤쪽으로 손을 내밀었다. 셔츠가 다시 말려 올라가며 배에 그어진 검은 바늘자국들이 드러났다. 미치겠군. 도대체 저 바늘자국 안에는 아직 내장이 들어 있는 걸까? 아니면 소독약에 흠뻑 적신 거즈만 채워 넣은 걸까? 그가 다시 돌아왔을 때 그의 손에는 캔맥주 하나가 들려 나왔다. 아마 마지막 운전 때 주 경계에서 산 맥주이리라.

"기분은 이해해. 스트레스 때문에 입이 바짝바짝 타겠지? 자, 마시라고."

그가 말했다.

그가 깡통을 건넸다. 나는 맥주를 받아 꼭지를 딴 다음 벌컥벌컥 들이켰다. 식도를 흐르는 맥주 맛은 시원하고 씁쓸했다. 맥주는 처음이었다. 그냥 지금껏 마실 기회가 없었다. 아니, 솔직히 TV

광고를 보는 것조차 싫었다.

앞쪽으로 희미하게 노란 빛이 깜빡이기 시작했다.

"서둘러, 앨런. 속도를 내보라고. 저기 언덕 꼭대기가 첫 번째 집이야. 할 말이 있으면 지금 하는 게 좋을 거야."

빛이 사라졌다가 다시 나타났다. 이번엔 불빛이 좀 더 많았다. 창문들. 그 창문들 너머에는 보통 사람들이 늘 하는 일들을 하고 있겠지? TV를 보고, 고양이 먹이를 주고, 화장실에서 딸딸이 치는 그런 일을……

스릴 빌리지에서 어머니와 줄을 섰을 때를 떠올려보았다. 진 파커와 앨런 파커. 여름 드레스 겨드랑이에 땀이 거뭇하게 배어나온 뚱보 여인 진 파커. 그리고 그녀의 어린 아들. 그녀는 줄 서기를 원치 않았다. 그건 스타우브 말이 맞다. 하지만 난 조르고 떼쓰고 사정했다. 그것도 그의 말이 옳다. 어머니는 나를 위해 수많은 줄을 섰고 그 모든 것을 하나하나 되새길 수도 있다. 싫다 좋다의 말다툼까지 모두. 하지만 이젠 시간이 없다.

"그녀를 데려가요."

나는 첫 번째 집 불빛이 머스탱을 향해 쏟아지는 것을 지켜보며 그렇게 내뱉었다. 목소리가 거칠고 낯설고 너무 컸다.

"어머니요. 어머니를 데려가요. 난 내버려두고."

나는 차 바닥에 빈 깡통을 던지고 두 손으로 얼굴을 감쌌다. 그때 그가 나를 건드렸다. 셔츠 앞자락을 만지작거린 것이다. 그리고 불현듯 정신이 바짝 들었다. 그래, 모든 게 시험이었어. 난 시험에 떨어졌고 결국 이 자는 내 가슴에서 끌떡거리는 심장을 끄집어내려는 거야! 아라비아의 잔혹 동화책에 나오는 악마처럼 말이야! 그러자 그의 손이 떨어져나가더니 나를 지나쳐 움직였다. (마지막 순간에 마음을 바꾸기라도 한 걸까?) 그리고 그 순간 내 코는 그의 치명적인 악취로 가득 차고 나 역시 죽음을 확신했다. 이윽고 문이 딸깍 하고 열렸다. 차갑고 신선한 공기가 밀려들어와 순식간에 죽음의 냄새들을 쓸어가 버렸다.

"좋은 꿈꾸라고, 앨런."

그가 속삭이고는 나를 밖으로 밀어냈다. 나는 10월의 바람 부는 어둠 속으로 굴러 떨어졌다. 나는 두 눈을 질끈 감고 두 손으로 얼굴을 감쌌다. 물론 떨어질 때의 충격에 대비하기 위한 발악이었다. 비명을 지른 것도 같은데 잘 기억은 나지 않았다.

충격은 없었다. 그리고 한참 후에 이미 땅에 떨어졌다는 사실을 깨달았다. 대지의 차가운 기운이 느껴졌다. 나는 두 눈을 뜨려다가 얼른 다시 감고 말았다. 달빛에 눈이 멀 것만 같았다. 전광석화 같은 통증이 머리를 꿰뚫고 지나갔다. 하지만 그건 밝은 빛에 갑자기 노출되었을 때 자극을 받는 눈두덩이가 아니라, 그 안쪽이었다. 그러니까 목덜미 바로 위쪽 말이다. 두 다리와 엉덩이도 차갑게 젖어 있었으나, 그것도 상관없다. 그 차에서 벗어났다. 중요한 건 그뿐이었다.

나는 팔꿈치로 밀고 일어나면서 조심스럽게 눈을 떴다. 이곳이 어디인지는 알 것 같았다. 주변을 힐긋 돌아보는 것만으로 짐작은 사실로 굳어졌다. 리지 로드의 언덕 꼭대기, 그리고 작은 묘지. 난 그곳에 똑바로 누워 있었다. 달은 머리 바로 위에서 밝은 빛을 던지고 있었지만 조금 전보다는 훨씬 작아보였다. 안개는 더욱 짙어져 묘지가 마치 담요로 덮인 것 같았다. 안개 여기저기 묘비들이 돌섬처럼 솟아 있는 것이 보였다. 두 발로 일어서려는데 또 다른 통증이 뒤통수를 후려갈겼다. 손을 갖다 대자 쿵쿵 뛰는 맥박이 잡히고 끈적거리는 액체도 만져졌다. 손바닥을 가로지른 핏자국이 달빛에 검은색으로 보였다.

두 번째 시도에 겨우 일어서는 데 성공했다. 나는 안개 바다의 묘비 섬들 사이에 무릎까지 잠긴 채 흔들거리며 서 있었다. 주변을 돌아보니 돌 벽의 균열과 그 너머 리지 로드가 보였다. 배낭은 안개에 묻혀 보이지 않았지만 어차피 어디에 있는지는 뻔했다. 왼쪽 바큇자국을 따라 걸어 나가다보면 찾을 수 있을 것이다. 빌어먹을, 잘 하면 또 걸려 넘어지겠군.

일이 그렇게 된 것이다. 이제는 너무나도 일목요연하게 정리가 되었다. 나는 잠시 휴식을 취하기 위해 멈춰 섰다가, 잠시 둘러볼 요량으로 묘지 안에 들어왔다. 그리고 조지 스타우브의 무덤에서 뒷걸음질치다가 발이 꼬였고, 넘어져서 묘비에 머리를 찧고 만 것이다. 멍청한 놈. 의식을 잃은 지 얼마나 된 거지? 그다지 명민한 놈이 못 되어 달의 변화만으로 시간을 잴 능력은 없지만 최소한 한 시간은 지난 것 같았다. 죽은 사람과 차를 탈 정도의 시간은 있어야 했으니까 말이다. 죽은 사람? 물론 조지 스타우브다. 의식을 잃기 바로 전에 묘비에서 읽은 이름. 정말로 고전적인 결말이로군. 그게 다 일장춘몽에 불과했다니. 그래서 루이스턴에 도착했더니 어머니가 돌아가셨다 이런 얘기인가? 한밤의 예고편 같은 것? 겨우 그런 거야? 이런 건 기껏 해봐야 어느 파티가 끝나갈 때 늘어놓을 만한 그런 종류의 이야기에 불과했다. 사람들은 심각하게 머리를 조아릴 것이고, 가죽을 덧댄 트위드재킷 차림의 얼간이들은 우리의 철학으로 설명이 불가능한 일들이 천지간에 한둘이 아니라고 맞장구를 쳐댈 것이다. 그리고……

"개똥 같은 소리. 도대체 이런 얘기를 누구한테 하겠다는 거야? 내 눈에 흙이 들어가기 전엔 절대로 안 해. 아니, 흙이 들어가도 안 할 거야."

안개가 마치 거울에 서린 김처럼 보였다.

하지만 그 모든 것이 너무나도 선명했다. 너무나도. 조지 스타우브가 머스탱을 몰고 와서 나를 태워주었다. 머리를 겨드랑이에 끼우는 대신 바느질로 꿰맨 이카보드 크레인(워싱턴 어빙 작 『슬리피 할로의 전설』의 주인공 — 옮긴이)의 옛 친구는 선택을 강요했고 나는 선택을 했다. 첫 번째 집의 불빛이 다가오자 일말의 주저도 없이 어머니의 목숨을 내버린 것이다. 이해가 안 가는 바는 아니지만 그렇다고 죄의식이 줄어드는 것도 아니다. 물론 그 사실을 아는 사람은 없고 그게 위안이라면 위안이겠다. 어머니의 죽음은 당연한 것으로 비춰질 것이다. 젠장, 그래야 한다. 왜냐하면 난 아무한테도 말하지 않을 테니까 말이다 .

나는 바퀴자국을 따라 묘지를 빠져나왔다. 발에 걸린 배낭도 집어 어깨에 걸쳤다. 그때 마치 귀띔이라도 해줬다는 듯이 언덕 아래에서 불빛이 보였다. 나는 손가락을 퉁겼다. 분명 다지를 탄 늙은이일 것이다. 그가 나를 찾아 돌아온 것이 분명했다. 그래야 했다. 그래야 이야기가 그럴 듯하게 마무리될 것이다.

노인은 아니었다. 사과 광주리로 가득한 포드 픽업트럭을 타고, 담배를 질겅질겅 씹고 있는 너무나도 정상적인 농부였다. 늙지도 죽지도 않은.

"어디로 가는 게냐?"

그가 물었고 내가 대답했다.

"잘 됐다. 나도 그쪽이니까."

그리고 채 40분도 안 되어, 그러니까 9시 20분에 그는 센트럴 메인 메디컬센터에 차를 세워주었다.

"행운을 빈다. 모친께서는 괜찮으실 게야."

"감사합니다."

나는 인사를 하고 차문을 열었다.

"걱정이 많은 건 알겠다만 어머니는 무사하실 게다. 하지만 그 손은 소독 좀 해야 할 것 같구나."

그가 내 두 손을 가리켰다. 두 손을 내려다보니 손등에 깊은 초승달 같은 보라색 상처들이 보였다. 두 손을 맞잡고 손톱으로 후벼 팠던 생각이 떠올랐다. 느낌은 있었지만 멈출 수가 없었는 데…… 호수 같은 달빛으로 가득 찬 스타우브의 두 눈도 기억났다. '총알 차 타본 적 있어요? 난 그 빌어먹을 괴물을 네 번이나 탔죠.' 그가 말했었다.

"이봐, 자네 괜찮아?"

픽업 운전사가 물었다.

"예?"

"온몸을 부들부들 떨고 있잖아."

"오, 괜찮아요. 아무튼 감사합니다."

나는 픽업트럭의 문을 세게 닫은 다음 넓은 통로를 걸어 올라 갔다. 옆으로 휠체어들이 줄지어 달빛을 토해내고 있었다.

나는 곧바로 원무과 안내데스크로 갔다. 어머니가 죽었다고 말하면 놀란 표정을 지어야겠다는 생각까지 했다. 놀란 척이라도 해야 한다. 아니면 사람들이 이상하게 생각할 것이다…… 어쩌면 너무 놀라서 그렇다고 생각할 수도…… 아니면 어머니와 사이가 좋지 않았다거나…… 아니면……

이런 생각에 골몰한 탓에 그만 원무과 여자의 말을 놓치고 말았다. 난 다시 말해달라고 부탁했다.

"487호실이라고 했어요. 하지만 지금은 올라갈 수 없습니다. 면회시간은 9시까지예요."

"하지만……"

갑자기 얼간이가 된 기분이었다. 나는 안내데스크 가장자리를 붙잡았다. 로비는 형광등 불빛으로 가득했다. 어찌나 밝은지 손등의 상처까지 또렷하게 보일 정도였다. 손가락 마디마다 이죽거리는 미소처럼 그려진 여덟 개의 보라색 초승달. 픽업트럭 운전사 말이 맞았다. 소독약이라도 발라야겠다.

여자가 참을성 있게 나를 지켜보았다. 앞에 놓인 명판에 '이본느 에델'이라고 적혀 있었다.

"지금 환자가 무사하다는 말씀이신가요?"

그녀가 컴퓨터 모니터를 보았다.

"여기엔 양호라고 적혀 있고 또 4층은 일반병실이에요. 만일 악화되었다면 응급실로 옮기셨겠죠. 그건 3층이고요. 내일 오시면 분명히 건강한 환자를 만나 뵐 수 있을 겁니다. 면회시간 시작은……"

"제 어머니예요. 어머니를 만나기 위해 메인 대학에서 여기까지 여러 번 차를 얻어 타고 왔단 말입니다. 잠깐만이라도 뵐 수 없겠습니까?"

"이따금 긴급한 사정이 있는 가족들을 위해 예외규정을 두고
는 있습니다. 잠깐만 기다리세요. 도울 수 있는지 알아볼 테니까."

그녀가 내게 미소를 짓고는 전화기를 들어 번호 두 개를 때렸
다. 4층의 간호 대기실에 전화를 거는 것이리라. 나는 정말로 예
언력이라도 생긴 듯 다음 2분간의 흐름을 볼 수 있었다. 안내 아
가씨 이본느는 487호실의 진 파커 자지분이 잠깐만 올라갈 수 있
는지 물을 것이다. 그러니까 어머니에게 키스를 하고 몇 마디 위
로와 위문을 건넬 정도의 시간이다. 그러면 간호사는 오, 세상에,
파커 부인은 15분 전에 돌아가셨어요. 지금 막 시체실로 옮겼는
데 아직 컴퓨터 기록은 할 시간이 없었어요. 오, 이를 어쩐다.

안내데스크의 여자가 말했다.

"뮤리엘? 나, 이본느. 여기 데스크에 젊은 분이 찾아오셨는데,
이름이……? (그녀가 내게 눈썹을 찡긋해 보였고 난 이름을 말해
주었다.) 응, 앨런 파커. 487호실의 진 파커 환자가 어머님이래. 혹
시 지금 위로 올라가서……"

그녀가 말을 멈추곤 상대방의 말을 들었다. 물론 4층 간호사가
진 파커의 죽음을 알리는 중이리라.

"알았어. 응, 그렇게."

그녀는 잠시 아무 말 없이 허공을 응시하다가 수화기를 어깨에
대고 말했다.

"어머니 상황을 보기 위해 앤 코리건을 내려 보냈대요. 잠시만
기다리시면 돼요."

"잠시가 곧 영원이 되겠죠."

내가 중얼거렸다. 이본느가 인상을 썼다.

"뭐라고 하셨죠?"

"아무것도 아닙니다. 오늘, 힘들었거든요. 그래서……"

"……어머니 걱정도 많이 하셨겠네요. 그래도 모든 것을 미루고 달려오신 걸 보니 무척 효자신가 봐요."

글쎄, 머스탱 운전사와 나눈 얘기를 들었어도 그렇게 생각할 수 있을까? 물론 그 얘기는 영원히 모르겠지만 말이다. 그건 조지 스타우브와 나만의 작은 비밀이어야 했다.

밝은 형광등 불빛 아래 서서 4층 간호사가 돌아올 때까지 기다리는 일은 여간 고역이 아니었다. 이본느는 앞에 서류철을 두고 이름 옆에 펜으로 작고 깔끔한 표시를 하고 있었다. 문득 정말로 죽음의 천사가 있다면 이 여자와 똑같은 일을 할 것이라는 생각이 들었다. 책상 하나, 컴퓨터 하나, 그리고 너무 많은 서류작업에 시달리는, 다소 피곤한 행색의 여직원. 이본느는 귀와 치켜 올린 어깨 사이에 전화기를 끼워 넣고 있었다. 실외 스피커를 통해 엑스선실에서 파쿠아 박사님을 찾고 있다는 안내방송이 흘러나왔다. 지금쯤 앤 코리건이라는 4층 간호사가 어머니를 보고 있겠군. 두 눈을 부릅뜬 채, 중풍으로 일그러진 한쪽 입술이 다시 제 자리를 되찾은 어머니, 어머니의 시체.

이본느는 전화기 목소리가 들리자 얼른 몸을 일으키더니, 잠시 귀를 기울였다.

"그래, 알았어. 이해해요. 그래야지. 걱정 마, 그렇게 할 테니까. 고마워, 뮤리엘."

그녀가 전화를 끊고는 심각한 표정으로 나를 보았다.

"올라가셔도 되지만, 단 5분뿐이에요. 어머니께서 저녁치료를 받으신 후라 무척 피곤하실 거예요."

나는 할 말을 잃고 멍하니 서 있어야 했다. 그녀의 미소가 조금 시들었다.

"정말 괜찮으신 거예요, 파커 씨?"

"예, 괜찮아요. 난 어머니가⋯⋯"

그녀의 미소가 되돌아왔는데 이번에는 공감의 미소였다.

"많은 분들이 그렇게 생각해요. 이해합니다. 정신없이 전화를 받고 부랴부랴 달려오고⋯⋯ 최악의 경우를 생각하시는 게 당연하죠. 하지만 어머니께서 편찮으시다면 뮤리엘은 절대 면회를 허락하지 않을 거예요. 그러니 안심하세요."

"감사합니다. 정말 고맙습니다."

내가 막 돌아섰을 때 그녀가 다시 말을 걸었다.

"파커 씨? 메인 대학에서 오셨다고 했죠? 그곳은 저기 북쪽인데 그 배지는 왜 달고 계신 건가요? 스릴 빌리지는 뉴 햄프셔에 있는 건데."

나는 셔츠 앞쪽을 내려다보았다. 가슴 주머니에 배지가 핀으로 꽂혀 있었다. '나는야 라코니아 스릴 빌리지에서 총알 차를 탔다네.' 이제 이해가 갔다. 나를 어둠 속으로 밀어내며 그자가 내 셔츠에 배지를 달아놓은 것이다. 그건 나를 주시하고 있다는 경고이자 나로 하여금 믿을 수밖에 없도록 몰아가는 책략이다. 손등의 상처가 그랬고 셔츠의 배지가 그렇게 말하고 있었다. 그는 분명히 내게 선택을 요구했고 난 선택을 한 것이다.

그런데 어떻게 어머니가 살아있는 거지?

나는 엄지를 배지에 대고 살짝 광을 내보았다.

"이거요? 행운의 배지예요. 어머니와 같이 갔을 때 받은 건데 아주 옛날 얘기죠. 어머니가 총알 차를 태워줬거든요."

그 거짓말은 너무나 끔찍해서 차라리 눈부실 정도였다. 안내원 이본느는 너무나 아름다운 얘기라도 들은 양 환하게 미소를 지었다.

"어머니를 뵈면 부드럽게 안아드리고 키스해 주세요. 파커 씨를 보는 것만으로도, 어머니는 어떤 진정제보다 더 편안하게 잠드실 수 있을 거예요. 엘리베이터는 저 모퉁이에 있답니다."

그녀가 손으로 가리켰다.

면회시간이 끝났으므로 엘리베이터를 기다리는 방문객은 나뿐이었다. 왼쪽 매점 문 옆에 쓰레기 바구니가 놓여 있었다. 매점은 불이 꺼져 있고 잠겨 있었다. 나는 셔츠에서 배지를 떼어내 바구니에 던져 넣은 다음 두 손을 바지에 문질렀다. 엘리베이터가 열렸을 때에도 난 손을 문지르고 있었다. 나는 안으로 들어가 4층을 눌렀다. 승강기가 오르기 시작했다. 층을 알리는 버튼 위에, 다음 주에 있을 헌혈 포스터가 붙어 있었다. 그리고 포스터를 읽으면서 문득 어떤 생각이 떠올랐다. 아직은 막연하기 그지없기는 하지만…… 어머니는 죽어가고 있다. 이 느려터진 산업용 엘리베이터를 타고 그녀가 있는 4층으로 올라가는 지금 이 순간에도 말이다. 나는 선택을 했다. 때문에 그녀를 찾아내는 것 역시 내 몫이었다. 이제 완전히 이해가 갔다.

엘리베이터 문이 열리자 또 다른 포스터가 나타났다. 붉고 커다란 입술을 가리고 있는 손가락 하나. 그 아래, '환자의 안정을 위해 정숙은 필수입니다.'라는 문구가 적혀 있었다. 엘리베이터 밖은 양쪽으로 뚫린 복도이고 홀수 병실은 왼편에 있었다. 나는 그 길을 따라갔다. 걸을 때마다 운동화이 힘이 붙는 것 같았다. 나는 470번 대부터 걸음의 속도를 줄여, 481과 483 사이에 멈춰 섰다. 이럴 수는 없다. 반 냉동된 시럽만큼이나 차고 끈적거리는 땀이 모공마다 송골송골 기어 나왔다. 뱃속도 권투장갑을 삼킨 것처럼 거북살스러웠다. 안 돼, 이럴 수는 없어. 당장 돌아서서 겁쟁이처럼 달아나는 게 최선이라고. 옛날에도 그랬잖아! 차를 얻어 타고 할로로 돌아가 아침에 맥커디 부인에게 전화를 거는 거야. 아침이면 상황이 훨씬 더 분명해지지 않겠어?

막 돌아서려는데 저쪽 방에서 간호사의 머리가 튀어나왔다. 어머니의 병실.

"파커 씨?"

그녀가 낮은 목소리로 불렀다. 그 순간 부인할까 하는 생각도 했지만 결국 고개를 끄덕이고 말았다.

"들어오세요. 어서요, 금방 잠드실 거예요."

기대했던 단어들이지만 여전히 두려웠다. 무르팍도 자꾸만 후들거렸다.

간호사가 그런 나를 보더니 황급히 달려왔다. 치맛자락이 흩날렸다. 얼굴도 잔뜩 겁먹은 표정이었다. 가슴에 달린 조그만 명찰에 앤 코리건이라는 이름이 보였다.

"아니, 아니, 진정제 얘기예요. 어머니는 말 그대로 주무시는 거예요. 맙소사, 내가 무슨 짓을 했담. 어머니는 괜찮아요, 파커 씨.

앰비언(수면제의 일종 — 옮긴이)을 드려서 이제 주무실 거란 뜻이 었어요. 이런, 그러다 쓰러지겠네."

그녀가 내 팔을 잡아주었다.

"아니, 괜찮습니다."

내가 대답했다. 쓰러질지 아닐지는 나도 판단이 서지 않았다. 사위가 흔들리고 귓속에서 윙윙 소리가 들렸다. 문득 차를 향해 달려들던 도로가 떠올랐다. 은색의 달빛 속에 상영되던 흑백 영화의 도로. '총알 차 타본 적 있어요? 난 그 빌어먹을 괴물을 네 번이나 탔죠.'

앤 코리건이 나를 방으로 안내했다. 어머니가 있었다. 어머니는 늘 거구였고 병원 침대는 작고 좁았지만, 지금은 거의 침대에 파묻힌 것처럼 보였다. 전보다 더 희끄무레해진 머리카락이 베게 위로 아무렇게나 흩어져 있었다. 두 손은 시트 위로 나와 있었는데 마치 어린아이나 인형의 손처럼 보였다. 생각했던 것과 달리, 뇌졸중 특유의 얼어붙은 비웃음은 없었지만 얼굴색은 누렇게 떠 있었다. 어머니는 두 눈을 감고 있었다. 하지만 내 뒤에서 간호사가 조용히 이름을 부르자 어머니가 두 눈을 떴다. 깊고 진주처럼 푸른 눈. 어머니에게서 가장 젊은 부위인 두 눈은 여전히 살아 있었다. 한동안 그녀는 멍한 표정을 짓다가 나를 알아보았다. 그녀가 미소를 지으며 두 팔을 내밀었다. 팔 하나는 그럭저럭 올라왔으나 다른 팔은 파르르 떨면서 조금 오르는 듯하더니 금세 맥없이 떨어지고 말았다.

"앨런."

그녀가 속삭였다. 나는 그녀에게 다가가며 울기 시작했다. 벽에 의자가 하나 붙어 있었지만 난 그대로 무릎을 꿇고 어머니를 끌어안았다. 따뜻하고 깨끗한 냄새. 그녀가 성한 손으로 내 눈 한 쪽을 닦아주었다.

"울지 마. 그럴 필요 없어."

그녀가 속삭였다.

"듣자마자 바로 달려왔어요. 베스 맥커디 아줌마가 전화했거든요."

"그래, 내가 부탁했단다……. 주말이라고 했는데. 주말에 와도 된다고 했어."

"그렇게 들었어요. 하지만 어떻게 그래요?"

내가 말하며 어머니를 더 꼭 끌어안았다.

"차는…… 고쳤어?"

"아뇨. 히치하이킹으로 왔어요."

"오, 세상에."

그녀가 말했다. 말 한마디 한마디가 고역인 듯 보였지만 그렇다고 말끝을 흐리거나 하지는 않았다. 당혹감이나 정신착란 같은 건 느껴지지도 않았다. 어머니는 자신이 누구인지 내가 누구인지, 이곳이 어디이고 왜 여기 있는지 정확히 알고 있었다. 잘못된 징후가 있다면 그건 왼팔뿐이었다. 나는 크게 안심이 되었다. 아니, 어쩌면 이것이야말로 스타우브의 가장 잔혹한 농담일 수도 있겠다……. 아니면 스타우브 따위는 처음부터 없었고 처음부터 그 모든 것이 황당한 개꿈에 지나지 않을 수도……. 이곳에 도착해 어머니 옆에서 어머니를 끌어안고 어머니의 희미한 랑방 향수냄새를 맡고 있자니 꿈 이론은 훨씬 더 그럴 듯해 보였다.

“앨런? 칼라에 웬 피니?”

어머니의 눈동자가 까무러지다가 다시 부릅떴다. 눈꺼풀이 내
스니커즈만큼이나 무거운 모양이다.

“머리를 부딪쳤는데, 아무것도 아니에요, 어머니.”

“다행이구나. 몸조심…… 해야 한다.”

눈썹이 다시 가라앉았다가 아까보다 더 천천히 열렸다.

“파커 씨, 아무래도 이제 주무셔야겠어요. 오늘 무척 힘든 날
이셨거든요.”

뒤에서 간호원의 목소리가 들렸다. 나는 어머니의 입가에 다시
입을 맞추었다.

“알겠어요. 어머니, 이제 가봐야겠어요. 내일 다시 올게요.”

“히치…… 하이킹은 하지 마라. 위험해.”

“안 할게요. 맥커디 부인과 함께 차를 탈 거예요. 주무세요.”

“잠이야…… 늘 자는걸, 뭐. 직장에서 식기세척기를 부리고 있
는데, 갑자기 어지러운 거야. 그러다가 정신을 잃었는데…… 깨어
나니 여기더구나. 풍이라는데 의사선생님은…… 괜찮다고 했어.”

“좋아 보여요.”

내가 일어나며 그녀의 손을 잡아주었다. 피부는 괜찮았다. 물
에 적신 비단처럼 부드러운 감촉. 하지만 그건 노파의 손이었다.

“꿈을 꾸었다. 우리가 뉴햄프셔 유원지에 갔을 때더구나.”

어머니가 말했다. 나는 그녀를 내려다보았다. 온몸에 소름이 번
져나갔다.

“그래요?”

“응. 줄을 서고 있었어. 위로 올라가는 차 같은 건데…… 그 일

기억나니?"

"총알 차요. 기억해요, 어머니."

"넌 겁에 질렸고 난 고함을 질렀지. 너한테 말이다."

"아뇨, 어머니, 어머니는……"

그녀가 내 손을 부여잡고는 입가에 보조개 같은 웃음을 지었다. 그 옛날 짜증이 났을 때도 엄마는 늘 그런 표정을 지었었다.

"맞아. 너한테 고함치고 때리기도 했어. 목덜미를 말이다. 그렇지?"

어머니의 말이었다.

"어쩌면요. 그런 곳에 가면 항상 그러셨던 것 같아요."

나는 할 수 없이 그렇게 대답해야 했다.

"그러지 않았어야 했는데. 날도 더웠고 피곤했지만 그래도 그러지 말았어야 했어. 미안하다고 말하고 싶었단다."

내 눈에서 다시 눈물이 새어나왔다.

"괜찮아요, 어머니. 다 지난 일이잖아요."

"넌 끝내 그 차를 타지 못했어."

그녀가 속삭였다.

"아니, 탔어요, 이제. 결국 타고 말았어요."

내가 대답했다.

어머니가 나를 올려다보며 미소 지었다. 어머니는 작고 약해 보였다. 마침내 제일 앞줄에 다다랐을 때 욕을 퍼붓던, 성질 더럽고, 땀 많이 흘리던 근육질 여인과는 거리가 멀어도 한참 멀었다. 악을 써대며 목덜미를 때리던 여자……. 그때 어머니는 누군가의 얼굴 표정을 본 모양이었다. 총알 차를 타기 위해 기다리던 사람인데 그녀는 그 사람에게까지 신경질을 부렸다. '뭘 꼬나봐요?' 어머니는 나를 끌고 나갔다. 나는 뙤약볕 아래서 목덜미를 문지르고 콧물을 흘리며 징징 울었다. 사실 그다지 아프지는 않았다. 어머니가 심하게 때린 적은 한 번도 없었다. 내가 기억하는 일은 오히려 그 높은 회전 기구로부터 달아날 수 있어 다행이라는 생각뿐이었다. 양 끝에 캡슐을 매달고 비명을 자아내는 기계.

"파커 씨? 이제 정말 가셔야 해요."

간호사가 말했다. 나는 어머니의 손을 잡고 손가락에 키스를 했다.

"내일 올게요. 사랑해요, 어머니."

"나도 사랑한단다, 앨런…… 옛날에 때린 건 미안해. 그럴 필요까지는 없었는데……"

하지만 필요가 있었다. 그건 어머니의 생존방식이었다. 내가 이해하고 또 받아들이고 있다는 사실을 어떻게 말해 주지? 그건 가족의 비밀에 속했다. 이른바 말초신경을 통해 은밀히 전해져야 하는 비밀.

"내일 봐요, 어머니."

어머니는 대답하지 않았다. 그녀의 두 눈이 다시 감겼다. 이번에는 열리지 않았다. 가슴이 느리고 규칙적으로 오르내렸다. 나는 침대에서 떨어져 나왔지만 여전히 시선은 어머니를 향했다.

"어머니는 괜찮겠죠? 정말로요?"

복도에 나간 후 내가 간호사에게 물었다.

"확신할 수 있는 사람은 아무도 없어요, 파커 씨. 어머니는 너널리 박사님의 환자인데, 유능한 선생님이시랍니다. 내일 오후에 회진을 도시니까 그때 면담을 하셔도……"

"생각나는 대로 말씀해 주세요."

"제 생각엔 괜찮을 것 같아요. 바이탈사인도 문제없고 또 나머지 진찰결과도 뇌졸중이 심하지 않음을 보여주고 있거든요. 물론 몇 가지 습관은 바꿔야겠죠. 식생활도 그렇고 생활습관도……"

그녀는 나를 엘리베이터가 있는 로비 쪽으로 안내했다.

"담배 말씀인가요?"

"오, 예, 이젠 끊으셔야죠."

그녀는 마치 어머니의 평생 습관을 포기하는 것이, 거실의 테이블에 있는 화병을 복도에 내놓는 것만큼 쉽다는 듯 내뱉었다. 엘리베이터 버튼을 누르자 승강기가 곧바로 열렸다. 내가 내린 그대로 멈춰 있었던 것이다. 일단 면회시간이 끝나자 센트럴메인 메디컬센터의 시간은 너무나도 천천히 흘러갔다.

"여러 가지로 감사했습니다."

내가 말했다.

"별 말씀을. 괜히 겁을 준 것 같아 되레 죄송하네요. 정말 멍청한 짓이었어요."

"아닙니다. 천만에요."

내가 대답했다. 물론 그녀는 멍청한 짓을 했다.

나는 엘리베이터 안에 들어가 르비 층을 눌렀다. 간호원이 손가락들을 까딱여 작별인사를 했다. 나도 손을 흔들어주었고 곧 문이 닫혔다. 승강기가 내려가기 시작했다. 나는 손등의 상처를 내려다보곤 내가 끔찍한 괴물이라는 생각을 했다. 끔찍하고 추악한 괴물. 아무리 꿈이었다고 해도 난 결국 비열한 패륜아일 수밖에 없었다. '어머니를 데려가요.' 난 그렇게 말했다. 내 어머니임에도 불구하고 너무나도 간단하게 내뱉어버렸다. '그녀를 데려가요. 난 그냥 두고요.' 어머니는 나를 키웠고 나를 위해 죽도록 일했으며, 뉴햄프셔의 먼지투성이 유원지의 뜨거운 뙤약볕 아래서 나와 함께 줄을 서주었다. 그런데 결국 나는 일말의 주저도 없이, '어머니를 데려가요. 내가 아니라……' 라고 주절거렸다. 겁쟁이, 겁쟁이, 정신 나간 겁쟁이 새끼.

엘리베이터 문이 열리고 나는 밖으로 나왔다. 쓰레기통 뚜껑을 열어보니 배지는 그대로 있었다. 누군가가 버린 종이 커피 컵 안에. '나는 라코니아 스릴 빌리지에서 총알 차를 탔다네.'

나는 차갑게 식은 커피 찌꺼기에서 배지를 빼내 청바지에 문질러 닦은 다음 주머니에 집어넣었다. 버릴 필요까지는 없겠다. 이제 내 배지가 아닌가? 행운의 마스코트이든 저주의 징표이든 내 것은 내 것이다. 나는 지나는 길에 이본느에게 손짓을 해보이고 병원을 나섰다. 달은 하늘 지붕을 기어 다니며 지상을 향해 모호하고 몽롱한 빛을 뿌려대고 있었다. 이렇게 피곤하고 맥이 없어본 적은 한 번도 없었다. 다시 선택을 할 기회가 주어진다면 좋으련만. 그럼 이번에는 다른 선택을 할 것이다. 웃기는 일은, 만일 내 예상대로 어머니가 죽었다면, 난 그 사실을 감내하며 살 수 있을 거라고 생각했었다. 결국 이런 이야기는 대개 그렇게 끝나지 않던가?

'마을에선 아무도 차를 태워주지 않을 거다.' 사타구니 간지럼증에 고생하는 노인은 그렇게 말했다. 정말로 그랬다. 나는 내내 걸어서 루이스턴을 가로질렀다. 리스본 스트리트의 서른여섯 블록, 캐널 스트리트의 아홉 블록을 지나는 동안 난 한 번도 엄지를 세우지 않았다. 그래봐야 소용이 없다라는 걸 알고 있었기 때문이다. 지나치는 술집마다 주크박스에서 포리너, 레드 제플린, ACDC의 프랑스 공연실황 등 옛 노래들을 뱉어내고 있었다. 더무스 교에 다다르기 전에 11시를 훌쩍 넘기고 말았다. 할로 쪽에 도착해서는 첫 번째 시도에 차가 멈춰 섰고 40분 후에 나는 뒷마당 헛간 문 옆의 외바퀴 손수레 아래서 열쇠를 꺼내고 있었다. 그리고 그로부터 10분 후 침대에 누웠다. 졸음이 밀려들면서 문득 이집에서 혼자 잠을 자는 게 처음이라는 생각을 했다.

잠을 깨운 것은 전화벨 소리였다. 정오에서도 15분이 지난 시간이었다. 나는 병원일 거라고 생각했다. 어머니의 병세가 갑자기 악화되어 바로 몇 분 전에 돌아가셨으며 삼가 조의를 표한다는 전화 말이다. 하지만 그건 맥커디 부인이었다. 집에 무사히 왔는지, 어머니를 면회하기는 했는지(세서한 것까지 반복적으로 질문을 해대는 통에 마지막에는 내가 살인혐의로 신문받는 죄수가 된 기분이었다.), 오후에 함께 병원에 갈 생긴인지 등을 묻는 전화였다. 난 그래주면 고맙겠다고 대답했다.

나는 전화를 끊고 방을 가로질러 침실 문 쪽으로 갔다. 그곳에는 전신거울이 있었다. 거울 속에 면도도 하지 않은 키 큰 청년이 나타났다. 펑퍼짐한 속옷 속으로 살짝 도드라진 똥배.

"이봐, 껵다리, 어떻게든 잊어야지, 안 그래? 남은 평생 동안 전화가 울릴 때마다 어머니가 죽었다는 소식일 거라고 생각하면서 살아갈 수는 없는 노릇이잖아."

내가 거울 속의 영상에게 말했다.

꼭 그렇지는 않을 것이다. 시간은 기억을 둔화시킨다. 늘 그랬
다……. 하지만 전날 밤의 기억은 놀랄 정도로 구체적이고 직접적
이었다. 하나하나가 세세한 것까지 선명하고 또렷하기만 했다. 돌
려 쓴 모자 밑으로 스타우브의 젊고 잘생긴 얼굴은 물론, 귀에 꽂
아둔 담배와, 연기를 빨아들일 때마다 목덜미의 바늘자국 사이
로 비집고 새어나오는 담배연기까지 눈앞에 선했다. 싸구려로 내
놓은 캐딜락 얘기를 들려주던 목소리도 선명했다. 시간은 기억의
모서리와 가장자리를 무디게 만들어주기야 하겠지만 아직은 아
니다. 결국 내게는 배지가 있다. 지금은 침실 문 옆의 서랍장 위에
있지만 그건 내 선물이다. 유령이야기의 주인공은 늘 선물을 하
나씩 지니게 마련이다. 그 일이 정말로 일어났음을 증명해 주는
징표로서다.

방 한구석에 낡은 스테레오 시스템이 있었다. 나는 낡은 테이
프를 뒤졌다. 면도를 하면서 들을 만한 곡이 필요했다. 결국 「포
크송 선집」이라고 적힌 테이프를 골라 테이프 플레이어에 끼웠다.
고등학교 시절에 녹음한 것인데 그 안에 어떤 곡들이 있는지는
거의 기억도 나지 않았다. 밥 딜런이 해티 캐럴의 쓸쓸한 죽음을
노래하고, 톰 팩스턴이 방황하는 친구에 대해 읊어댔다. 그 다
음엔 데이브 반 롱크가 나와 코카인 블루스를 노래했다. 세 번째
노래가 나오는 도중 나는 면도를 멈췄다. '꼭지가 돌 정도로 위스
키를 마시고 배가 터질 만큼 진을 들이켰지. 의사는 그러다 죽을
거라고 했지만 언제인지는 말하지 않았어.' 데이브가 사포 같은

목소리로 주절거렸다. 물론 그게 정답이다. 나는 죄의식으로 인해 어머니가 곧 죽을 거라고 단정했지만 스타우브는 한 번도 그렇게 말한 적이 없었다. (내가 묻지도 않았는데 어떻게 할 수 있겠는가?) 물론 새빨간 거짓말이다.

'의사는 그러다 죽을 거라고 했지만 언제인지는 말하지 않았어.'

도대체 무엇 때문에 골머리를 썩고 있는 거지? 내 선택이 이루어진들 기껏해야 자연스런 운명밖에 더 되겠는가? 아이들이란 대개 부모보다 오래 사는 법이다. 그 강할 놈은 나를 겁주려 했다. 나를 죄의식으로 묶어두려 했다. 하지만 굳이 그럴 필요가 어디 있단 말인가? 결국 우리 모두 총알 차를 탈 텐데 말이다.

'넌 지금 합리화를 꿈꾸고 있을 뿐이야. 어떻게든 빠져나갈 궁리를 하는 거라고. 네 생각이 옳을 수도 있겠지. 하지만 그가 선택을 요구했을 때 넌 어머니를 죽였어. 그것만큼은 변명의 여지가 없다고. 절대로. 네 어머니를 죽인 거야.'

나는 두 눈을 뜨고 거울 속의 나를 바라보았다.

"해야 할 일을 한 거야."

내가 중얼거렸다. 정말로 믿는 건 아니지만 아무튼 머지않아 믿게 될 것이다.

맥커디 부인과 나는 어머니를 만나러 갔다. 어머니는 좀 더 좋아 보였다. 나는 어머니에게 라코니아의 스릴 빌리지 꿈을 꾼 기억이 나는지 물었지만 그녀는 고개를 저었다.

"너무 졸렸어. 왜, 무슨 문제가 있니?"

"아뇨, 아무 문제없어요."

나는 그녀의 이마에 입을 맞추었다.

어머니는 5일 후에 퇴원했다. 한동안 절뚝거리며 다녔지만 그
마저 회복되어 한 달 후에는 다시 일을 시작할 수도 있었다. 처음
에는 반나절 근무였는데, 머지않아 무슨 일이 있었냐는 듯 전일
근무로 복귀했다. 나는 학교에 돌아가 오로노의 패츠 피자에 아
르바이트 자리를 얻었다. 보수는 많지 않았지만 자동차를 수리할
정도는 되었다. 그 정도면 충분했다. 이제 히치하이킹 따위는 취
미가 없었다.

어머니는 금연을 시도했는데 한동안 성공하기도 했다. 그러다
가 4월 방학이 되어 하루 일찍 집에 돌아왔더니 부엌은 전처럼
담배연기로 자욱했다. 어머니는 부끄러움과 뻔뻔함이 범벅이 된
표정으로 나를 보았다.

"실패했다. 미안하다, 앨런. 네가 원하는 것도 알고, 해야 한다
는 것도 알지만 담배가 없으니 인생이 너무 허전해서 말이야. 아
무리 해도 견딜 수가 없더구나. 아예 시작도 하지 않았다면 좋았
겠지만."

대학을 졸업하고 2주, 어머니는 다시 풍을 맞았지만 이번엔 약
한 것이었다. 그녀는 의사의 힐난에 금연에 재도전했으나 몸무게
가 20킬로그램 이상 불자 다시 담배에 의존했다. 성경 말마따나,
'개 버릇 남 못주는 법이다.' 불행히도 내가 좋아하는 구절이다.
반면에 나의 첫 도전은 포틀랜드에 괜찮은 직장을 얻는 데 성공

했다. 운이 좋았다. 어머니에게 일을 그만 두라고 설득하기 시작했으나 처음부터 말이 통하지 않았다. 나도 짜증이 나서 그만 두고 싶었지만 솔직히 지은 죄가 있는 탓에 어머니의 양키 왕고집을 끝까지 물고 늘어졌다.

"앨런, 넌 네 삶을 위해 돈을 모으려무나. 내 걱정은 말고. 언젠가 결혼을 할 때가 올 텐데 나한테 돈을 다 써버리면 결혼 밑천은 어떻게 하려고 그러니? 네 진짜 삶을 위해 돈이 필요할 거야."

어머니의 말이었다.

"어머니가 내 진짜 삶이에요. 엄마가 좋아하든 말든 그건 분명한 사실이라고요."

내가 이렇게 말하곤 키스를 해주었다. 그리고 마침내 그녀가 항복을 선언했다.

우리는 그 후로 몇 년간 잘 지냈다. 7년의 세월. 어머니와 함께 살지는 않았지만 거의 매일 찾아뵈었다. 우리는 수도 없이 진 러미(패의 합계가 10점 이하일 때 가진 패를 내보이는 카드놀이 — 옮긴이) 놀이를 했고 그녀를 위해 사온 비디오테이프도 함께 보았다. 어머니 말버릇대로, 허벌나게 웃기도 했다. 그 세월이 조지 스타우브의 덕인지 아닌지는 모르겠지만, 아무튼 좋은 세월이었다. 하지만 스타우브를 만난 그날 밤의 기억만은 시들지도 모호해지지도 않았다. 물론 나도 잊고야 싶었다. 하지만 보름달에게 소원을 빌라고 말하는 노인으로부터, 셔츠를 만지작거리며 배지를 넘겨준 스타우브의 손가락까지, 사건 하나하나가 너무나도 선명하게 남아 있었다. 그러던 어느 날 배지가 보이지 않았다. 펄마우스의 작은 주택으로 이사할 때도 분명히 있었다. 분명히 침대 테이블의 제일 위 서랍에 들어 있었다. 머리빗 두 개, 커프링크 두 세트, '색소폰 대통령 빌 클린턴'이라고 적힌 낡은 선거용 배지도 들어 있었는데 유독 그것만 보이지 않는 것이다. 그리고 하루 이틀 후, 다시 맥커디 부인의 전화를 받았다. 그녀는 울고 있었다. 이유는 뻔했다. 그건 지금껏 기다려야 했던 나쁜 소식이었다. 인생은 복불복이라더니.

장례식과 철야기도와 끝나지 않을 것 같았던 추모객들의 행렬이 끝나고, 나는 어머니가 마지막 몇 해를 지내며, 담배를 피우고 밀가루 투성이의 도넛을 먹던 할로 집을 찾았다. 지금까지는 진 파커와 앨런 파커가 함께 세상과 맞섰건만 이제 나 혼자뿐이다.

나는 그녀의 개인 물건들을 정리했다. 나중에 다루어야 할 서류들 몇 가지는 방 한쪽에 보관하고, 자선단체에 보낼 물건들은 다른 쪽에 쌓아 두었다. 그 일이 끝나갈 즈음 무릎을 꿇고 어머니의 침대 밑을 살펴보았다. 배지는 그곳에 있었다. 부지불식간에 늘 신경이 쓰였던 배지의 행방이었건만. **나는야 라코니아의 스릴 빌리지에서 총알 차를 탔다네.** 나는 배지를 힘 있게 움켜쥐었다. 핀이 살갗을 파고들었으나 나는 더욱 힘을 가했다. 고통을 통해 짜릿한 쾌감을 느끼고 싶었다. 다시 손을 펼쳤을 때에는 눈에 눈물이 가득했고, 배지의 글자가 이중으로 겹쳐보였다. 마치 안경 없이 삼차원 영화를 보는 기분이었다.

"이제 만족해? 이제 된 거냐고?"

나는 빈 방을 향해 물었다. 물론 대답은 없었다.

"왜 그랬던 거지? 도대체 목적이 뭐였는데?"

여전히 대답이 없었다. 사실 대답이 있을 리도 없었다. 줄을 서서 기다리면 그만인 것이다. 달빛 아래 줄을 서서 그 창백한 빛에 대고 소원을 빌면 되는 거다. 줄을 서서 그들의 비명소리를 들으면 그만이다. 그들은 두려움을 위해 돈을 지불한다. 그리고 일단 총알 차에 올라타면 언제나 투자만큼의 공포를 얻어낸다. 어쩌면 자기 차례가 되었을 때 올라타는 사람도 있고, 달아나는 사람도 있으리라. 어느 쪽이든 결과는 마찬가지라는 생각이 들었다. 분명히 달라야 하건만 현실은 꼭 그렇지만은 않다. 인생은 복불복이기 때문이다.

그러니 그대들이여, 배지만 받고 달아날지어다.

행운의 동전

1996년 가을, 할리 데이비슨을 타고 데인에서 캘리포니아까지 미국을 가로지른 적이 있었다. 『불면증』이란 소설 홍보를 위해 독립서점 방문을 겸한 여행이었다. 멋진 여행이었지만 그 중에서도 백미는 아마도 캔자스의 폐쇄된 잡화점 계단에 앉아 있을 때였던 것 같다. 난 그곳에 앉아 보름달이 동쪽에서 떠오르는 것을 지켜보았고, 태양이 서쪽 하늘로 지기를 기다렸다. 팻 콘로이의 「사랑과 추억」에도 그와 비슷한 장면이 들어 있었다. 그 장관에 매료된 한 아이가 "오, 맙소사, 다시 한번만 보여줘요!"라고 외치는 장면이다. 후에 너바다에 들렀을 때는 다 허물어진 호텔에 투숙했다. 그곳 여종업원들은 2달러짜리 슬롯 칩을 베개 밑에 넣어두었는데, 칩 옆에 다음과 같이 적힌 작은 카드가 한 장 놓여 있었다. "안녕, 전 메리라고 해요. 행운을 빕니다!" 그때 이 이야기를 떠올렸고 난 호텔 용지에다 순식간에 써 내려 갔다.

"오 이런 개자식 같으니!"

그녀가 텅 빈 호텔 방에서 외쳤다. 화가 나서라기보다는 기가 막혔다. 이윽고 달린 풀렌이 실소를 터뜨렸다. 아니면 어쩌겠는가? 그녀는 헝클어진 고물 침대에 주저앉았다. 한 손에는 25센트 동전이 있고 다른 손에는 그 동전이 떨어져 나온 봉투가 들려 있었다. 그녀는 둘을 번갈아 보다가 결국 눈물이 두 뺨을 흘러내릴 때까지 웃고 만 것이다. 큰아이 패스티에겐 당장 치열교정기가 필요했다. 하지만 달린에게 그 돈을 마련할 방법이 있을 리가 없었고, 때문에 한 주 내내 그 걱정만 해오던 터였다. 만일 마지막 지푸라기까지 끊어져버리면 그 다음엔 어떻게 하지? 그럼 웃지 않으면 도대체 뭘 할 수가 있는 거지? 총을 구해서 머리통을 날려버려?

여자들에겐 저마다 소위 '꿀단지'라는 이름의 팁 봉투를 놓아두는 장소가 있다. 지난 해 타호 호수의 부흥회에서 예수님을 만나기 전만 해도 스웨덴 출신의 다운타운 창녀에 불과했던 게르다는 욕실 거울에 세워놓았고 멜리사는 TV 밑에 두었다. 달린은 전화기에 기대 놓았는데 오늘 아침 돌아와 보니 322호실 꿀단지가 베개 위에 놓여 있는 것이다. 그녀에게 뭔가 남겨둔 것이 분명했다.

그랬다. 그녀의 짐작이 맞았다. 작은 납덩이, 25센트짜리 동전. '우리는 신을 믿는다(미 동전에 새겨진 구문 — 옮긴이).'

겨우 키득거리는 소리까지 잦아들었던 웃음이 다시 폭우처럼 터져버렸다.

꿀단지에는 인쇄 문구에 호텔 로고까지 그려져 있다. 다이아몬드 도형 안에 벼랑에 서 있는 말과 기수의 모습이 실루엣으로 그려진 로고다.

네바다의 가장 친절한 마을, 카슨 시에 오신 것을 환영합니다 (로고 밑에 적인 글이다.). 더불어 카슨 시에서 가장 친절한 호텔 랜처에 오신 것도 환영합니다. 귀하의 방을 책임진 담당자는 달린입니다. 행여 불편사항이 있으실 경우 다이얼 0번을 누르시면, 즉시 조치토록 하겠습니다. 이 봉투는 고객께서 혼신을 다해 봉사한 담당자에게 약간의 '치하'를 원하실 경우를 위해 비치된 것입니다.

다시 한번 카슨 시와 랜처 호텔에 오신 것을 환영합니다.

객실담당 매니저
윌리엄 에이버리

꿀단지가 비어 있는 적은 많다. 봉투가 모두 찢겨 휴지통에 처박히거나, 구겨진 채 구석에 던져진 적도 있었고, 때로는 변기통에 떠다닌 적도 있었다. 청소부에게 팁을 준다는 사실 자체를 모욕으로 여기는 거야 아니겠지? 하지단 가끔 놀랄만한 선물이 들어 있기도 했다. 슬롯머신이나 포커테이블에서 횡재를 한 손님일 경우가 그랬다. 그리고 322호실 손님도 큰 돈을 땄었다. 맙소사, 그런데 25센트라니! 그래, 이 정도면 패스티의 교정기를 살 수 있을 거야. 음, 그리고 폴이 그렇게나 원했던 세가 게임기도 사주고. 뭐, 크리스마스 때까지 기다릴 필요도 없겠네. 그냥, 에, 그러니까……

"추수감사절 선물이라고 하지 뭐. 안 될 이유 없잖아? 그리고 케이블 TV 시청료도 내자. 끊지 않게 되어서 너무 다행이야. 이번 기회에 디즈니 채널도 추가해야겠어. 그리고…… 병원에 가서 척추도 한 번 검사해 봐야지. 이런, 이제 난 부자야. 이봐요, 당신을 다시 만날 수만 있다며 무릎을 꿇고 그 빌어먹을 족발에 키스라도 해드리고 싶군요."

그럴 기회는 없을 것이다. 322호실은 오래 전에 떠났다. 랜처가 카슨 시에서 제일 좋은 호텔인지는 모르겠지만 요즘엔 거의 뜨내기손님들뿐이다. 달린이 오전 7시에 뒷문으로 들어왔을 때쯤 손님들도 일어나 면도를 하고, 숙취를 달랠 필요가 있는 손님은 샤워까지 해치운다. 그리고 그녀가 게르다, 멜리사, 제인과(객실팀장. 그녀는 난공불락의 탱탱한 젖꼭지와 몸매를 지녔으며, 빨간 립스틱 입술까지 겸비했다.) 함께 객실팀 대기실에서 커피를 마시고, 카트를 채우고, 하루일과를 준비하는 동안, 트럭운전사들과 목동들과 세일즈맨들은 체크아웃하고 그들의 꿀단지 봉투들은 채워지거나 빈 채로 남았다.

322호실의 신사는 봉투 안에 동전 한 닢을 집어넣었다. 어쩌면 시트 위에 작은 성의를 남겼을지도 모른다. 내리지 않은 변기통에도 선물 한두 개쯤은 남겼을 것이다. 선물을 규정된 장소에만 넣으라는 법이 어디 있겠나? 손님들이 왜 그것까지 신경 써야 하냔 말이다.

달린은 한숨을 내쉬고, 앞치마 자락으로 두 뺨을 닦아낸 다음 봉투를 열었다. 322호 손님은 누군가 훔쳐갈 염려까지 했는지 봉투를 봉인했고 그 바람에 뭐가 들어 있는지 보기 위해 열심히 끄트머리까지 잘라내야 했었다. 그녀는 동전을 다시 넣으려 하다가 안에 다른 게 있는지 살펴보았다. 뭔가 긁적거려 놓은 쪽지 한 장. 그녀가 메모지를 빼냈다.

이건 행운의 동전이오! 정말입니다! 그대에게 행운이 있기를!

"잘났어, 정말! 좋아 내겐 아이가 둘 있고 직장에 나갔다가 5년째 안 돌아오는 남편이 있다. 어디 얼마나 잘난 행운인지 보겠어."

그녀는 이렇게 중얼거리곤 다시 웃음을 터뜨렸다. 코를 씨근거리는 수준의 웃음소리. 그리고 동전을 봉투 안에 넣은 다음 화장실로 가서 변기 안을 엿보았다. 깨끗한 물뿐이었다. 사실 그것만 해도 고마워 할 일이었다.

그녀는 잡무를 해치웠다. 시간은 오래 걸리지 않았다. 동전은 기가 막혔지만 그래도 322호 손님은 상당히 괜찮은 사람이었다. 시트에 줄을 긋거나 오물을 묻히지도 않았고 불쾌한 장난을 치지도 않았으며(데크가 떠난 후 5년 동안 객실 청소를 하면서 TV 모니터에 말라붙은 정액을 닦아낸 것이 최소한 4번, 그리고 경대 서랍에 오줌물이 흘러내린 자국도 보았다.) 훔쳐간 물건도 없었다. 해야 할 일이라고는 침대를 정리하고, 싱크대와 샤워기를 청소하고, 수건을 가는 정도였다. 그녀는 그 일들을 하면서 322호실 손님이 어떻게 생겼는지 떠올려 보았다. 도대체 어떤 남자가 두 아이를 키우는 여자에게 25센트짜리 동전을 팁으로 남겨줄 생각을 한 걸까? 아마도 유머 감각과 비열함을 동시이 갖춘 남자일 것이다. 팔에 문신을 새긴, 「킬러」의 우디 해럴슨 캐릭터처럼 생긴.

'그 사람, 나에 대해 아무것도 모르잖아. 아마도 술에 취해서 장난기가 생긴 건지도 모르지. 그래, 그럴 거야. 게다가 재미도 있었잖아. 아니면 도대체 넌 왜 웃은 건데?' 그녀는 복도로 나가 문을 닫으면서 생각했다.

그래, 아니면 왜 웃었겠어?

카트를 밀고 323호실로 건너가면서 동전을 폴에게 주어야겠다는 생각을 했다. 두 아이 중에서도 폴은 늘 손해를 보는 편이다. 코를 훌쩍거리는 불치병에라도 걸린 듯, 하루 종일 코와 씨름하는, 조용한 일곱 살짜리 아이. 달린은 어쩌면 그 애가, 이 청정의 고원지대에서 초기 천식에 시달리는 유일한 일곱 살일지도 모른다는 생각을 했다.

그녀는 한숨을 내쉬고 323호실에 공용키를 밀어 넣었다. 어쩌면 이 방의 꿀단지에서 50달러, 아니 100달러짜리 횡재를 할 수도 있으리라. 하지만 봉투는 그녀가 놓아둔 그대로 전화기에 세워져 있었다. 물론 확인을 위해 열어는 보겠지만 이미 빈 봉투임을 알고 있었고 실제로도 그랬다.

하지만 323호는 화장실에 그녀를 위한 선물을 남겨두었다.

"이것 좀 봐. 벌써 행운이 쏟아지고 있잖아."

달린이 키득거리며 정액을 닦아내기 시작했다. 이런 것이 바로 그녀가 사는 방식이다.

랜처 로비에는 밴디트 슬롯머신이 하나 있다. 말 그대로 달랑

하나. 이곳에 근무한 지 5년 동안 한 번도 써본 적은 없지만, 그 날 점심을 먹으러 가는 도중 그녀는 주머니에 손을 집어넣어 끝 이 찢어진 봉투를 매만지다가 그대로 크롬판의 도박기계 쪽으로 빠져버렸다. 폴에게 주겠다는 생각도 까맣게 있었지만, 사실 요 즘 25센트는 지나가는 개도 안 물어간다. 왜 아니겠는가? 그거로 는 싸구려 콜라 한 병도 못 사는 데 말이다. 게다가 갑자기 그 빌 어먹을 물건을 없애고 싶기도 했다. 척추도 아픈데다 10시에 마신 커피 때문에 속도 더부룩했고, 그 타람에 우울하기까지 했다. 갑 자기 세상의 빛이 사라지며 그 모든 책임이 빌어먹을 동전 탓이 라는 생각도 들었다. 주머니에 한 자리 차지하고 앉아, 그나마 얼 마 남지 않은 생기를 마구 퍼내고 있는 것이다.

때마침 게르다가 엘리베이터를 나오다가, 달린을 보았다. 그녀 는 슬롯머신 앞에 서서 봉투에 든 동전을 손바닥에 떨어뜨리고 있었다.

"네가? 네가? 아니야, 절대 그럴 리가 없어."

게르다가 외쳤다.

"그냥 구경이나 해."

달린이 말하고는 '1, 2 또는 3개의 동전을 사용하시오.'라고 적 힌 슬롯 안에 동전을 집어넣었다.

"자 이제 다 끝났어."

그녀는 그냥 지나치려다가 갑자기 무슨 생각이 났는지 돌아서 서 밴디트의 레버를 잡아당겼다. 그리고 다시 돌아섰다. 때문에 드럼이 도는 것도, 종 모양이 하나씩 화면을 차지하는 것도 보지 못했다. 하나, 둘, 셋. 그녀가 멈춰 선 것은 기계 아래쪽의 배출구에 동전들이 쏟아지는 소리를 듣고 나서였다. 그녀의 눈이 커지더니 다시 못 믿겠다는 듯 새우눈이 되었다. 마치 또 다른 농담처럼 느껴졌다……. 아니면 첫 번째 농담의 하이라이트이거나…….

"네가 땄어! 달린, 네가 딴 거야."

게르다가 외쳤다. 흥분하니까 그녀의 스웨덴 억양이 더욱 또렷하게 들렸다.

그녀는 멍하니 서 있는 달린 곁을 지나 동전들이 트레이에 떨어지는 광경을 지켜보았다. 소리는 끝도 없이 이어졌다.

'행운을 빌어. 행운을 빌어.' 달린이 중얼거렸다.

마침내 동전 떨어지는 소리가 그쳤다.

"오, 세상에! 맙소사! 이 망할 놈의 기계에 그렇게 공을 들였건만! 나한텐 그렇게나 인색하게 굴더니 이제야 토해내네! 15달러는 되겠어, 달린! 이왕이면 동전 세 개를 넣지 그랬어!"

게르다가 쉴 새 없이 종알댔다.

"그랬다면 난 이 자리에 서 있지도 못했을 거야."

달린이 말했다. 문득 울고 싶어졌다. 왜 그래야하는지는 모르겠지만 정말로 그랬다. 그리고 정말로 눈물이 약산처럼 눈 속을 뜨겁게 달구기 시작했다. 게르다는 그녀가 트레이에서 동전을 주워 담는 걸 도와주었다. 동전이 모두 들어가자 달린의 유니폼 주머니가 우스꽝스럽게 볼록해졌다. 그녀의 머릿속에 떠오른 유일한 생각은 폴에게 뭔가 그럴 듯한 것을 사주어야겠다는 것이었다. 좋은 장난감 같은 것. 15달러로 세가 게임기를 살 수는 없었다. 모자라도 한참 모자란다. 그래도 그 애가 상가에 갈 때마다 라디오 샤크(유명한 전자 제품 체인점 ─ 옮긴이) 윈도에서 바라보던 전자

장난감 중 하나는 사줄 수 있을 것이다. 아이는 한 번도 조르지 않았다. 건강은 좋지 않지만 그래도 바보는 아니다. 아이는 그저 촉촉한 갈망의 눈으로 바라보기만 했을 뿐이다.

'빌어먹을. 그 돈이면 차라리 구두 한 켤레를 사겠다. 당연하잖아……. 아니면 패스티의 치열 교정기를 해주든지. 폴은 개의치 않을 거야. 그건 너도 알고 있지?'

물론 폴은 개의치 않겠지. 그리고 바로 그 점이 엿 같은 거라고. 그녀는 손가락으로 주머니의 동전들을 헤집어 짤그랑거리는 소리를 들어보았다. 아이들에게 꼭 필요한 물건을 사야지. 폴은 가게 윈도의 무선 보트와 자동차와 비행기들이, 세가 게임기나 게임 소프트웨어만큼이나 우리 능력 밖이라는 사실을 알고 있다. 그 애한테 그런 물건은 화랑의 그림이나 박물관의 동상처럼, 단지 상상력으로 감상하는 대상에 지나지 않았다. 하지만 그녀에게는……

그래, 어쩌면 이 횡재로 아이에게 말도 안 되는 물건을 사줄지도 모르겠어. 말도 안 되지만 환상적인 것. 아이를 놀라게 해줄 만한.

그리고 그녀 자신을 놀래게 해줄 단한.

결국 그녀는 스스로를 놀라게 했다.
그것도 아주 많이.

그날 밤 그녀는 버스를 타는 대신 걸어서 집에 가기로 했다. 그리고 노스 스트리트 중간쯤에서 방향을 틀어 실버시티 카지노로 들어갔다. 한 번도 와본 적 없는 곳이다. 동전들은 호텔 데스크에서 지폐로 바꾼 터였다. 모두 18달러. 그리고 이젠 마치 타인이 된 것처럼 룰렛 테이블로 가서 운영요원에게 지폐를 건넸다. 손에 감각이 전혀 없었다. 그건 이미 그녀의 손이 아니었다. 이 갑작스런 일탈 행동에 질려 달아나기라도 한 듯 살갗 아래서는 아무것도 느껴지지 않았다.

'상관없어. 겨우 25센트잖아. 그 돈이 저 룰렛판에서 어떻게 보이든 간에 정말로 그게 전부인 거야. 다시 마주칠 염려도 없는 남자가, 하잘 것 없는 청소부한테 짓궂은 농담 한 마디 던진 것뿐이라고. 그건 동전 한 닢이고 넌 지금 그 동전을 없애버리려는 거야. 왜냐하면 아무리 뺑튀기하고 모습을 바꾼다 해도, 그 동전은 여전히 불길한 느낌을 던져주니까 말이야.' 그녀는 이런 생각을 하며, 홀수라고 적힌 공간에 18달러 가치의 핑크색 칩을 내려놓았다.

"이제 배팅하지 마세요. 배팅 끝입니다."

구슬이 회전판에서 시계 반대방향으로 돌자 딜러가 대기를 선언했다. 던져지고, 튀어오르고, 멈춰 선 구슬. 달린은 잠시 두 눈을 감았다. 눈을 떴을 때 15라고 적힌 슬롯에서 구슬이 구르고 있는 것이 보였다.

딜러가 18달러만큼의 칩을 더 내주었다. 캐나다 주화처럼 생긴 칩들. 달린은 칩을 모두 집어 빨강에 내려놓았다. 딜러가 그녀를 보고는 눈썹을 찡긋해 보였다. 후회하지 않겠느냐는 질문이다. 그녀가 고개를 끄덕여 괜찮다고 하자 그가 바퀴를 돌렸다. 빨강이 나오고 그녀는 더 많이 쌓인 칩을 모두 검정으로 가져갔다.

그 다음엔 홀수.

그 다음엔 짝수.

이제 그녀의 앞에는 576달러가 놓였다. 하지만 그녀의 생각은 다른 혹성에 가 있었다. 결국 그녀가 보고 있는 것은 검정색, 녹색, 핑크색의 칩이 아니라 치열교정기와 무선 잠수함인 것이다.

'내게 행운을. 오 행운이여, 나를 도우소서.' 달린 풀렌은 속으로 기도를 올렸다.

이제 겨우 오후 5시가 되었을 뿐이건만 이 도박 마을에 혜성처럼 나타난 행운의 여신 주변에 수많은 관중들이 모여들어 있었다. 그녀가 다시 칩을 내려놓자 그들이 신음성을 흘렸다.

"부인, 그런 식의 배팅은 핏보스(딜러와 플로어를 감독하는 중간 관리자 — 옮긴이)의 허락이 있어야 합니다."

딜러의 말이었다. 달린이 처음 청백의 줄무늬 유니폼 차림으로 걸어 들어왔을 때보다 그는 훨씬 더 긴장하고 있었다. 그녀는 돈을 모두 두 번째 트리플, 그러니까 13에서 24까지의 숫자 위에 올려놓은 터였다.

"그럼, 어서 가서 데려와요."

달린은 이렇게 말하고 차분하게 기다렸다. 그녀의 발은 네바다의 카슨 시, 그러니까 1878년 처음 문을 연 대규모 은광에서 10킬로미터 떨어진 대지에 발을 딛고 있으나, 그녀의 머리는 춤파디들 혹성의 몽환석 광산 어딘가에 깊이 틀어박힌 채였다. 그동안 핏보스와 딜러는 상의를 하고 주변의 관중들은 속닥거렸다. 마침내 핏보스가 그녀에게 건너와 카지노의 핑크색 메모지에 이름과 주소와 전화번호를 적어줄 것을 요청했다. 달린은 시키는 대로 했다. 필체가 어떻게 저렇게 타인의 것처럼 보이는지, 신기하기 그지 없었다. 그녀는 차분했다. 이 세상에서 가장 차분한 몽환석 갱부보다도 더 차분했다. 그런데도 두 손만은 하릴없이 떨렸다.

핏보스가 딜러를 돌아보며 손가락으로 원을 그려보였다. '이제 돌려도 된다.'

이번엔 룰렛 테이블 주변으로 작은 구슬이 덜그럭거리는 소리가 똑똑하게 들렸다. 군중들이 모두 숨을 죽이고 있는데다, 그 테이블에 배팅하는 사람도 달린뿐이기 때문이다. 여기는 카슨 시였다. 몬테카를로가 아니라. 그리고 카슨 씨에게 이건 엿 같은 게임이 되고 말 것이다. 구슬이 슬롯에 떨어져 튀어 올랐다가 다른 슬롯에 들어갔다가 또다시 허공으로 튀었다. 달린이 두 눈을 감았다.

'행운을. 내게 행운을. 불쌍한 엄마에게 청소부에게 행운을.' 그녀는 마음속으로 기도했다.

관중들이 신음소리를 터뜨렸다. 두려움이거나 경악이겠지? 회전판이 멈춰 설 때가 되었음을 안 것은 바로 그 소리 때문이었다. 달린은 두 눈을 뜨면서 드디어 동전을 떨쳐버렸다는 생각을 했다.

하지만 아니었다.

작은 구슬은 13 검정이라고 적힌 슬롯에서 놀고 있었다.

"오 세상에. 아가씨, 손 좀 줘 봐요. 한 번 잡아보고 싶군요."

등 뒤에 서 있던 여자였다. 달린이 손을 내밀었다. 그리고 다른 손도 누군가에게 끌려갔다. 어루만지는 감촉. 아주 먼 곳에서, 그러니까 그녀가 이 꿈을 꾸고 있는 몽환석 광산으로부터 아주 멀리 떨어진 혹성에서, 두 사람, 네 사람, 여섯, 여덟 사람이 그녀의 손을 부드럽게 매만지고 있었다. 감기 균을 옮아가듯 그녀의 행운을 공유하려는 것이다.

딜러가 여러 번에 걸쳐 칩 무더기를 그녀에게 밀어주었다.

"얼마죠? 전부 말이에요."

그녀가 맥없이 물었다.

"1728달러입니다. 축하드립니다, 부인. 제가 부인이라면……"

"하지만 아니잖아요. 그 돈을 전부 한 숫자에 걸겠어요. 저기에, 하나도 남김없이."

그녀가 '25'를 가리키자 누군가가 조그맣게 비명을 질렀다. 오르가즘에라도 다다른 여자 같았다.

"안 됩니다."

핏보스였다.

"그런……"

"안 됩니다. 저희도 게임 규칙이란 게 있습니다, 폴렌 부인."

그가 반복했다. 그녀도 한평생을 남자들을 위해 일을 해 왔다. 그들이 거짓말을 할 때와 진실을 말할 때 정도는 구분할 수 있었다.

"좋아요. 소심이 아저씨. 그럼 제가 얼마나 걸면 되는 거죠?"

그녀는 약간의 칩을 남겨두고는 모두 거두어들였다.

"잠깐만 기다려 주십쇼."

핏보스의 말이었다.

그는 거의 5분 동안 떠나 있었다. 그동안 룰렛판도 완전히 서 있었다. 아무도 달린에게 말을 걸지는 않았지만 누군가 이따금 그녀의 두 손을 빼앗아가기는 했다. 기절한 사람이라도 살리려는 듯 미친 듯이 문질러대는 사람도 있었다. 핏보스는 키 큰 대머리와 함께 돌아왔다. 턱시도에 금테안경을 쓴 남자였다. 처음에 그는 그녀를 쳐다보지도 않았다. 그는 먼저 그녀의 유니폼을 위아래로 훑어본 다음에야 고개를 들었다.

"800달러입니다. 하지만 여기서 멈추는 것이 어떻겠습니까? 그 칩은 모두 현찰로 교환해 드리겠습니다, 부인."

"카지노에서 카운슬링까지 겸업하는 줄은 미처 몰랐네요."

달린의 말에 키다리 대머리의 입이 잔뜩 일그러졌다. 천한 년한테 당했다는 뜻이리라. 그녀는 딜러를 돌아보았다.

"어서 해요."

딜러는 숫자 25가 가려지도록 800달러라고 적힌 작은 플라스틱판을 조심스럽게 내려놓은 다음, 회전판을 돌리고 구슬을 던졌다. 이제 카지노 전체가 고요했다. 심지어 슬롯머신의 달그락 소리와 쩔그럭거리는 소리마저 멈췄다. 달린이 고개를 들어 방 저편을 보았다. 조금 전까지만 해도 경마와 권투시합을 보여주던 TV들이 일제히 룰렛의 회전판과 그녀를 보여주고 있었다. 그래도 그녀는 조금도 놀라지 않았다.

'난 이제 TV스타야. 내게 행운을. 내게 행운을. 오 나에게 행운을 주소서.'

구슬이 돌기 시작했다. 구슬이 튀어 올랐다. 구슬이 서는 듯하더니 다시 돌았다. 잘 닦인 목재 회전판 둘레를 질주하는 작은 요정.

"판돈! 판돈이 얼마죠?"

그녀가 갑자기 소리를 질렀다.

"30대 1입니다. 2만 4000달러를 따셨습니다, 부인."

키다리의 말이었다.

달린이 눈을 감았다…….

……눈을 뜨니 322호실이었다. 의자에 앉은 채였고 한 손에 봉투 다른 손엔 봉투에서 떨어진 동전을 들고 있었다. 웃다가 흘린 눈물이 두 뺨에 젖어 있었다.

"내게 행운을."

그녀가 중얼거리고는 봉투를 비틀어 안을 들여다보았다.

쪽지 따위는 없었다. 또 헛발질이었군. 젠장.

달린은 한숨을 내쉬며 동전을 유니폼 주머니에 집어넣고 322호실을 정리하기 시작했다.

팻시는 방과 후에 폴을 집으로 데려가지 않고 곧바로 호텔로 데려왔다.

"얘가 사방에 콧물을 흘리고 다니잖아. 저거 때문에 숨도 못 쉬던걸. 아무래도 엄마가 보건소에 데려가야 할 것 같아서."

그녀의 딸은 목소리에 잔뜩 짜증을 닮아 상황을 설명했다. 하기야 열세 살짜리 여자애로서는 그런 상황이 마땅할 리가 없으리라.

폴은 눈에 고통스런 눈물을 가득 담아 말없이 엄마를 바라보았다. 코가 마치 막대사탕 줄무늬처럼 빨겠다. 그들은 지금 로비에 있었다. 지금은 체크인하는 손님은 아무도 없었다. 에이버리 씨도(아무 하녀한테나 지분거리기로 유명했지만 실제로 그를 좋아하는 여자는 아무도 없었다.) 지금은 데스크를 비운 터였다. 어쩌면 자기 사무실에 돌아가, 혼자 자위라도 하는 모양이다. 제대로 찾을 수나 있을지는 모르겠지만…….

달린은 폴의 이마를 짚어보았다. 미열. 한숨이 나왔다.

"그래 네 말이 맞구나. 폴, 많이 아프니?"

"괜타나."

폴이 아련한 경적 같은 목소리로 대답했다.

팻시도 우울해 보였다.

"얘는 열여섯이 되기도 전에 죽고 말 거야. 역사상 최초의 자생 에이즈 같은 걸로."

"입 닥치지 못해!"

달린이 소리쳤는데 생각보다 조금 더 앙칼진 목소리였다. 하지만 상처받은 얼굴을 한 것은 오히려 폴이었다. 아이가 움찔하더니 엄마의 시선을 피했다.

"만날 갓난아기처럼 이런다니까. 짜증나."

팻시도 풀죽은 목소리였다.

"아냐, 안 그래. 그냥 민감해서 그런 거다. 저항력이 남보다 낮을 뿐이야."

그녀는 주머니를 뒤졌다.

"폴? 이거 줄까?"

그가 그녀를 돌아보고는 씩 웃었다.

"그걸로 뭐 할 건데, 폴? 데어드르 맥코슬랜드한테 데이트 신청할 거야?"

아이가 동전을 받자 팻시가 다시 놀리기 시작했다.

"새각애 보꺼야."

"애 좀 괴롭히지 마. 잠시 동안만이라도, 알겠니?"

달린이 꾸중했다.

"알았어. 근데 난 뭐 안 줘? 여기까지 무사히 데려왔잖아. 만날 애만 보게 하면서 아무것도 안 주고."

팻시가 따졌다.

'치열교정기. 줄 수만 있다면야.' 그러자 갑자기 불행하다는 생각이 들었다. 인생이 마치 머리 위에 떠 있는 크고 냉혹한 몽환석 같았다. 머리 위로 떨어져 목숨을 끊어놓기 전에, 먼저 비명으로 가득 찬 살덩이들로 갈가리 찢어놓기만을 호시탐탐 노리는. 행운은 개소리다. 행운이란 원래 그럴듯하게 치장한 불행일 뿐이다.

"엄마, 엄마? 아무것도 안 줘도 돼. 그냥 농담한 거야, 알지?"

"《새씨》 잡지라도 줄까? 객실에 있기에 로커에 챙겨놨는데."

달린이 말했다.

"이번 달 거야?"

팻시가 못 믿겠다는 듯 눈을 흘겼다.

"분명히 이번 달 거야. 따라 와."

셋이 방을 반쯤 지났을 때 동전 떨어지는 소리가 들렸다. 그리고 폴이 데스크 옆 슬롯머신의 핸들을 꺾었고 드럼이 돌아가는 소리도 들렸다.

"오, 이런 멍청이, 넌 이제 큰일 났다. 그런 이상한 데다 돈 낭비하지 말라고 엄마하고 내가 얼마나 얘기했냐? 슬롯은 여행자들을 위한 거란 말이야!"

팻시가 소리쳤다.

하지만 달린은 돌아보지 않았다. 그녀는 객실청소부들의 나라로 들어가는 문을 바라보며 서 있었다. 에임스와 월마트의 싸구려 코트들이 유통기한이 지나 폐기된 꿈처럼 나란히 걸려 있는 곳. 출근기록기가 시한폭탄처럼 째깍거리는 곳, 멜리사의 향수와 제인의 벤게이 냄새가 나는 곳. 그녀는 드럼이 돌아가는 소리를 들으며 서 있었다. 그녀는 트레이에 동전이 쏟아지는 소리를 기다리며 서 있었다. 그리고 동전이 떨어질 때쯤 그녀는 멜리사에게 부탁할 말을 생각 중이었다. 카지노에 가 있는 동안 아이들 좀 봐달라고. 얼마 걸리지 않을 거라고.

'내게 행운을.' 그녀는 두 눈을 감으며 기도했다. 동전 떨어지는 소리는 눈 안쪽에서 더욱 더 크게 울렸다. 몽환석 덩어리가 목관 위로 떨어져내렸다.

그녀가 상상한 대로 모든 일이 이루어 질 것이다. 그것만은 확실했다. 하지만 그럼에도 불구하고, 커다란 돌덩어리로서의 삶은, 외계 금강석으로서의 인생은, 여전히 그대로였다. 그건 애지중지하는 의복에 달라붙어 영원히 지워지지 않을, 질기디 질긴 오물과도 같았다.

하지만 팻시에게는 치열교정기가 필요했다. 폴 역시 병원에 데려가 끝없이 콧물이 나오는 코와 눈물이 차는 눈을 고쳐주어야 했다. 스스로 예쁘고 섹시하다고 느낄 만큼 예쁜 칼라 팬티가 팻시에게 필요하듯, 폴에게도 세가 게임기가 필요했다. 그리고 그녀 자신에게도…… 뭐지? 난 뭐가 필요한 거지? 데크를 돌려받는 것?

그래, 데크를 돌려받자. 내게 필요한 건 남편을 돌려받는 거야. 사춘기를 돌려받고 산고를 돌려받듯이. 내게 필요한 건……

에……

(아무것도 없어)

그래, 맞아. 아무것도 없어. 제로, 무, 안녕. 어두운 대낮과 텅 빈 밤. 터져버린 웃음보와 함께 지새운 밤.

그래, 난 재수 좋은 여자니까 아무것도 필요 없어. 그녀는 두 눈을 감은 채로 그런 생각들을 했다. 감은 두 눈을 비집고 눈물이 새어나왔다. 그때 그녀의 딸 팻시가 찢어질 듯한 목소리로 외쳐댔다.

"오 세상에! 이런 미친놈, 잭팟을 터뜨렸잖아! 폴리, 너 정말로 잭팟을 터뜨린 거야!"

'행운을, 부디 행운을, 오 제발 저에게 행운을.'

<끝>

역자 후기

스티븐 킹 단편집은 『스켈레톤 크루』에 이어 두 번째다. 출간을 기준으로 할 때 햇수로는 3년이 조금 지난 모양이다. 하지만 그건 국내에 소개된 상황이 그렇다는 얘기일 뿐, 미국 쪽으로 건너가면 상황은 달라진다. 『스켈레톤 크루』가 1985년, 『모든 일은 결국 벌어진다』가 2002년, 무려 17년의 차이가 있다. 그리고 그 간극이 의미하는 바는 적지 않다.

더욱이 나로서는 이 단편선을 작업한 시점이 『스켈레톤 크루』로부터 불과 1년 반밖에 지나지 않아, 그 차이를 확연히 느낄 수밖에 없었다. 어느 모로 보나 분명히 스티븐 킹의 글이건만, 세상에 이렇게 다를 수가 있다니! 내가 느낀 차이는 크게 두 가지로 나눌 수 있을 것 같다. 첫째, 공포와 불편함의 기반이 달라져 있

었다. 『스켈레톤 크루』의 경우 「안개」, 「뗏목」 등, 거의 모든 단편에
서 공포는 외부에서 비롯되었다. 예를 들어, 「안개」에서 공포는 한
치 앞도 내다볼 수 없는 불확실한 현실에 기인하며, 극한 상황에
처한 인간군상의 다양한 갈등이 직접적인 공포를 만들어냈다. 그
리고 그런 식의 접근은 「뗏목」, 「서바이버 타입」, 「오토삼촌의 트
럭」 등 거의 모든 편에서 동일하게 나타났었다. 요컨대, 작가는 누
군가의 뺨을 한 대 때려놓고 그가 어떻게 반응하는지를 두고 보
는 방식으로 긴장을 조성해 냈다는 얘기다.

하지만 『모든 일은 결국 벌어진다』의 경우, 「제4호 부검실」 등
극소수를 제외한다면(물론 공포의 환기가 아닌 드라마를 목적으
로 하는 「잭 해밀턴의 죽음」, 「엘루리아의 어린 수녀들」은 목적 자체
가 다르므로 논의에서 제외한다.), 거의 모든 경우에 공포의 실체
자체가 없다. 「검은 정장의 악마」는 부모에게서 떨어져 외딴 곳에
서 혼자 놀고 있는 아홉 살 꼬마의 막연한 불안감을 대변하고 있
고, 존 쿠삭의 영화로도 유명한 「1408」은 인간 일반 누구에게나
있음직한 실존적이고 심리적인 공간을 처음부터 설정해 두고 있
다. 그밖에도 결혼 스트레스 증후군의 여인을 다룬 「데자뷰」, 이
혼과 금연의 이중적인 고통을 희화해낸 「고담 카페에서의 점심식
사」 등, 거의 모든 단편이 외적 공포가 아닌, 심리적, 정신적 공포
를 다루고 있다. 공포란 결국 개인의 머릿속에 항상 잠재하고 있
으며, 상황이 공포를 유발하는 게 아니라, 그 반대로 개인의 이상
정서가 사건과 상황을 구성한다는 얘기겠다. 그런 점에서, 이번
단편집 『모든 일은 결국 벌어진다』의 경우, 『스켈레톤 크루』와 달

리(외계생물, 호수의 괴물체, 원숭이, 기이한 지름길 등), 공포를 유발하는 대상 또한 지극히 일상적이라는 점도 유념해서 지켜볼 필요가 있겠다(낚시, 낙서, 애완견, 동전 등).

또 하나 근본적이면서도 첫 번째의 특징과 무관하지 않은 차이는, 『모든 것은 결국 벌어진다』의 거의 모든 단편에서(「검은 정장의 악마」, 「제4호 부검실」, 「총알 차 타기」, 「데자뷰」, 「당신이 사랑한 모든 것이 사라질 것이다」, 「모든 것은 결국 벌어진다」 등), 극을 구성하는 중심인물이 1인이며, 동시에 내러티브 또한 독백 스타일로 이루어졌다는 점이다(이 역시 2인 이상의 등장인물을 내세운 전작과 차이가 있다.). 요컨대, 과거 사건의 구성에서, 전적인 심리 묘사로 스티븐 킹의 관심이 전환했다는 얘기겠다. 그리고 그 때문에라도 그의 문체 또는 스타일은 현란하기 짝이 없다.

그녀는 무릎 위에 떨어진 테레사 수녀의 얼굴 파편을 주워 그에게 건넸다. 그녀가 결혼한 남자의 늙은 버전. 그녀와 결혼하고 비서와 놀아난 남자. 그럼에도 불구하고, 수없이 많은 촛불을 밝히고, 파란색 블레이저를 입고, 죽어라 찬송가에 매달리면, 영원히 천국에서 살 수도 있다고 믿는 사람들에게서 그녀를 구해준 남자. 어느 무더운 여름날 밤, 마약중독자들이 계단을 오르내리고 아이언 버터플라이가 「이너가다 다비다」를 수십억 번이나 불러대는 건물에 함께 누워, 그녀는 그에게 사후세계가 어떤 건지 아느냐고 물었다. 인생의 쇼가 끝나고 말이다. 그는 그녀를 꼭 안아주었다. 해변 저 아래에서 딸랑딸랑 하는 소리와 범퍼카들이 충돌하는 소리가 들렸다. 그런데 빌은……

「데자뷰」 중에서

하지만 달린은 돌아보지 않았다. 그녀는 객실청소부들의 나라로 들어가는 문을 바라보며 서 있었다. 에임스와 월마트의 싸구려 코트들이 유통기한이 지나 폐기돈 꿈처럼 나란히 걸려 있는 곳. 출근기록기가 시한폭탄처럼 째깍거리는 곳, 멜리사의 향수와 제인의 벤게이 냄새가 나는 곳. 그녀는 드럼이 돌아가는 소리를 들으며 서 있었다. 그녀는 트레이에 동전이 쏟아지는 소리를 기다리며 서 있었다. 그리고 동전이 떨어질 대쯤 그녀는 멜리사에게 부탁할 말을 생각 중이었다. 카지노에 가 있는 동안 아이들 좀 봐달라고. 얼마 걸리지 않을 거라고.

「행운의 동전」 중에서

(이 단편선은 1999년 그를 죽음의 문턱까지 몰아갔던 끔찍한 자동차 사고 이후 3년 만에 나왔다. 대부분의 작품이 사고 이전에 집필되기는 했지만, 그 사고로 인해 좀 더 관조적인 내용들을 중심으로 추렸을 가능성은 남아 있다. 요컨대, 죽음은 단순한 이야기가 아니라 인생의 문제가 된 것이다.)

《워싱턴 포스트 북 월드》의 제인 치아바타리는 이 단편집을 두고, 에드거 앨런 포와 너새니얼 호손의 소설에 버금간다는 평가를 내놓았는데, 그 책을 옮긴 담당자로서는 충분히 공감할 만하다. 여러분도 저 사회병질자들의 의식의 흐름 속에 들어가 보라.

그럼 「영굿맨 브라운」(호손의 고딕 단편소설)의 음습한 숲 속에서 "네버모어"라고 끝없이 중얼거리는 「갈가마귀」(포의 고딕 시)를 만나게 될 테니 말이다. 비 내리는 깊은 밤, 그들의 독백을 들어보면, 비록 외적인 충격은 덜 할지 몰라도, 저 폐부 깊숙한 곳에서 스멀스멀 기어 나오는 소름과 마주치게 될 것이다. 결국 『모든 일은 결국 벌어진다』는 '디즈니랜드에서 만들어지는 TV 공포'가 아니라, 바로 우리들과 우리 일상에 관한 이야기이기 때문이다.

스티븐 킹과 벌써 4번째 만남이건만, 책이 나올 때의 두려움은 여전하다. 워낙에 거장인데다 그만큼 그의 소설을 기대하는 독자들도 많기 때문일 것이다(이번 단편집은 바로 이런 식의 두려움을 그려내고 있다.). 게다가 다른 소설과 달리, 이 엄청난 독백과 넋두리의 향연을 옮기는 일이 만만치만은 않았다. 문맥과 의미를 배제한 기호들의 나열이라니…… 하지만 어쩌겠는가. 어차피 일어날 일은 결국 일어나고 말 텐데…….

이 단편집 중 「1408」은 이미 존 쿠삭 주연의 영화로 국내에 소개되어 큰 호평을 받은 바 있다. 그리고 타이틀 작품인 「모든 것은 결국 벌어질 것이다」가 신예 감독 J. P. Scott에 의해 제작되어, 올해 7월 미국에서 개봉을 앞두고 있다고 한다. 아직 정확한 정보는 모르겠지만(스틸컷은 썩 괜찮아 보였다.), 부디 우리나라에도 수입되어, 독자들을 보다 기쁘게 해주기를 빌어본다. 스티븐 킹은 이 14편의 어두운 이야기들이, 트럼프 에이스에서 킹까지의 13개 카드와 조커를 합친 의미이며, 순서 또한 트럼프 섞듯 아무렇게나 정했다고 했다. 누가 알겠는가, 2009년 새로이 개봉될 영화 「모든 것은 결국 벌어진다」가 스티븐 킹의 조커가 되어줄지.

2009년 6월 초
남양주에서

옮긴이 | 조영학

한양대 영문학 박사 수료 후 한양대 등에서 영어와 영문학 관련 강좌를 맡았다.
역서로는『전쟁 전 한 잔』,『나는 전설이다』,『듀마 키』『스티븐 킹 단편집』외 다수가 있다.

모든 일은 결국 벌어진다 (하)

1판 1쇄 펴냄 2009년 6월 19일
1판 9쇄 펴냄 2025년 2월 24일

지은이 | 스티븐 킹
옮긴이 | 조영학
발행인 | 박근섭
편집인 | 김준혁
펴낸곳 | 황금가지

출판등록 | 2009. 10. 8 (제2009-000273호)
주소 | 135-887 서울 강남구 신사동 506 강남출판문화센터 5층
전화 | 영업부 515-2000 **편집부** 3446-8774 **팩시밀리** 515-2007
홈페이지 | www.goldenbough.co.kr

도서 파본 등의 이유로 반송이 필요할 경우에는 구매처에서 교환하시고
출판사 교환이 필요할 경우에는 아래 주소로 반송 사유를 적어 도서와 함께 보내주세요.
135-887 서울 강남구 신사동 506 강남출판문화센터 6층 민음인 마케팅부

㈜민음인은 민음사 출판 그룹의 자회사입니다.
황금가지는 ㈜민음인의 픽션 전문 출간 브랜드입니다.